Good morning, Angel!

굿모닝,
엔젤!

사랑하는 아버지께 이 책을 바칩니다.

3중장애 승욱이의 눈물나는
장애극복 스토리

굿모닝, 엔젤!

김민아 글

두란노

3중장애 승욱이의 눈물나는 장애극복 스토리

굿모닝, 엔젤!

초판 5쇄 2010년 11월 10일

펴낸곳 루덴스 • **펴낸이** 이동숙 • **지은이** 김민아 • **편집** 박정익 정지미 • **디자인** 모현정

출판등록 2007년 4월 6일 제16-4168호
주소 서울시 강남구 역삼동 828-10 올림피아센터빌딩 1012호 • 전화 02-558-9312(3) • 팩스 02-558-9314

값 10,000원 • ISBN 978-89-960004-8-8 03810

표지사진은 박미진, 김효종의 영상에서 가져왔습니다.

책을 내면서

당신은 소중한 분입니다

1999년 5월 26일, 승욱이가 태어나던 날의 일들이 떠올려집니다. 아이가 장애가 있다는 말에 세상 어디에라도 숨고 싶었고, 도망가고 싶었고, 모든 현실을 부인하고 싶었습니다. 아이를 다시 데려가 달라는 기도도 밤마다 했습니다. 석 달 열흘을 밤낮으로 울고만 있을 때 친정아버지가 찾아오셨습니다. 그날이 저에겐 새로운 시작의 날이었습니다.

"그렇게 나약해 빠져서 어떻게 애를 키울 거야? 만날 울기만 하고. 그래서 이 험한 세상에서 아이를 어떻게 지킬 거냐고! 에미가 자식을 부끄럽게 여기면 사람들도 네 자식을 부끄럽게 여기는 거야!"

아버지는 4개월도 안 된 승욱이를 업고 매일같이 뒷산을 오르셨습니다.

"승욱아! 이건 나무야 나무. 이건 흙이고. 지금 부는 바람은 동풍이란다."

아버지는 아무런 반응도 없는 승욱이에게 나무와 흙과 바람을 가르치셨습니다. 그리고 동네 사람을 만나면 승욱이를 보여주며 당신의 손자라고 자랑하셨습니다. 아버지의 말씀과 모범이 제 가슴에 살아 움직였고, 그 후 지난 9년간 열심히 달려왔습니다.

저는 9년 전이나 지금이나 장애 아들의 엄마입니다. 앞을 전혀 보지 못한다는 것을 태어나자마자 알았고, 듣지 못한다는 것을 아이가 두 살이 다 되어 알았습니다. 심지어 의사 선생님들조차도 앞으로 아이가 할 수 있는 일은 거의 없을 거라고 말했습니다. 하지만 지금 우리 승욱이는 할 수 있는 것이 아주 많은 아이로 성장했습니다. 그렇다고 아이가 모든 장애를 극복하고 인생에서 큰 성공을 거둔 것은 아닙니다. 아직도 승욱이는 보지 못하고 말하지 못하고, 그저 조금 들을 수 있을 뿐입니다. 그리고 지금도 자립하기 위한 교육을 받고 있는 중입니다.

승욱이를 통하여 저와 가족들은 성장했습니다. 우리 가족도 하나님 앞에 승욱이처럼 하나님을 보지 못하고, 하나님의 음성을 듣지 못하고, 하나님의 말씀을 전하지 못했던 장애인들이었습니다. 승욱이가 우리 가정에 온 후, 우리 가족은 서서히 하나님 앞에 하나둘 바로 서기 시작했습니다. 승욱이는 우리 가정의 축복의 통로이자 열쇠입니다.

승욱이를 키우면서 얼마나 많은 어려움이 있었는지요. 누구도 가보지 않은 길을 가면서 끝없는 기다림과 수많은 결정들은 때론 저를 너무 힘들게 했습니다. 나의 결정이 과연 승욱이를 위한 일인지, 내가 가는 길이 올바른 길인지 수없이 돌아보고 망설였습니다. 그때마다 저를 격려해주시고, 기도해주시고, 도와주신 분들을 잊지 못합니다. 승욱이와 함께하며 전 한순간도 혼자가 아니었습니다. 힘들어지려할 때 삶의 고통의 무게를 함께 나눌 수 있는 사람들이 제 곁에 항상 있었습니다.

남가주 밀알선교단의 이영선 단장님, 미주 한국일보의 정숙희 부국장님, 라디오서울의 노형건 단장님, 승욱이 이야기로 SBS스페셜 다큐멘터리를 기획·제작해 주신 허동우 감독님, 선한목자 장로교회 고태형 담임목사님 부부, 그리고 모든 교우들에게 감사의 말씀을 드리고 싶습니다. 늘 함께하는 엄마와 언니 그리고 우리 아이들 승혁, 승욱, 진영, 태훈. 부족한 딸로 동생으로 엄마로 또 이모로 살게 해줘서 고맙습니다. 한국에서 열심히 일하며 오직 아내만을 사랑하는 우리 남편 이영구 씨. 부족한 며느리를 항상 걱정해 주시는 시댁 식구들 모두 감사합니다.

그리고 사랑하는 아버지. 이제는 하늘나라에서 저를 지켜보고 계실 아버지께 부족한 이 책을 바칩니다. 이 글이 세상에 나올 수 있었던 것, 승욱이가 이렇게 성장할 수 있었던 것은 못난 자식을 끔찍이도 사랑하셨던 아버지의 힘이었습니다.

아홉 살 승욱이는 지금도 보지 못하고 말하지 못하고 소리만 겨우 들을 수 있습니다. 와우이식을 통해 승욱이는 한국말과 영어를 제법 알아듣습니다. 하지만 아직 말은 못하기 때문에 의사표현은 수화로 합니다. 그렇다고 어려운 수화를 하는 것은 아니고 간단하고 짧은 의사소통만 가능합니다. 어려서부터 노래를 좋아했던 승욱이는 노래만 불러주면 율동을 하고 박자도 맞춥니다. 승욱이는 모든 장애를 극복한 것이 아닙니다. 하지만 저는 혼자서 신발을 신고, 식사를 하고, "엄마야" 하면 엄마인 것을 알고 제게 안기는 승욱이를 보면 너무 기쁩니다. 남들 보기엔 별것 아닌 사소한 일들이 제겐 감동이고 감사의 기도입니다. 이것이 승욱이 이야기를 쓴 이유입니다. 이 땅의 장애 가정에 승욱이 이야기가 조금이나마 위로가 되고 도움이 되길 소망합니다.

차 례

3부 와우이식? 그게 뭔데?

4부 3중장애 승욱이의 눈물나는 재활 스토리

5부 장애아의 가족으로 살면서

6부 네가 있어 산단다

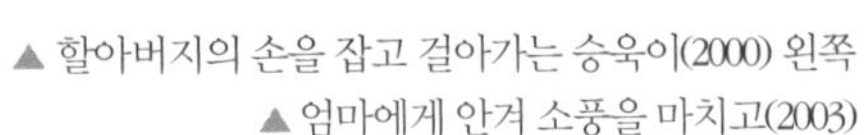

▲ 할아버지의 손을 잡고 걸어가는 승욱이(2000) 왼쪽

▲ 엄마에게 안겨 소풍을 마치고(2003)

◀ 그네를 타고 있는 승욱이(2004)

▼ 사랑의 교실에서 만들기 수업중(2005) 왼쪽

▼ 학교 사진찍는 날에(2005)

Blind Children's Learning Center

Destination▸

18542-B Vanderlip Avenue
Santa Ana, CA 92705
Tel. 714.573.8888
Fax 714.573.4944

www.blindkids.org

▶ BCLC시각장애학교 브러셔의 모델로 인쇄된 트리샤 선생님과 승욱이(교육목표가 자립이라고 적혀 있다) (2004)

▼ 졸업 사진(2006) 왼쪽

▼ 정상아도 함께 다니는 이 학교에서 친구들과 함께 노는 승욱이 (2005)

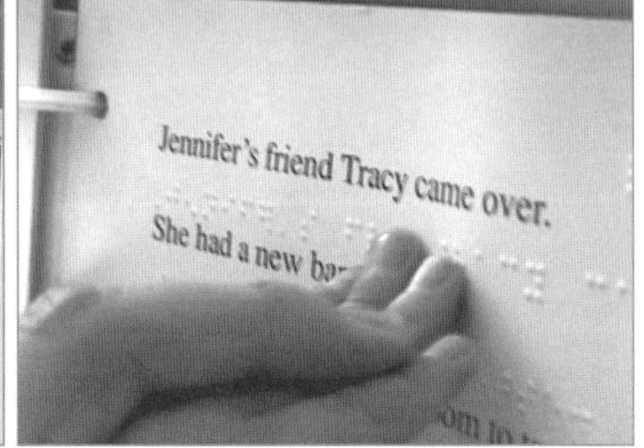

▲ 승욱아, 이건 나뭇잎이야(2007) 위

▲ AVT(청각언어치료) 수업을 위해 브릿지 선생님을 찾은 승욱이(2007)

▲ UCLA에서 청력 검사 받는 승욱이(2007) 위

▲ 점자책을 읽고 있는 승욱이(2007)

◀ 지팡이를 사용하는 승욱이(2005)

▼ 아빠와 자전거를 타는 승욱이(2008)

▲ 엄마와 형, 사촌들과 함께(2008)

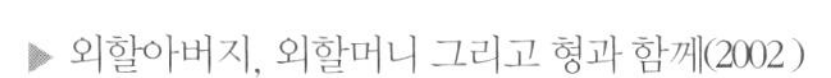

▶ 외할아버지, 외할머니 그리고 형과 함께(2002)

▼ 온 가족이 함께(2008) 오른쪽

▼ 아빠, 형과 함께(2008)

천사니까 포기할 수 없잖아!

볼 수 없는 아이

1999년, 그해 봄은 유난히 화창하고 눈이 부시도록 맑았다. 나는 봄 햇살을 받으며 과천대공원을 이웃집 드나들듯 놀러 다녔다. 가장 한가하고 여유로운 봄이었다. 곧 세상에 나올 둘째 아이를 기다리는 행복한 나날이었다.

5월 26일, 분만의 고통도 거의 없이 30분 만에 아기를 낳았다. 회복실에 누워 이렇게만 아기를 낳는다면 열둘도 더 낳을 수 있겠다 싶었다. 그런데 의사 선생님과 간호사들의 분위기가 이상했다. 소아과 선생님이 난감한 표정으로 내 안색을 살피며 말했다.

"저…… 이런 말씀 드리기가 그렇지만, 아기 눈이 좀 이상합니다. 퇴원하시는 대로 빨리 큰 병원에 가서 정밀진단을 받아보시는 게 좋을 것 같습니다."

"뭐라고요? 선생님, 잘못 보신 걸 거예요. 한번만 다시 봐주세요. 설마, 우리 아기가 그럴 리 없어요. 제가 잘못 들은 거죠?"

청천벽력 같은 의사 선생님의 말에 나는 할 말을 잃었다. 생각할수록 기가 막힐 노릇이었다. 내가 장애 아이를 낳다니…… 하루 종일 넋을 놓고 있다가 아이를 보면 눈물이 나왔다.

그러나 주저앉아 울고 있을 수만은 없었다. 태어난 지 4일밖에 안 되는 신생아를 데리고 우리나라에서 소아안과로 유명하다는 병원이란 병원은 모두 찾아다녔다. 떠지지도 않는 신생아의 눈을 뾰족한 꼬챙이로 집어 벌릴 때는 차라리 애를 데리고 도망가고 싶었다. 그러면서도 또 한편으론 승욱이가 볼 수만 있다면 그 무엇이라도 하고 싶었다. 가는 병원마다 앞으로 승욱이는 볼 수 없다고 했다. 그야말로 사형선고였다.

그런데 딱 한 병원에서 승욱이가 돌 전에 볼 수 있을지도 모른다는 희망적인 이야기를 전해주었다. 지푸라기라도 잡고 싶은 심정이었던 나는 세상을 다 얻은 것만 같았다. 한 가지 희망이 생기니 숨통이 트였다. 선생님은 승욱이에게 녹내장이 올 수도 있으니 하루에 4번씩 눈에 약을 넣으라고 했다.

그때부터 나는 이상한 버릇이 생겼다. 어디를 가든지 사람들의 눈만 보였고, 심지어 지나가는 강아지의 눈마저 부러워 시선을 떼지 못하곤 했다. 모두가 저렇게 예쁜 눈을 가지고 태어나는데 우리 승욱이는…… 승욱이만 생각하면 눈물이 봇물처럼 흘러내렸다.

하나님, 도대체 저보고 어쩌라고 이러십니까…… 승욱이 꼭 봐야 합니다. 길을 지날 때 턱도 넘어가야 하고, 돌부리도 비켜가야 하고…… 그리고 가장 중요한 건 우리 가족의 얼굴을 승욱이가 꼭 봐야 합니다.

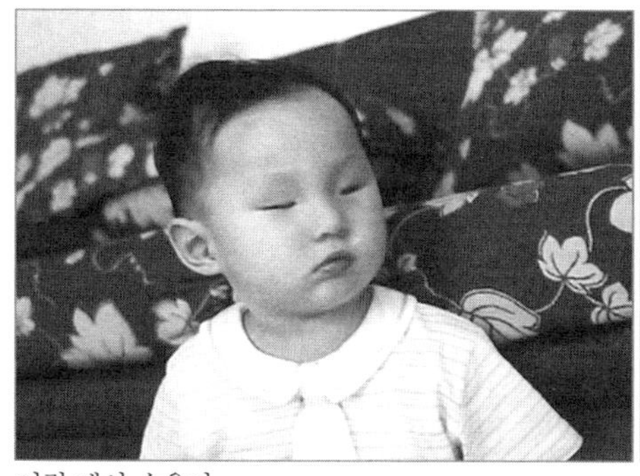

어릴 때의 승욱이

아셨죠? 승욱이를 데리고 장맛비 맞고, 더위에 땀띠 나고, 바람맞고 눈 맞으며 일주일에 한 번씩 교보문고로, 시각장애학교로, 안과병원으로 오갔다. 택시를 타면 기사아저씨한테 한소리 듣고(아침부터 재수없게 봉사애를 데리고 탔다고……), 엘리베이터 타면 아줌마 아저씨들로부터 한소리 듣고(에구, 젊은 엄마가 무슨 죄를 졌길래……), 병원에 가면 간호사로부터 한소리 듣고(어떻게 오셨어요? 곱지 않은 목소리로……), 내 얼굴에 무슨 주홍글씨라도 써 있는 양 힐긋힐긋 쳐다보고, 뒤에서 계속 수군대고……

아…… 난 죄인인가보다…… 하나님, 제가 그렇게 죄를 많이 졌어요?

나에게 이런 큰 고통을 주려고 승욱이 낳을 때 산통 없이 쉽게 낳게 한 걸까. 다시 무를 수만 있다면 승욱이를 낳은 그날로 되돌아가고 싶었다.

걱정 마, 잘 키울 수 있어

승욱이를 낳고 석 달 열흘을 울며 지내자 더 이상 그런 나를 못 보시겠는지 하루는 아버지께서 큰소리를 내셨다.

"그렇게 나약해 빠져서 어떻게 애를 키울 거야? 만날 울기나 하고. 그래서 이 험한 세상에서 아이를 어떻게 지킬 거냐고!"

아버지는 그동안 딸의 눈치를 보느라 속으로만 삭였던 말을 쏟아내기 시작하셨다. 승욱이를 생각하면 내 살을 도려내는 듯 이리도 아픈데, 딸과 손자를 바라보는 아버지의 마음은 어떠실까.

갑자기 아버지는 뭔가 작정을 하신 듯, 4개월도 채 안 된 승욱이를 업고 매일 뒷산을 오르셨다. 그리고 승욱이에게 계속 말씀하셨다.

"승욱아! 이건 나무야 나무. 이건 흙이고. 지금 부는 바람은 동풍이란다."

또 동네 사람을 만나면 일일이 다 보여주시고 손자라며 자랑하셨다. 이런 우리의 마음을 아는지 모르는지 승욱이는 감기 한 번 걸리지 않고 건강하게 자랐다. 그런데 문제는 승욱이가 밤낮을 전혀 모르는 데 있었다. 그러다보니 우리 생활도 뒤죽박죽되어 신경이 예민해졌다. 더군다나 아파트에서 살았기 때문에 날마다 가슴 졸이며 이웃의 눈치를 살폈다. 새벽 두세 시에 장난감으로 벽을 긁고 방바닥을 발로 쾅쾅 두드리는 승욱이 때문에 매일 밤 뜬눈으로 지새웠다. 단 하루라도 좋으니 밤에 실컷 자는 게 소원이었다. 그러면서 여전히 승욱이를 데리고 병원을 돌아다녔고, 시각장애학교를 탐방했다.

시간은 더디 흘러갔다. 병원의 검사 결과를 기다리는 것이 꼭 수능 결과를 기다리는 것 같았다. 엄마의 직감일까. 병원에 가기 전, 나는 마음의 준비를 했다. 그래도 감사했다. 승욱이가 나와 함께 자고, 먹고, 놀 수 있었기 때문이다. 승욱이는 볼 수만 없는 거지 다른 곳은 모두 건강하니까.

기다리던 승욱이의 돌이 다가왔다. 대학병원의 소아안과 최고 권위자이신 선생님을 만나기 위해 꼬박 한 달을 기다렸다. 그런데 진료 시간은 고작 3분, 대화는커녕 선생님은 나의 얼굴 한 번 쳐다보지 않고 레지던트에게 설명하는 게 끝이었다. 다음 면담 때는 남편과 함께 갔다. 진료실로 들어가자마자 방문을 닫고 의사 선생님과 마주 앉았다.

"선생님, 더 이상 기다릴 수가 없습니다. 정확하게 말씀해주세요. 승욱이 눈 상태가 어떻죠?"

"죄송합니다. 아무래도 보는 것은 힘들 것 같습니다. 잘 키우시라는 말밖에는…… 현명한 젊은 엄마니까 잘하실 거예요."

아니, 세상에 이럴 수가. 지금까지 버틸 수 있었던 건 승욱이가 볼 수도 있다는 실낱 같은 희망 때문이었는데, 말이 나오지 않았다. 그동안 어떤 어려움에도 눈물 한 번 보이지 않던 남편이 선생님 앞에서 소리 내어 울기 시작했다.

"선생님, 승욱이 눈만 고칠 수 있다면 세계 어느 곳이든 가겠습니다. 제발 승욱이가 볼 수만 있게 해주세요."

"세계 어디를 데려가도 보지 못할 겁니다."

선생님은 매정하게 말했다. 희망이란 단어가 점점 우리와 멀어지는 것 같았다.

의사 선생님으로부터 최후통첩을 받은 날, 남편은 새벽 2시가 넘어서야 집에 들어왔다. 내가 약한 모습을 보이면 둘 다 무너질 것 같아 오히려 더 환하게 웃으며 남편에게 말했다.

"걱정 마. 나 잘 키울 수 있어. 당신 나 알지? 그리고 우리 주님이 계신데 뭘 걱정해. 당신은 우리 집 가장이니까 직장에서 열심히 일하고, 나는 엄마니까 집에서 애들 열심히 키우고. 알았지?"

이 말을 하고 돌아서는데 왜 그리도 눈물이 나오는지…… 이제 적응할 때도 됐건만 아직도 내가 장애아를 낳았다는 사실이 믿기지 않고 막막하기만 했다.

그즈음 부모님께서 미국의 언니 집에 다녀오시려고 준비를 하고 있었다. 남편은 나와 두 아들도 함께 다녀오라면서 미국에 가면 승욱이를 꼭 큰 안과에 데려가보라고 했다. 그리고 승욱이를 낳고 하루도 제대로 쉬지 못했으니 가서 좀 쉬고 오라는 것이다.

승욱이가 14개월 때였다. 이렇게 우리는 미국에 오게 되었다.

'왜 하나님은 나에게 승욱이를 주셨을까? 왜 그게 나였어야 했는지. 좀더 좋은 가정, 능력 있는 부모도 많은데 왜 하필 나일까. 하나님, 왜 저인 거죠? 앞으로 승욱이를 어떻게 키워야 할지, 언니는 승욱이를 처음 보는데 언니 얼굴을 어찌 볼지……'

나는 침통함으로 승욱이를 꽉 끌어안았다.

승욱아, 엄마 보이니?

승욱이를 처음 본 언니는 계속 울기만 했다. 너무 가슴 아파 내 얼굴도 제대로 보지 못했다. 우린 그렇게 만났다.

형부 여동생의 소개로 UCLA 병원의 안과 의사인 닥터 케이시를 만났다. 케이시는 각막이식 수술을 시도해 보자고 했다. 각막이식을 하면 희미하게라도 앞을 볼 수가 있을 거라고 했다.

한국에 있을 때도 각막이식을 시도해 보려고 했지만 기회가 닿지 않았다. 그때 마침 장기이식에 관한 규정이 정부기관으로 이양되는 시기라 승욱이가 수술을 받으려면 5년을 기다려야 했다. 그런데 미국에 와서 이렇게 순조롭게 각막이식을 받게 되다니, 꿈만 같았다.

동부 뉴욕에 있는 각막은행의 각막이 비행기로 일주일이면 도착한다고 했다. 그것도 한쪽에 600불 정도만 지불하면 된다고 한다. 미국에서는 장기기증이 생활화되어 이식이 활발하게 이루어진 탓이었다.

수술 전날은 아무것도 먹여서는 안 된다고 했다. 승욱이는 잘 참아주었다.

"너도 기대되지? 그래서 목마른 것도 배고픈 것도 참은 거지? 착하다, 우리 아들."

밤낮이 따로 없는 승욱이는 새벽 3시 30분부터 일어나 놀았다. 6시부터 수술 준비가 시작되었다. 수술이 가능한지 닥터 케이시가 승욱이의 눈을 검사하는 동안 내가 잔뜩 긴장하자 림형석 목사님께서 기도해 주셨다. 20분 후에 의사가 왔다.

오른쪽 눈은 수술하면 25퍼센트의 확률이 있지만 왼쪽 눈은 전혀 가망이 없다고 했다. 그래도 좋았다. 한쪽 눈이라도 가능성이 있으니.

2000년 12월 15일 아침 7시 30분, 이렇게 승욱이의 첫 수술이 진행되었다.

'승욱아, 엄마는 수술실 앞에서 기다리고 있을게. 잘하고 나와. 우리, 수술 끝나고 기쁜 마음으로 만나자. 엄마는 안에 못 들어가지만 하나님이 너와 함께하실 거야. 우리 아기 고생시켜서 미안해.'

못난 엄마 때문에 승욱이가 고생하는 것 같아 미안한 마음에 계속 눈물이 흘렀다. 10시가 되어서야 승욱이는 회복실로 나왔다. 아직 마취가 풀리지 않았는지 몸부림을 치며 힘들어했다. 닥터 케이시가 웃으며 말했다.

"수술은 성공적으로 잘 끝났어요. 검사 때 미처 발견하지 못한 것을 깨끗이 제거하느라 수술이 늦어졌습니다. 두 가지 주의 사항을 말씀드릴게요. 하나는 내일 병원에 다시 올 때까지 승욱이가 절대로 눈을 만지지 못하도록 하세요. 눈을 만지면 이식한 각막이 벗겨져 다시 수술을 해야 합니다. 두번째는 하루에 4번, 눈에 안약을 넣어주세요."

승욱이에게서 눈을 떼지 못하고 꼬박 밤을 새웠다.

다음 날, 병원에 갔다. 승욱이를 본 닥터 케이시가 만족스러운 듯 미소를 지으며 말했다.

"수술 자리가 덧나지 않고, 건들지만 않으면 어느 정도의 시력은 찾을 수 있을 것 같습니다. 하지만 얼마만큼이 될지는 장담할 수 없어요."

승욱이는 퉁퉁 부은 눈이 떠지지 않자 짜증을 내며 괴로워했다. 말을 못하니 어디가 불편하고 아픈지 알 수가 없었다.

자꾸만 욕심이 생겼다. 승욱이가 안경을 끼고 볼 수만 있다면 얼마나 좋을까? 한국에서 미국 올 때는 제발 수술만이라도 한번 받았으면 좋겠다고 생각했다. 그런데 지금은 다른 아이들처럼 볼 수 있으면 좋겠다는 마음이 간절하다. 왼쪽 눈도 마저 수술해서 빨리 한국으로 돌아가고 싶었다.

수술 후 3일이 지났다. 아니 이럴 수가! 아침에 승욱이가 일어나는데 약간 눈이 부셔하는 게 아닌가. 여전히 큰 안대를 하고 있었지만 옆으로 조금씩 빛이 들어가는 모양이었다. 가끔 빛이 있는 쪽으로 승욱이가 얼굴을 돌렸다.

"승욱아, 엄마야! 엄마! 엄마 보이니?"

겨우 빛을 보는 아이에게 계속 엄마가 보이냐고 물었다. 승욱이가 하루라도 빨리 봤으면 하는 마음에 하루에 수천 번도 더 묻는다. 내일은 더 잘 보겠지, 책을 읽게 될 날이 곧 오겠지 싶어 내 마음도 환해졌다.

승욱이가 빛을 느껴서일까, 태어나서 처음으로 밤 10시에 잠을 자고 아침 8시에 일어났다. 밤과 낮을 구분할 정도로 보이는 걸까. 빛을 보게 된 승욱이로 인해 2000년도 크리스마스는 세상에서 가장 귀한 선물을 받은 것 같았다.

보통 사람 눈 크기의 3분의 1밖에 안 되는 승욱이의 눈. 하지만 나에게는 세상 그 누구의 눈보다 예쁘고 까만 눈, 그만큼 귀한 눈이었다. 실밥을 풀려면 또 전신마취를 해야 한다고 했다. 그래, 이 힘든 전신마취 앞으로 3번만 더 하면 승욱이가 볼 수 있으리라.

매일같이 커다란 안대를 갈아주고 시간에 맞추어 눈에 항생제를 넣어주었다. 그러면서 오른쪽 눈의 실밥 푸는 날만 손꼽아 기다렸다. 그러던 어느 날, 항생제를 넣으려고 승욱이의 눈을 들여다봤는데 눈이 이상했다. 가족들에겐 아무 말도 하지 못하고 며칠 밤을 뜬눈으로 지새웠다. 며칠 후면 병원에 가서 실밥을 풀어야 하는데……

보름 동안의 빛

오른쪽 눈의 실밥을 푸는 날이다. 승욱이가 과연 얼마나 볼 수 있을지, 왼쪽 눈도 수술이 가능할지 알 수 있는 날이기도 하다. 승욱이는 마취한 지 10분이 지났는데도 멀쩡하다. 뭐가 그리 좋은지 마냥 행복한 얼굴이다.

드디어 승욱이가 수술실로 들어갔다. 예상보다 일찍 수술실에서 나온 의사가 형부 여동생과 심각하게 대화를 나누며 나를 쳐다보았다. 도대체 뭐라고 하는지 하나도 알아들을 수가 없다. 의사의 말을 고모가 통역해 주었다.

"승욱이가 너무 안타깝대요. 같은 날 수술한 4주 된 신생아가 있는데 결과가 좋아 지금은 볼 수 있다고 하네요. 승욱이랑 증상이 똑같았는데…… 승욱이는 병원에 너무 늦게 왔대요. 이식한 각막이 거부반응을 보여 다시 수술 전 상태로 돌아가고 있대요. 한국에서 의사가 소아백내장이라고 하지 않았어요?"

"아니요. 그냥 녹내장이 올지 모르니까 매일 녹내장 약만 넣어주라고 해서 그렇게 했는데……"

"승욱이가 미국에 있으면 좋겠대요. 한국으로 돌아가도 다른 방법이 없을 것 같다고요. 승욱이 이름을 자신의 환자 명단에 올려놓았으니까 더 발전된 안과 기술이 나오면 부르겠다고요."

의사의 말은 고마웠지만 위로가 되지는 않았다. 또다시 세상 끝으로 꺼지는 것 같았다. 승욱이가 볼 수 있을 거라며 기뻐해주던 많은 사람들의 얼굴이 스쳐 지나갔다. 아직도 마취에서 깨어나지 않은 승욱이를 입원실로 옮겼다. 눈물이 주체할 수 없이 흘러내렸다.

'승욱아! 엄마가 어떻게 하면 좋을까. 우리도 최선을 다했다는 거 너도 알지? 너에게 어떻게 설명을 해야 할까. 빨리 집에 가자. 엄마는 이 병원 냄새가 참 싫다.'

내 눈치를 살피는 가족들을 보기가 미안해 집에 오자마자 방으로 들어왔다. 한국에 있는 의사도 원망스럽고, 첫째로 내가 원망스러워 견딜 수가 없었다. 승욱이가 미국에서 태어났더라면, 아니 태어나자마자 미국으로 데려왔다면 지금쯤 볼 수도 있지 않을까. 자려고 누웠는데 그냥 눈물이 떨어진다. 그래, 오늘만 울고 정신 차리자.

승욱이는 겨우 보름간 빛을 보았다. 나중에 기억이나 할 수 있을까. 그래도 보름간이라도 봤으니 다행인가?

다음 날, 갑자기 아버지께서 가족회의를 소집하셨다. 뭔가 중대한 발표를 하시려는지 계속 헛기침을 하며 뜸을 들이시더니,

"민아야……"

부르시고는 또 한동안 말씀이 없으시다. 아버지를 쳐다보니 얼굴이 슬퍼 보인다.

"말씀하세요."

"우리 미국에 그냥 있자. 너, 한국에 승욱이 데려가면 지금 당장이야 키울 수 있겠지만 승욱이가 크면 뭐 시킬래? 승욱이 안마사나 침술사 같은 거 시킬래? 아버지 말 너무 섭섭하게 듣지 말고 냉정하게 생각해라. 아버지 아직 젊다. 내가 이 나이에 너 하나 뒷바라지 못하겠냐? 아버지랑 엄마랑 우리 다 그냥 미국에 있자. 응? 한국에는 이미 연락해 놓았다. 곧 삼촌도 오실 거고, 이 서방에게도 얘기했다. 그러니 앞으로 미국에서 어떻게 살지나 잘 생각해봐라."

"아버지, 저…… 미국 올 때 아무것도 정리하고 온 게 없어요. 살던 그대로 다 두고 왔는데 어떻게 여기서 살 수 있겠어요. 마음의 준비도 안 됐고 제가 무슨 도망자도 아닌데, 이건 아닌 것 같아요. 저에게 시간을 좀 주세요."

딸자식을 위해 평생을 사신 부모님, 그 부모님이 이제 자식을 위해 그리운 나라를 포기하고 말도 잘 통하지 않고 음식도 잘 맞지 않는 미국에서 살기로 결정하셨다. 도대체 자식이라는 게 뭘까?

이런 사정을 아는지 모르는지 승욱이는 수술 전이나 지금이나 너무나 만족스런 표정이다. 한국에 있을 때 어느 안과 의사에게 물었다.

"선생님, 보이지 않으면 무섭겠죠?"

"아니요. 태어날 때부터 못 보는 사람은 오히려 행복합니다. 중도 실명자는 정신과 치료를 받아야 하는 사람이 많은 반면, 태어날 때부터 못 보는 사람은 보는 것이 어떤 것인지조차 모르기에 본인은 행복하다고 합니다. 그런데 자아라는 것이 생기면 고민을 한다고 해요. 가족은 다 자기를 보고 있는데 정작 본인은 상대방을 볼 수 없다는 걸 알면요."

생각해보니 승욱이는 아무것도 걱정이 없는 것 같다. 모든 것이 나의 걱정과 고민이었구나 싶었다. 승욱이는 단지 못 보는 것뿐인데!

천사들과의 만남

매일 오후만 되면 승욱이를 안고 동네를 산책하시는 아버지가 숨을 몰아쉬며 들어오셨다.

"민아야, 글쎄 우리 이웃에 시각장애가 있는 사람이 사는데, 직장을 다니는 것 같더라. 며칠 전부터 말을 걸어보려고 했는데 오늘 우연히 그 사람하고 나하고 살짝 옷깃이 스쳤거든. 그래서 내가 붙잡고 승욱이 얘기 좀 했다!"

내가 웃으며 말했다.

"그러셨어요? 그 사람이 아버지 영어를 알아듣던가요?"

다음 날은 오전부터 비가 왔다. 커다란 우산을 쓰고 지팡이에 몸을 의지한 아저씨가 우리 집을 방문했다.

"안녕하세요. 제 이름은 필입니다. 어제 미스터 김을 만났는데 지금 있나요?"

필은 우리가 중국 사람이라고 생각했는지 중국인 친구까지 데리고 왔다.

"아니요. 외출하셨어요. 그런데 어쩌죠. 집에 영어 잘하는 사람이 없는데…… 그리고 저희는 한국 사람이에요."

필이 계속 얘기했다. 뭔가 도움을 주고 싶어하는 것 같았다.

"저를 20년 가까이 도와주는 앤이라는 분이 계세요. 우리 집에서 아주 가까운 곳에 사세요. 그분께 승욱이 얘기를 해놨어요. 앤이라면 승욱이를 도와줄 수 있을 거예요."

내가 잘 알아듣지 못하자 필이 천천히 또박또박 얘기했다.

필이 다녀 간 다음 날 아침, 같은 시각에 누가 또 문을 두드렸다. 어제보다는 약간 더 부드럽게 똑똑똑. 조심스럽게 현관문을 열고 보니 고운 미국 할머니가 한 분 서 계셨다. 한눈에 봐도 이분이 앤이라는 것을 알 수 있었다. 앤은 한국인 친구를 데리고 오셨다.

"반가워요. 전 앤이라고 해요. 필에게 얘기 들었어요."

앤이 반갑게 인사했다.

"아, 네. 어서 오세요. 와주셔서 감사합니다."

우리가 신발을 벗고 있는 것을 보고는 한국 사람이 사는 집은 처음이라며 난감해했다. 엄마가 괜찮다고 신발을 안 벗어도 되니 그냥 편하게 앉으라고 했다. 통역이 도와주니 의사소통에 무리가 없었다.

앤은 승욱이에 대해 궁금해했다. 지금 우리에게 필요한 것이 무엇인지, 또 가장 불편한 것이 무엇인지 물어봤다. 그리고 한참 동안 승욱이를 관찰했다. 준비해 온 서류에 기록을 마친 앤이 일어서며 말했다.

"제가 앞으로 승욱이를 어떻게 도울 수 있을지 자세히 알아보고 다시 올게요."

생각지도 못했던 필과 앤과의 만남은 축복의 시작이었다. 바쁜 일상으로 앤의 방문을 잊어갈 즈음, 가족들이 모두 외출하고 혼자 집에 있을 때였다. 서류를 한 뭉치 싸 들고 앤이 다시 찾아왔다. 앤은 서류를 탁자 위에 펼쳐놓고는 설명해주었다. 내가 알아들을 수 있도록 반복해서 천천히 설명해주었다. 아주 천천히, 그리고 더 천천히.

"제가 바라는 건 아무것도 없어요. 승욱 엄마의 대리인이 되어 승욱이를 돕고 싶어요. 그러기 위해서는 승욱 엄마의 사인이 필요해요."

왜 나를 도우려고 하는 것일까. 앤의 깊고 맑은 눈 속에 담긴 진지하고 진심 어린 눈빛을 보며 나는 사인을 했다. 전적으로 앤을 신뢰하는 마음이 들었다. 사인을 마치자 앤은 들고 온 서류 뭉치를 챙기더니 다시 오겠다는 말을 남기고 갔다.

앤이 다녀간 뒤, 여기저기서 전화가 빗발쳤다.

"저는 플러튼에 있는 검안의• 대학의 헤이맨이라고 합니다. 누가 우리 학교 홈페이지에 승욱이 사연을 올려놨어요. 그래서 전화하게 되었습니다. 제가 도울 게 있을까 싶어서요."

그런데 아쉽게도 내가 잘 알아듣지 못하자 다시 전화하겠다며 끊었다. 진작에 영어를 배워놓는 건데 후회막심이었다.

전화를 끊으니 이번에는 우리가 살고 있는 지역 교육청에서 전화가 왔다. 다행히 한국분이어서 깊이 있는 대화를 나눌 수 있었다. 교육청에서도 앤이 연락해놓았는지 승욱이에 대해 소상히 알고 있었다.

이어 우리가 사는 지역 센터Regional Center••에서 연락이 왔다. 비영리로 운영하는 사회복지재단인 이곳에도 한국인 사회복지사가 있어 대화가 잘 진행되었다. 지역 센터에서는 승욱이를 만나보고, 필요한 도움을 주겠다고 했다. 방문 날짜를 약속한 후 전화를 끊었다.

이후에도 전화가 몇 통 더 걸려왔다. 의사소통이 원활하지 않아 바로 끊을 수밖에 없는 전화도 있었다. 하루 종일 걸려오는 전화에 놀라 넋을 놓고 앉아 있었다. 저녁때 가족들에게 낮에 있었던 일을 얘기하고 있는데 또 전화벨이 울렸다.

"안녕하세요. 저는 에스더 안이라고 합니다. 플러튼 검안의 대학에 다니는 학생이에요. 닥터 헤이맨의 부탁으로 전화드렸어요. 승욱 어머니와 통화를 마치고 한국 사람 통역을 찾다가 대학병원에서 응급환자를 위해 통역해주고 있는 저를 발견한 거죠. 저에게 간곡하게 부탁하셨어요. 승욱이에게 산타아나에 있는 특수학교를 꼭 소개시켜주고 싶다고요."

나를 아는 것도 아니고, 승욱이를 만나본 것도 아닌데 사람들이 왜 이렇게 도와주려고 하는 걸까. 에스더는 학교 위치와 정보를 전해주었다. 그리고 에스더가 수업 없는 날을 택해 만나기로 약속했다.

• 검안의는 눈에 대한 건강과 보호를 위한 일을 한다. 시력 검사, 눈병 검사, 시각적 감수성, 색깔 구별 능력, 초점 맞추기와 눈동자의 움직임을 검사한다

•• Regional Center 장애인과 그 가족을 위한 지원과 서비스를 담당하는 주정부 기관

꼭! 이 학교여야 합니다

에스더가 가르쳐준 주소로 학교를 찾아가는 날이다. 그리 큰 기대 없이 엄마와 승욱이를 차에 태우고 집을 나섰다. 처음 가보는 길이라 긴장도 했지만 생각보다 거리가 멀었다. 고속도로를 세 번이나 갈아탔는데 어디서부터 길을 잘못 든 걸까, 그만 길을 잃어버렸다.

40년이 넘은 학교라 사람들이 많이 알지 않을까 싶어 주소를 보여주면 모두 고개를 내젓는다. 약속한 시간은 다가오고 조바심이 나자 아무 생각도 나지 않았다. 주변을 둘러보다 근처의 큰 교회를 찾아가 도움을 청했다. 감사하게도 교회 사무원이 도와주어 에스더와 연결이 되었다.

학교에 이미 도착해 있던 에스더가 다시 차를 돌려 우리를 데리러 왔다. 그때부터 에스더의 차 번호판이 우리의 이정표다. 에스더의 차는 점점 작은 길로 들어섰다. 우리 역시 에스더를 따라 작은 동네로 들어갔다. 캘리포니아의 전형적인 낮은 지붕과 오래된 집들이 있는 조용한 동네였다. 아담하고 예쁜 교회를 지나니 하늘 높이 솟은 나무들이

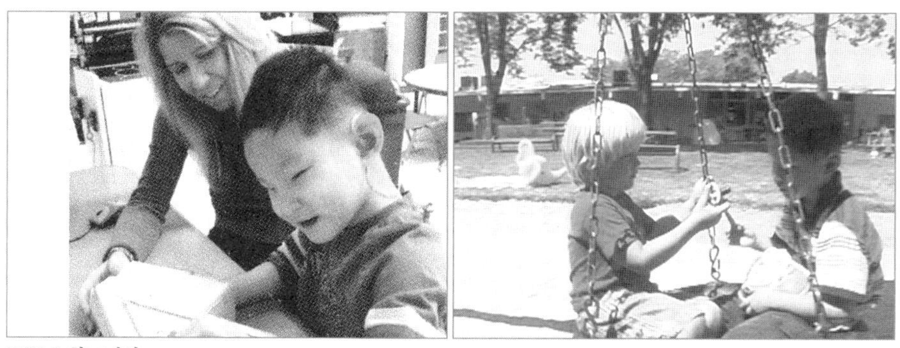

BCLC 학교에서

손바닥만한 공원을 둘러싸고 있다. 학교는 공원 뒤편 동네 한복판에 있었다.

학교에 도착하는 순간 가슴이 벅차올랐다. 아니 학교 입구로 들어서면서 보았던 아담한 교회의 십자가를 보는 순간부터 내 가슴은 뛰고 있었다. 마음을 진정하고 차에서 내렸다. 학교 관계자들의 안내를 받으며 학교를 둘러보기 시작했다. 그런데 이상했다. 특수학교에 정상아가 다니는 것이다.

"이 학교, 시각장애학교 맞나요?" 하고 물었더니 안내자가 내 마음을 알겠다는 듯 대답했다.

"네, 맞습니다. 그런데 왜 정상아도 다니고 있는지 궁금하신 거죠?"

"네."

"미국 엄마들은 일부러 자녀를 특수학교에 보냅니다. 어려서부터 장애에 대한 편견을 갖지 않도록 가르치려고요. 그래서 함께 어울려 공부를 시키죠."

"아, 네……"

"한국도 그런가요?"

"아, 네…… 그게 그러니까……"

나는 선뜻 대답할 수가 없었다. 한국에서는 동네 한복판에 특수학교를 세우는 것조차 쉽지 않다는 것을 알기에.

교실마다 신기하고 특이한 놀잇감과 놀이 시설 그리고 다양한 교재와 교구들로 가득했다. 교실은 나이별로 총 7개로 나뉘어져 있는데 생후 4주부터 7살까지 다닐 수 있다고 했다. 한 교실에 6명의 아이들과 교사 1명, 보조 교사 1명, 상주하는 자원봉사자 1명, 일주일에 몇 번씩 방문하는 자원봉사자가 한 반에 3명씩 배치된다. 학생 수보다 도와주는 사람의 수가 배를 넘는다. 그리고 정년 퇴직한 노인들이 하루 종일 무보수로 봉사를 한다.

교실을 모두 둘러보자 이번에는 특수교실(치료실)로 안내했다. 학교 관계자가 하는 말이, 앞을 못 보는 아이들은 달나라에 간 우주 비행사처럼 허공에 떠 있는 듯한 느낌을 받는다고 한다. 그래서 균형감각 교육을 특별히 많이 시킨단다.

그렇구나. 우리 승욱이가 지금 허공에 떠 있는 기분이겠구나.

학교를 다 둘러보고 나오다 엄마를 힐끗 보니 억지로 눈물을 참고 계셨다. 엄마 맘이 내 맘이겠지. 짧은 순간 학교 기둥에 기대어 서 있는 척하면서 기도를 했다.

"하나님, 여기 계시죠? 여기 다 보셨죠? 이 학교입니다. 다른 학교는 싫고요. 승욱이 학교, 꼭! 이 학교여야 합니다."

승욱아, 너 못 듣는 척하는 거지?

에스더의 소개로 방문했던 산타아나의 시각장애학교에 승욱이를 보내기로 결정했다. 교육청에서 연락 오기를 기다리면서 지역 센터의 예약시간에 맞추어 승욱이를 데리고 찾아갔다.

승욱이를 검사한 후, 결과에 따라 이곳에서의 소속 여부를 결정하는 날이다. 센터에서 근무하는 간호사와 카운슬러, 사회복지사, 나의 통역을 맡아줄 한국인 사회복지사 이지연 씨가 함께 했다. 그리고 질문 공세가 시작되었다.

승욱이는 어디서 태어났나요? 태어날 때는 정상 분만이었나요? 태어났을 때부터 지금까지의 이야기를 좀 해주세요. 어디를 가나 똑같은 질문이다.

눈 수술은 왜 실패했나요? 수술 후에 병원은 다니나요? 시력은요? 앞으로의 계획은요? 완전히 심문 당하는 기분이다. 이렇게 저렇게 설명하느라 얼굴은 벌겋게 달아오르고 진땀이 났다.

질문을 마친 이들은 승욱이를 검사실로 데려갔다. 정신적인 나이와 육체적인 나이를 검사 후에 판단한다고 했다.

낯선 곳에 들어서자, 승욱이 특유의 달라붙음이 시작되었다. 자기를 어찌하는 줄 알고 껌처럼 나에게 달라붙어 필사적으로 버티고 있다. 이들은 프로답게 있는 힘껏 발길질을 하는 승욱이를 얼굴 한 번 찡그리지 않고 달래고 기다리고 또 달래고 기다린다. 승욱이도 마음이 좀 놓였는지 순순히 그들에게 응하기 시작했다. 장난감도 주고, 말도 시켰다가 신발도 벗겨보고 열심히 이것저것 해본다.

마지막으로 간호사가 승욱이 귀에 작은 종을 대고 흔들었다. 승욱이가 아무 반응이 없자 좀더 큰 종을 귀에다 대고 울렸다. 그런데 승욱이가 이상하다. 장난감만 가지고 노는 승욱이에게 제일 큰 종을 가져와 귀에 바짝 대고 흔들었다. 승욱아, 왜 그래. 안 시끄럽니? 손으로 치우든지 머리를 다른 곳으로 돌리든지 해야 할 거 아냐.

검사를 모두 마치고 센터의 사람들은 어디론가 밖으로 나갔다. 온갖 생각이 다 들었다. 만약 승욱이가 소리마저 듣지 못한다면…… 설마 그건 아닐 거야.

승욱아, 너 엄마 소리도 잘 듣고 음악 소리, 형아 웃음소리 다 듣잖아. 그런데 왜 그랬니. 너 왜 자꾸 날 비참하게 만들어. 나쁜 녀석! 안 들리는 척하고 있는 것 좀 봐.

한참 후 지역 센터 사람들이 검사지를 들고 내가 있는 방으로 왔다.

"승욱이 어머니, 놀라지 말고 들어주세요. 아직 확실한 것은 아니고 우리가 검사한 결과 그대로를 말씀드리겠습니다."

심장이 요동치고 입술이 바짝바짝 타들어갔다.

"승욱이를 검사하면서 처음에는 자폐를 의심했어요. 그런데 우리 모두의 의견을 종합해본 결과 청력에 심각한 문제가 있다는 결론을 내렸어요. 아무래도 저희가 지정해주는 클리닉센터를 빨리 가보시는 게 좋을 것 같습니다."

"아! 말도 안 돼요. 그럴 리가 없어요. 우리 승욱이, 내가 부르면 얼마나 잘 듣는다고요. 그리고 우리 식구들 목소리, 음악 소리, 밖에서 잔디 깎는 기계 소리도 다 들어요. 제발 다시 검사해주세요, 네?"

"죄송합니다. 지금으로서는 저희가 드릴 말씀이 없어요. 빨리 청력 검사를 받아보러 가는 수밖에는."

지금 이 사람들, 뭐라고 하는 거지? 아무 소리도 들리지 않았다. 아무 생각 없이 무수히 많은 서류에 사인을 하고 돌아서는데 내 자신이 그렇게 초라하게 느껴질 수가 없었다. 그동안 감쪽같이 나를 속인 승욱이도 밉고 하나님도 원망스러워 계속 눈물만 나왔다.

어떻게 돌아왔는지 모르게 겨우겨우 집에 도착했다. 엄마와 언니가 무슨 일 있었냐고 묻는다.

"아무 일 없어."

대답하는데 또 눈물이 나왔다.

"엄마, 어떻게 해. 승욱이 소리도 못 듣는데……"

충격을 받은 엄마는 가슴을 치며 계속 같은 말만 반복하셨다.

"아이고, 우리 아가. 어쩔까나, 승욱아? 아니지. 아이고, 불쌍한 내 새끼."

집에는 또 폭풍이 몰려오고 있었다. 이걸 어떻게 수습해야 하나.

저녁때 가족들이 둘러앉아 밥을 먹는데 아무도 말이 없다. 간간이 아버지의 마른 헛기침 소리만 들렸다. 승욱이가 눈 수술에 실패했을 땐 모두가 내 눈치를 봤는데 지금은 완전히 반대다. 나는 고개도 들지 못한 채 계속해서 가족들 눈치만 보고 있다. 다들 아무 말이 없다. 도대체 무슨 생각들을 하고 있는 걸까.

나는 밥숟가락을 놓기가 무섭게 승욱이를 데리고 방으로 들어왔다.

"승욱아! 오늘 너랑 나랑 담판을 짓자! 지금부터 엄마 말 잘 들어. 엄만 너를 낳고 한 번도 니가 부담스럽다고 생각해본 적 없어. 그런데 오늘은 너도 밉고 나도 밉고 정말이지 니가 너무 부담스럽다. 아니?"

아! 내일이란 것이 안 왔으면 좋겠다.

학교 가자, 승욱아!

학교 가자, 승욱아!

학교를 간다. 이제 겨우 두 돌을 막 지난 우리 승욱이가 학교를 간다. 학교는 승욱이가 가는데 내가 더 신났다. 가슴이 설레 밤잠도 설치고 새벽같이 일어났다. 도시락과 간식을 준비하고 기저귀랑 필요한 물품도 챙겼다. 학교로 가는 길, 네 바퀴로 굴러가는 차가 붕 떠서 가는 것 같았다.

"승욱아! 너도 좋지? 지금 학교 가는 거야. 너 태어나서 처음으로 학교라는 데 가는 거야. 승욱이도 이제 학생이네."

혼자 신나서 얘기하다 혹시나 하고 뒤를 돌아보니 역시 우리 승욱이는 쿨쿨 자고 있다. 밤새 쿵쾅거리며 집 안 경비 서느라 잠을 안 잤으니 피곤할 수밖에.

학교에 도착하여 교실로 들어서니 벌써 선생님과 보조 선생님 그리고 자원봉사자들이 모여 있다. 반갑게 맞아주니 몸 둘 바를 모르겠다.

내게 안겨 있는 승욱이를 보자, 선생님이 받아 안으려고 한다. 처음이다. 다른 사람에게 승욱이를 넘겨주는(?) 것이. 승욱이는 자다가 놀라서 울어대기 시작했다. 낯선 환경과 낯선 사람들, 그리고 낯선 냄새. 자지러지게 우는 승욱이를 보고 내가 안절부절 못하니까 선생님이 걱정 말고 집에 갔다가 12시 30분까지 오라고 한다. 어정쩡한 자세로 돌아가지도 못하고 입구에 서 있으니 선생님이 그런다.

"앞으로 아이를 독립적으로 키우려면 마음을 그리 약하게 가지시면 안 돼요. 언제까지 그렇게 아이를 애기처럼 다룰 겁니까?"

지난 2년 동안 내 왼쪽 팔에서 하루도 내려놓지 않았던 승욱이다. 언제나 나의 심장 소리를 들으며 내 가슴에 기대어 놀던 승욱이, 내 왼팔이 승욱이의 가장 편안한 안식처였다. 오늘 이렇게 내 왼팔에서 승욱이를 떼어냈다. 너무 허전했다. 내 왼쪽 가슴 속에 있는 심장을 뚝 떼어놓고 가는 것 같다.

한국말 하는 사람도 없고 아는 사람도 한 명 없는 그곳에 승욱이 혼자 덜렁 두고 온 것이 내내 불안했다. 집에 돌아와서도 걱정이 되었다. 차렷 자세로 시계만 보고 있다가 수업 끝나는 시간보다 일찍 학교로 갔다. 혹시 선생님이 왜 이렇게 일찍 왔냐고 할까봐 차에서 기다리다 교실로 갔다. 그런데 승욱이가 보이지 않았다. 두리번거리며 승욱이를 찾았다. 선생님이 한쪽 구석을 손가락으로 가리켰다. 울다 지쳐 잠이 들었는지 얼굴에 눈물자국이 말라비틀어졌다.

"승욱아, 엄마 왔어. 엄마!"

갑자기 승욱이가 벌떡 일어나더니 세상에서 제일 서러운 사람처럼 불쌍하게 울어댄다. 이렇게 승욱이는 학교에서 첫날을 보냈다. 이후 아무것도 안 먹고, 울다 지쳐 쓰러져 잠자기를 반복하며 6개월간 혹독하게 학교 신고식을 치렀다.

이건 눈병이 아닙니다

승욱이가 학교에 다닌 지 4개월. 이제 제법 냉정하게 헤어지는 법을 알아갈 무렵의 일이다. 선생님이 자꾸만 승욱이의 눈에 대해 얘기를 했다. 눈병에 걸렸다는 것이다.

선생님에게 손짓발짓 아는 영어를 총동원해서 설명했다. 오른쪽 눈을 수술했기 때문에 사람이 많은 장소나 바람 부는 날, 흐린 날, 지저분한 곳에 가면 승욱이 눈에 눈곱이 끼는데 특히 컨디션이 안 좋으면 좀 더 심해진다고.

아침마다 세수를 시키면서 눈곱을 닦아줄 때면 항상 마음이 아팠다. 수술은 괜히 해서 고생만 시키는 것 같았기 때문이다. 보지도 못하는 눈에 눈곱까지 끼어서 얼마나 답답할까. 아무리 깨끗하게 닦아줘도 학교에 도착하면 또 눈곱이 끼어 있다. 그것도 총천연색으로.

승욱이를 학교에 데려다주고, 집에 돌아오자마자 선생님의 전화를 받았다. 당장 와서 승욱이를 데려가라는 것이다. 뭐라고요? 오늘은 열도 안 나고 컨디션도 좋은데, 뭐가 문제라는 거예요. 일단 가자. 가면서 차 안에서 영어로 할 말을 연습했다.

학교에 가서 보니 승욱이만 혼자 떨어져 책상에 앉아 있다. 거의 격리된 분위기다. 나를 보자 선생님이 냉정하게 말했다.

"승욱이 어머니, 승욱이를 지켜봤는데 눈병이 확실합니다. 다른 애들에게 전염시킬 수 있으니 애를 데리고 집으로 가세요. 그리고 다시 학교에 보내려면 의사의 소견서를 받아 오세요. 다 나으려면 한 5일은 걸릴 거예요. 그때 오세요."

나는 애써 침착하게 준비해 온 말을 쏟아냈다.

"이건 눈병이 아닙니다. 눈병이었으면 벌써 우리 가족 중에 누군가가 옮았겠죠. 하지만 우리 식구들은 모두 건강합니다. 아침에도 얘기했듯이 수술 후 눈이 약해져서 그런 거지……"

선생님이 내 말을 가로막았다.

"승욱이의 눈병에 대해 다른 학부모들이 불평이 심해서요. 우리도 도저히 어쩔 수가 없어요. 빨리 데리고 가세요."

그 말을 듣는 순간 머릿속이 하얘졌다. 준비해 온 말들이 모두 지워졌다. 그때 승욱이 담당 치료사인 리사가 들어왔다. 나를 보더니 반갑게 인사하며 승욱이 개인 운동 시간이라 데리러 왔다고 했다. 선생님은 승욱이는 눈병에 걸려 집에 보내야 한다며 안 된다고 했다. 리사가 치료실에 아무도 없으니까 괜찮다며 운동 시키는 것 마치고 집에 보내겠다고 했다. 선생님 얼굴이 파르르 떨린다.

아무래도 내가 가만히 있으면 서로 입장이 난처해질 것 같아 리사에게 고맙다고 인사한 뒤 승욱이를 데리고 나왔다. 괜히 리사가 더 미안해 한다. 같은 선생님인데 어쩜 저리 다를까.

집에 오는 길에 소견서를 받으러 병원에 들렀다. 내 이야기를 모두 들은 검안의는 소견서를 써줄 테니 내일부터 아이를 다시 학교에 보내라고 했다.

이튿날 소견서를 들고 학교에 갔다. 선생님은 승욱이의 눈병이 전염성이 전혀 없다는 검안의의 소견서를 뺏다시피 가져가 보더니, 이 소견서는 인정할 수 없다는 것이다. 안과 전문의의 소견서도 아니며 학교는 5일 후에 오라고 하지 않았냐며 다시 집으로 가라고 한다. 내 얘기는 들어보려고도 하지 않는다. 이런 선생이 다 있나 싶었다. 마음 같아서는 한바탕 하고 싶었지만 꾹 참고 나왔다.

그 길로 다시 검안의를 찾아갔다. 나의 얘기에 검안의는 어이없어하며 당장 학교 전화번호를 달라고 하더니 바로 전화해서 승욱이 담임과 통화를 했다.

"전 승욱이 담당 검안의입니다. 안과 전문의가 아니라서 제 소견서를 인정하지 못하신다고요. 선생님이 뭔가 오해하고 있나본데요. 검안의도 안과학적 치료를 합니다. 제 소견서에 어떤 법적인 하자가 있나요? 그리고 승욱이는 눈병이 아닙니다. 전염병이 아니기 때문에 아이들에게 병을 옮길 일이 절대 없습니다."

내가 하고 싶었던 얘기를 거침없이 하는 검안의를 보자 십 년 묵은

체증이 확 내려가는 것 같았다. 검안의는 내일 당장 승욱이를 학교에 보내겠노라고 통보하고 전화를 끊었다. 그리고 나에게는 학교에서 승욱이 눈으로 문제 삼으면 걱정하지 말고 언제든지 자기에게 오라고 신신당부를 했다.

병원에서 돌아오는데 마음이 편치가 않았다. 내 자식이니까 다들 너무하다고 서운했는데 만약 승욱이 아닌 다른 아이가 매일 눈곱이 잔뜩 껴서 학교에 왔다면 나는 어떻게 했을까? 그래 내가 선생님이었다면 나도 그렇게 말했을 거야.

다음 날 아침, 선생님을 찾아가 미안한 마음을 전했다.

"선생님, 어제는 제가 화가 나서 무례를 범했어요. 죄송합니다."

"아니에요. 제가 죄송했어요. 검안의도 의사인데 제가 너무 심했던 것 같아 미안했어요. 승욱이 어머니, 저 때문에 속 많이 상하셨지요?"

오히려 선생님이 겸연쩍어하며 사과한다. 이렇게 우린 또 한 고비를 넘겼다.

헬렌 켈러가 나의 아이라니

승욱이는 나름대로 학교에 점점 적응을 해가는 것 같다. 언제나 내가 문제이지 승욱이는 별 문제가 없어 보인다. 그즈음, 지역 센터에서 전화가 왔다. 귀 검사를 잔트레이시 병원에서 하니 그곳으로 가보라는 것이다.

잔트레이시 병원은 LA 코리아타운에서 그리 멀지 않은 곳에 있었다. 하지만 검사 당일에 길을 잃지 않으려 전전날 미리 길을 익혀두었다. 언제나 예약이 되어 있는 곳은 사전답사를 했다. 예약을 몇 달씩 기다려서 하기 때문에 자칫 실수로 길이라도 잃어버리면 또다시 다음 예약을 위해 몇 달을 기다려야 한다.

넉 달을 기다려 잡은 검사 당일, 병원에 도착하니 예약 환자란에 '이승욱' 이름이 커다랗게 걸려 있었다. 오후 2시 이후의 예약 환자는 승욱이 한 명뿐이라고 했다. 이래서 오래 기다리는구나 싶었다.

담당 청력사가 기다렸다며 우리를 반갑게 맞아준다. 승욱이에 대한 간단한 질문에 답을 하고 안내해주는 대로 방음 시설이 되어 있는 방으로 들어갔다. 귀 안에 중이염이 있는지 또다른 질병은 없는지 검사하고 다시 다른 방으로 옮겨 청력 검사를 했다. 청력사는 스피커에서 나오는 다양한 소리로 승욱이가 얼마나 듣고 있는지를 체크했다.

검사 결과를 보며 청력사가 말했다.

"전혀 못 듣는 것 같진 않습니다. 그런데 아주 심한 난청인 것 같으니까 빨리 ABR 테스트[●]를 받아보세요. 우리 병원에는 시설이 없어 ABR 테스트를 할 수가 없어요."

승욱이가 어느 정도 들을 수 있다는 건지, 나는 더 답답해졌다. 집으로 돌아와 지역 센터에 전화해 물었다. 사회복지사(social worker)는 ABR 테스트는 지역 센터에서 비용 지원을 해줄 수가 없다고 친절하게 대답해줬다.

미국은 간단한 감기도 소아과에 한 번 가려면 50~60불이 든다. 안과 같은 경우는 최소 150불은 족히 든다. 그나마 의료보험이 있으면 다행인데 장애가 있는 승욱이는 보험을 들 수가 없다.

ABR 테스트를 받으려면 비용이 만만치 않다. 이럴 때는 도깨비방망이 하나 있으면 좋겠다. 돈 나와라 뚝딱! 더도 말고 덜도 말고 승욱이 ABR 테스트만 받았으면 좋겠다.

며칠 후, 지역 센터의 사회 복지사에게 전화가 왔다. 우리를 도우려 여러 군데 전화를 했었나보다. 친구 중의 한 명이 의료 업무와 관련된 곳에서 일을 하는데 승욱이 이야기를 했더니 기꺼이 도와주겠다고 했

● ABR 테스트 Auditory Brainstem Respouse 청각 뇌파 반응 검사

다는 것이다. 그 친구는 승욱이는 물론 나와 승혁이의 메디컬(의료 보험)까지 만들어주었다. 이 메디컬은 나중에 승욱이와 승혁이가 자라는 데 아주 유용하게 사용되었다.

메디컬이 생긴 승욱이는 두 달 뒤 병원에서 ABR 테스트를 받게 되었다. 마취과 의사는 승욱이에게 시럽 같은 약을 먹이면 1시간 정도는 깊이 잘 거라고 했다. 약을 먹지 않으려는 승욱이에게 어른 세 명이 달려들어 마취약을 먹였다. 결국 울며불며 약을 삼킨 승욱이는 억울하고 분한 마음을 엄마 가슴을 치며 달랬다.

마취약을 먹은 지 30분이 지났는데도 승욱이는 말똥말똥했다. 처음보다 조금 더 많은 분량의 마취약을 승욱이에게 다시 먹였다. 그러자 벽에 머리를 박고 발을 구르며 우리에게 시위라도 하듯 발버둥쳤다.

겨우 마취가 된 승욱이를 검사대에 뉘었다. 승욱이의 머리와 가슴과 손가락에 수많은 선들을 연결했다. 검사 중에 깨어난 승욱이는 또 한 번 마취약을 먹어야 했다. 저러다 우리 승욱이가 잘못되는 건 아닌지 걱정됐다. 드디어 ABR 테스트가 끝나고 축 늘어져 있는 승욱이를 보니 명치끝이 아려온다.

"오늘 혼자 왔어요? 가족이나 같이 온 사람은 없나요?"

청력사가 근심스러운 얼굴로 나에게 물었다.

"네, 저 혼자 왔는데 문제가 있나요?"

"영어를 잘하는 사람하고 연결해줘요. 승욱이 상태를 설명해야 하는데 전문용어가 너무 많아요."

"문제가 뭔데요? 많이 나쁜가요?"

"네, 생각한 것보다 아주 많이 나빠요."

"……"

앤의 한국 친구를 연결시켜주었다. 두 사람은 한참 동안 통화하더니 청력사가 다시 나를 바꿔줬다.

"승욱이 엄마, 상황을 보니 내가 그곳에 같이 있었으면 더 좋았을 뻔 했어요."

"청력사가 뭐라는 거예요?"

"승욱이 양쪽 귀의 청력이 90데시벨이 넘는대요."

"그럼 아주 나쁜 건가요?"

"네, 많이 나쁜 거예요."

"그럼 지금 제가 뭘 어떻게 해야 하죠?"

"검사 결과를 집으로 보내준대요. 그걸 받으면 빨리 병원 길 건너편에 있는 이비인후과 전문의를 찾아가래요. 오늘은 승욱이 깨어나는 대로 그냥 집으로 가시면 된대요."

"네, 알겠습니다."

"승욱이 엄마! 너무 실망 말아요. 청력사 말로는 보청기를 한번 시도해보자고, 그게 도움이 될 거라고도 했어요."

"아, 네. 그래요. 하여간 감사합니다."

수화기를 내려놓으니 참았던 울음이 나도 모르게 터졌다. 통화 중에 울어버렸으면 앤의 친구도 당황했을 텐데 그나마 다행이었다.

승욱이를 작은 병실로 옮겼다. 간호사가 마취에서 덜 깬 승욱이를 깨우기 위해 찬 물수건으로 몸을 계속 닦아주었다. 내가 옆에 앉아 눈물을 뚝뚝 흘리자 말없이 티슈를 건네주었다. 승욱이가 눈을 떴다 감았다를 반복하며 괴로워했다.

'승욱아, 우리 그만 집에 가자. 여기 너무 오래 있었어.'

일단 이 병원에서 나가야 살 것 같아 승욱이를 억지로 일으켰다. 승욱이를 데리고 병원을 나왔다. 가을바람이 불었다. 처음 승욱이가 못 듣는다는 진단을 받은 것이 봄이었는데, 지금은 가을도 벌써 반을 지났다.

사람의 청력 한계는 0~120데시벨이라고 한다. 0~30데시벨은 정상이고 30~60데시벨은 난청, 60~90데시벨은 심각한 난청, 90~120데시벨은 거의 못 듣고, 120데시벨은 완전히 못 듣는다고 한다. 승욱이의 청력이 90데시벨이 넘는다면 그동안 승욱이는 어떻게 들었던 걸까. 나는 정말 승욱이가 그 정도였는지 몰랐다. 내 목소리도 잘 듣고 음악을 틀어주면 박자도 맞추던 승욱이였는데 어떻게 그럴 수 있었던 걸까?

"승욱아, 엄마가 너에게 정말 미안해. 그런데 엄마는 지금 뭘 어떻게 해야 할지 모르겠다. 어디서부터 이걸 풀어가야 하니?"

책에서나 읽었던 헬렌 켈러가 나의 아이라니. 어떻게 한 가지만 할 것이지. 눈만 못 보든지, 귀만 못 듣든지, 이건 너무하다. 그렇다면 말도 못한다는 건가? 승욱이가 3중장애라니. 아! 하나님, 제발 저에게 지혜를 주세요.

보청기가 생기다

기다리던 승욱이의 ABR 테스트 결과지가 집에 도착했다. 알 수 없는 그래프와 사전에 나오지도 않는 단어로 가득했다. 난감했다. 어디에 전화해서 물어봐야 하나. 종이만 들여다보며 며칠을 고민했다.

일단 메디컬 담당자에게 전화했다. 30분 동안 열심히 설명을 해주는데 역시 어렵다. 대충 꿰맞추어 보니 이비인후과 병원에 갈 수 있도록 서류를 보내준다는 것 같았다. 일단 알았다고 했다.

서류를 기다렸는데 두 달이 넘도록 아무런 소식이 없다. 도대체 언제까지 기다리라는 건가. 도저히 못 참겠다. 떠듬이 영어로 다시 전화를 걸었다.

메디컬 담당자가 CCS(California Children's Services)●에는 전화했냐고 물었다. 그럼 지난번 통화 때 나보고 CCS에 전화하라고 했던 건가? 그녀는 처음부터 다시 설명을 해줬다.

●CCS(California Children's Services)는 캘리포니아 내의 장애 아동들에게 휠체어나 목발, 보청기, 특수기구부터 모든 수술비까지 필요한 모든 것을 제공해 주는 기관이다. 병원에서 보낸 아동의 검사 결과지를 보고 수술을 할지, 보조기를 해줄지도 판단하고 지원한다. 장애아들은 보험에 가입할 수 없기 때문에 나라에서 지원을 해주는 것이다. 이곳에서 일하는 사람들은 대부분 의사와 간호사들로 각 분야의 전문가들이다. 이들은 장애아들의 상황을 판단하고 무엇을 지원해줄지 결정한다.

메디컬은 병원이나 클리닉 가는 것을 지원해주고, CCS는 승욱이에게 필요한 보조기구를 지원해주는 곳이라고 했다. 승욱이는 보청기가 꼭 필요한 아이라고 되어 있으니 CCS와 메디컬에서 동시에 서비스를 받아야 한다고 했다. 이비인후과 가기 전에 꼭 CCS에 전화하라는 것이었다. 이 말이 두 달 전에는 왜 안 들렸을까. 휴.

다시 바빠지기 시작했다. 먼저 CCS에 전화를 걸었다. 담당 간호사와 일정을 상의한 후 이비인후과에 갈 수 있는 서류가 오기만을 기다렸다. 한 달 만에 서류 도착. 그래도 양호한 편이다.

서류에는 이비인후과 클리닉과 의사가 지정되어 있었다. 그런데 알아보니 그 담당 의사가 한 달 전에 지역을 옮겼다는 것이다. 서류를 다시 기다리는 한 달은 꽤나 지루했다.

그사이 2002년이 왔고 또 한 달이 지나서야 서류가 도착했다. 이만한 일에 몇 달씩 걸리는 미국 행정에 속이 터졌다. 괜히 아이들에게만 짜증을 부렸다. 하루라도 빨리 승욱이가 보청기를 끼고 들었으면 하는 내 조급함 때문에 더 그랬던 것 같다.

클리닉 센터의 방에는 보청기가 종류별로 진열되어 있었다. 나는 벽에 진열된 보청기를 보며 속으로 승욱이의 보청기를 골랐다.

'그래, 저기 제일 작은 보청기가 좋겠다.'

청력사는 고무찰흙처럼 생긴 것을 손에 가득 들고 왔다.

"그건 뭐예요?"

내가 물었다.

“이건 귀 본mold을 만드는 거예요. 보청기를 끼우려면 귀에 부드러운 것을 넣어야 합니다. 이 고무찰흙으로 임시 본을 떠서 귀에 꽂는 보청기 형태를 만들어요.”

‘아, 그렇구나. 오늘 뭘 만든다고 하더니 그게 귀 본이었구나.’

청력사가 말랑말랑한 고무찰흙을 굵은 주사기 안에 넣으며 말했다.

“이 고무찰흙을 승욱이 귀에 넣을 거예요. 그리고 귀 모양대로 3분간 말린 뒤, 본을 뜨는 게 오늘 할 작업입니다.”

이론은 쉽다. 그런데 승욱이가 귀에 고무찰흙 넣는 것을 용납할지 걱정이 되었다. 승욱이가 세상에서 제일 싫어하는 것이 눈이나 귀를 만지는 것이다.

청력사는 아이를 꽉 잡으라고 했다. 조금이라도 흔들려서 본을 잘못 뜨면 한 달 후에 다시 와서 만들어야 한다고 했다.

‘승욱아, 그럴 순 없잖아. 그러니 조금만 참아.’

하나, 둘, 셋! 있는 힘껏 승욱이를 잡았다. 드디어 올 것이 왔다. 승욱이는 인정사정없이 발길질을 하고 머리를 좌우로 흔들었다. 나와 청력사는 좁은 공간에서 땀을 뻘뻘 흘리며 승욱이를 붙잡았지만 역부족이었다. 직원 두 명이 추가로 투입되었다.

작은 방에서 어른 넷에 아이 하나가 난리를 피우고 있었다. 한 사람은 머리를 잡고, 또 한 사람은 승욱이 팔을 잡았다. 나는 승욱이를 꽉 끌어안고 청력사는 오른쪽 귀에 고무찰흙을 집어넣었다. 승욱이는 자기 귀 안에 이상한 것을 집어넣자 기겁을 해서 더 요동을 쳤다. 한쪽 귀의 고무 본을 겨우 만들었다. 고무찰흙이 마르는 3분, 참 길다.

이제 왼쪽 차례다. 하나, 둘, 셋! 승욱이를 좀 전과 같이 잡았다. 승욱이도 지쳤는지 힘이 많이 빠져 있었다. 귀 안에 고무찰흙을 넣고 다시 3분, 다 끝났다. 그런데 청력사가 모양이 좀 삐뚤어졌다며 다시 만들어야겠단다.

'다시? 웬만하면 그냥 쓰시지. 승욱아, 진짜 마지막이다. 알았지?'

다시 각자 자리로 향했다. 이번에는 승욱이가 풀이 팍 죽었다. 겨우 끝이 났다. 청력사가 두 번째에 걸려 있는 보청기를 가리키며 앞으로 승욱이가 할 보청기 모델이라고 했다.

"저거요? 너무 큰 것 같은데요. 귀가 늘어질 것 같아요. 저것보다 좀 더 작은 것으로 하면 안 될까요?"

"안 돼요. 작은 것은 아이들이 잃어버리기가 쉬워요. 또 가격도 비싸고요."

청력사는 난색을 보이며 3주 후에 보청기를 찾으러 오라고 했다.

보청기를 맞춰놓고 기대에 부풀어 매일 공상에 빠졌다. 보청기를 끼면 내 목소리를 더 잘 듣겠지. 이제는 장난감에서 나는 소리를 들으려고 장난감 스피커에 얼굴을 들이대다 피멍이 들진 않겠지. 내가 부르면 뒤를 돌아볼까? 어떤 소리까지 들을 수 있을까. 아! 빨리 연락이 오면 좋겠다.

3주면 된다던 본은 두 달이 훨씬 넘어서야 연락이 왔다. 처음부터 두 달이라고 했으면 이렇게 애타게 기다리지도 않았을 텐데. 좀 야속한 마음이 들었다. 청력사는 보청기의 본체와 지난번에 맞춘 본을 보여주며, 사용법에 대해 자세히 설명해주었다. 청소하는 법, 배터리 갈아 끼우는 법, 보관법에 대해 알려주고 보청기를 건네줬다. 그리고 내가 올바르게 다룰 수 있도록 실습을 시킨 뒤, 승욱이 귀에 보청기를 끼워 주었다.

몇 분 전부터 분위기가 심상치 않음을 눈치 챈 승욱이는 괜히 징징거리며 나가자고 떼를 썼다. 그랬던 승욱이가 보청기를 끼워주니 갑자기 차렷 자세로 가만히 있다. 마치 움직이면 폭발하는 폭탄을 지닌 듯한 표정이다.

청력사가 보청기의 볼륨을 조절하며 마지막 점검을 했다.

"다 되었습니다. 혹시 나중에 문제가 생기면 다시 오세요."

"네, 감사합니다. 그런데 아이들은 보통 새 귀 본을 얼마나 자주 맞추나요?"

"보통 6개월에 한 번 정도 새로 해요. 아이들이 성장하면서 귀도 자라거든요."

승욱이는 집으로 오는 내내 머리 한 번 까딱하지 않았다. 병원에서부터 앉은 자세 그대로 집까지 왔다.

'가만히 있을 성격이 아닌데 도대체 쟤가 왜 저러지? 무서워서 그런 거야, 아니면 무슨 소리가 들리는 거야?'

알 수가 없으니 답답하기만 했다. 승욱이는 고개를 푹 숙이고 나한테 딱 달라붙었다. 보청기를 끼우고 나에게 기대면 영락없이 보청기에서 삑 소리가 난다. 스피커를 막거나 위치가 틀려도 여지없이 삐익.

보청기를 한 지 2시간쯤 지났을까. 살살 손으로 보청기를 만지다 고개도 갸우뚱거려본다. 나름대로 탐색전에 들어간 것 같다. 여태까지 승욱이는 안전성을 테스트했나보다. 안전한 물건임을 확인하고 직접 만져보려고 아주 신중하게 행동으로 옮기고 있다.

보청기를 끼워준 지 5시간쯤 되니 이젠 모든 것을 파악한 승욱이가 갑자기 보청기를 귀에서 확 빼버렸다. 보청기에는 예쁜 고무줄이 연결되어 있었다. 잘못해서 잃어버릴까봐 고무줄과 집게를 연결해 옷에 끼워놨다.

귀에서 빠진 보청기는 승욱이 옷에 대롱대롱 매달려 있다. 뭔가가 옷에 대롱대롱 매달려 있자 재밌는지 승욱이가 깔깔깔 웃는다. 웃으며 몸을 움직이니 매달려 있는 보청기도 같이 흔들거린다. 게다가 소리까지 삐익~ 빼액~ 뽀옥.

학교를 옮기고 싶지 않아요

요즘은 학교에 가는 발걸음이 무겁다. 가능하면 승욱이 담임 선생님과 마주치고 싶지 않다. 오늘도 선생님은 나를 불러 세워놓고 승욱이의 학교 문제에 대해 얘기를 한다.

"승욱이가 5월이면 세 살이 되지요? 그러면 주정부에서 더 이상 교육비를 지원해줄 수가 없어요. 아마도 지금 살고 있는 지역의 교육청에서 학교를 추천해줄 거예요. 지금부터 집 근처에 있는 특수학교를 알아보세요. 교장 선생님이 교육청 담당 교육관과 계속 얘기는 하고 계세요. 우리 학교가 사립이다보니 학비도 비싸고 선생님들도 어떻게 하면 좋을지 매일 회의를 하고 있어요. 승욱 엄마 생각은 어때요?"

"전 정말이지 학교를 옮기고 싶지 않아요. 이유는 선생님이 더 잘 아시잖아요."

영어를 유창하게 할 수만 있다면 승욱이가 왜 이 학교에 계속 다녀야 하는지 속시원히 말하고 싶다. 언제나 말이 짧아 내가 생각도 짧은 사람처럼 보이는 것이 답답하다.

장애 아동은 세 살부터 살고 있는 주소의 교육청에서 교육을 담당한다. 집 근처의 학교로 옮기라면 그래야겠지만 이제 겨우 학교에 적응한 아이를 어디로 옮기라는 건지. 우리 교육청에는 시각, 청각 전문 선생님도 없는데…… 무엇보다도 혼란스러워할 승욱이를 생각하니 앞이 막막했다.

작은 턱을 넘어 좁은 길을 걸으니 둔덕이 나오고 둔덕을 훌쩍 뛰어넘으니 울퉁불퉁한 길이 나온다. 울퉁불퉁한 길을 어렵게 빠져나오니 언덕이 나오고 언덕을 넘으니 꼬불꼬불 산길이 나온다. 꼬불꼬불 산길을 통과하니 낮은 산이 나오고 낮은 산을 힘겹게 넘으니 험한 절벽길이 나온다.

승욱이의 학교 결정 문제로 IEP(Individual Education Plan)* 미팅이 잡혔다. 미팅에는 총 12명이 참석했다. 학교 선생님 7명, 교육구의 승욱이 담당관 3명, 앤과 클라라 장 그리고 나. 자유롭게 앉았는데 꼭 남북정상회담을 하는 것처럼 두 편으로 나뉘었다. 승욱이 편과 교육구 편.

승욱이 담당관은 월넛 교육구의 진Jean이다. 선생님들은 각자 준비해 온 두툼한 자료를 나눠주었다. 승욱이 담임 선생님부터 각자 맡은 부분을 진지하게 설명했다. 교육구 쪽에서는 계속 꼬투리를 잡으며 공격했다. 지난 한 해 동안 학교에서 기대한 것만큼 승욱이가 향상되지 않았기 때문이다.

*IEP(Individual Education Plan) 미팅이란 장애 아동이 속한 교육구의 주최로 일 년에 한 번(때에 따라 한 번 이상) 각 아동의 장애 정도에 따라 교육 목표와 지원 서비스를 결정하는 것을 말한다. 학교 선생님들과 교육구 관계자와 부모가 만나는, 일 년 중 가장 큰 미팅이다. 승욱이 학교는 일 년에 4번 정도 선생님들과 부모가 작은 IEP 미팅을 한다. 이 미팅을 통해 승욱이의 교육에 관한 것을 선생님들과 함께 토론하고 방향을 잡아나가는 일을 한다.

교장 선생님까지 합세해 열변을 토하셨지만 역부족이었다. 교육구 담당관들은 논리정연하게 학교 교육의 미흡한 결과와 앞으로 어떤 교육에 중점을 둘 것인지 추궁했다. 어찌나 몰아세우는지 다들 까무러치기 일보 직전이었다. 대세는 완전히 기울었다. 교육구 담당관들은 마지막 종이에 사인할 것만 남겨두고 탁자에 볼펜을 탁탁 쳤다.

한 달 안에 빨리 승욱이 학교를 알아보는 것이 여기에 있는 사람들을 편하게 해주는 거라는 생각이 들었다. 진이 나에게 마지막으로 하고 싶은 말이 있으면 하라고 시간을 줬다. 지금 이 말을 못하면 평생 후회할 것 같아 용기를 내었다. 떨리는 마음을 겨우 진정시키고 클라라 장에게 통역을 부탁했다.

"지금부터 일 년 반 전, 승욱이를 데리고 미국에 왔습니다. 감사하게도 눈 수술을 하게 되었지요. 그러나 그 수술은 실패했습니다. 이어 승욱이가 듣지도 못한다는 걸 알게 되었죠. 앤을 만나 지금 승욱이가 다니는 학교를 소개 받았고, 승욱이를 낳고 2년 만에 처음으로 제 심장과 같은 승욱이를 떼어놓고 얼마나 울었는지 모릅니다. 학교에서 승욱이는 6개월 동안 매일 울고 잠만 잤습니다. 하지만 그래도 전 만족했습니다. 모두들 승욱이를 사랑으로 맞아주었으니까요. 이곳에는 변함없이 아침 일찍 승욱이를 맞이해주는 파파짐 할아버지와 승욱이의 친구인 낡은 목마, 또 승욱이를 끝까지 기다려주신 선생님들의 헌신적인 사랑이 있습니다."

회의실이 숙연해졌다.

"계속하세요."

그중 한 사람이 다음 말을 재촉했다.

"여기 이 자료에 나온 숫자는 그저 숫자에 불과합니다. 이 숫자로 승욱이를 평가하지 말아주십시오. 혼자서는 컵으로 물도 못 마시고, 아직까지 말도 못하고, 도움 없이는 혼자 걷지도 못하지만, 그런 건 승욱이에게 큰 문제가 아닙니다. 승욱이는 이제 겨우 엄마인 나를 벗어나 세상 밖으로 나가려고 마음의 문을 조금 열었습니다. 이제 곧 세 살이 되니 학교를 결정해야 한다는 것도 압니다. 이곳에 모인 여러분들 모두 승욱이를 위해, 승욱이가 세상 밖으로 나가는 데 도움을 주시기 위해 모인 분들이라고 생각합니다. 전 승욱이가 독립적으로 세상에 나가기를 원합니다. 이제 더 이상 제 품에서만 자라지 않았으면 좋겠습니다."

"……"

"헬렌 켈러가 우리에게 존경 받는 사람이 될 수 있었던 것은 설리반이라는 헌신적인 선생님을 만났기 때문입니다. 이곳에 계신 승욱이 학교 선생님들은 모두 설리반과 같은 선생님들입니다. 전 이분들을 믿습니다. 한 해만 더 기회를 주십시오. 지금 승욱이가 학교를 옮기는 건 정말 위험합니다. 또다시 새로운 곳에 적응하고 또 모든 것이 지연되는 것은 승욱이를 위한 일이 아닙니다."

북받치는 감정을 누르고 간신히 말을 마쳤다. 둘러보니 교육구에서 나온 세 사람의 얼굴이 심각하다. 무슨 이야기를 하는 걸까. 뭔가 새롭게 의논을 하는 것 같았다.

그렇게 한참 이야기를 나누더니 결심한 듯 각자 책상 위에 놓인 서류를 자신들의 가슴 가까이로 가져갔다. 그리고 승욱이가 학교에 계속 다닐 수 있도록 사인했다. 갑자기 여기저기서 박수가 터져 나왔다. 그래, 모두가 같은 맘이었으리라.

소년과 낡은 목마

벌써 승욱이는 세 살이 되었다. 5월 27일, 새 학기를 맞아 새 셔츠를 입히려고 단추를 채우니 불편한 듯 특유의 버둥거림으로 옷을 잡아당긴다. 자주 입던 티셔츠로 갈아입혀주니 만족스러운 듯 배시시 웃으며 내 손을 잡고 장난을 친다. 그 모습이 얼마나 사랑스러운지 천사 같다.

참 많이 컸다. 요즘은 양말을 신겨주면 신발도 신겨주는 줄 알고 발을 내민다. 학교에서도 씩씩하게 잘 놀고 밥도 잘 먹는다. 선생님들과 친구들도 다 파악을 했는지 반갑게 인사도 나눈다. 잘 자라줘서 그저 고마울 따름이다.

세 살이 된 승욱이에게 생긴 가장 큰 변화는 트리샤 선생님이 아침 9시부터 3시까지 승욱이와 항상 함께 있다는 것이다. 음악을 좋아하는 트리샤 선생님은 매일 새롭고 다양한 음악을 아이들에게 들려준다. 그래서 승욱이가 새 교실에 가서도 생각보다 빨리 적응을 하는 것 같다.

승욱이가 교실로 들어서면 제일 먼저 찾는 것이 있다. 교실 입구에서 앞으로 일곱 발짝을 간 다음 좌향좌 하여 열한 발짝을 가면 승욱이가 제일 좋아하는 낡은 목마가 있다. 그 목마를 보면 얼마나 많은 아이들의 사랑을 받았는지, 또 얼마나 오래되었는지 짐작이 될 정도다. 학교와 함께 세월을 보낸 목마는 나뭇결마다 손때가 묻어 있고, 손잡이는 하도 만져서 닳고 닳았다. 여기저기 상처투성이에 꼬리는 언제 떨어져 나갔는지 아무도 모른다.

승욱이 교실이 바뀌자 낡은 목마도 승욱이를 따라 새 교실로 왔다. 교실로 들어서자마자 낡은 목마에 앉으면 선생님은 신나는 라피 아저씨의 노래를 틀어준다. 승욱이의 아침 풍경이다.

밤을 꼬박 새우고 학교에 간 날이면 선생님은 자는 승욱이를 목마에 태운다. 그리고 라피 아저씨의 음악을 틀어주면 신기하게도 승욱이는 잠에서 깨어난다. 그래서 선생님들은 낡은 목마를 '승욱이의 모닝커피'라고 불렀다. 너무 졸려서 수업을 들을 수 없을 때는 선생님들이 목마를 이 교실 저 교실 들고 다니며 승욱이의 기분을 맞춰주었다.

너무 낡아 가끔은 애처롭게 보이는 그 목마는 지금 다른 아이의 모닝커피가 되었다. 3년 동안 승욱이의 사랑을 한 몸에 받았던 낡은 목마. 이제 승욱이는 그 목마를 타지 않는다. 키가 훌쩍 커버린 승욱이가 타기에는 서로가 힘겹기 때문이다.

많은 아이들의 친구가 되어주었던 그 목마가 언제까지나 그 자리에 있었으면 좋겠다. 승욱이에게 큰 힘이 되어주었듯이 다른 친구들에게도 분명 좋은 친구가 되어줄 것이기에.

스쿨버스를 타고 다니게 되다

따뜻한 봄 햇살을 받으며 승욱이를 데리러 집을 나서려는 순간, 휴대전화가 울렸다. 진Jean이었다. 중간에 이성희 씨가 통역을 해줬다. 삼자통화가 시작되었다. 진은 다음 주에 있을 IEP 미팅 전에 스쿨버스 지원에 관한 것을 일단락 짓고자 한다는 것이다. 승욱이에게 왜 스쿨버스가 필요한지 구체적으로 설명을 하라고 했다.

"두 달 전 우연히 승욱이 학교의 학부모에게 얘기를 들었어요. 스쿨버스 서비스를 받을 수 없을 때 교육구에서 교통비를 지급해준다고 하던데 맞나요?"

진이 머뭇거리다 말한다.

"모든 경우에 다 교통비를 지급해주지는 않아요. 좀 특수한 경우에만……"

당황한 기색이 역력하다.

"그래요. 특수한 경우가 있다고 해요. 그럼 왜 2년 동안 저에게 아무 말도 하지 않았나요? 전 교육구에서 승욱이를 학교에 보내주는 것만으로도 감사해요. 진이 일부러 말을 안했는지 아니면 실수였는지 그건 기분 나쁘지 않아요. 그래도 다른 사람에게 전해 들으니 섭섭하긴 하네요. 한 달에 교통비 250불이 받고 싶어서 이런 얘기 하는 게 아니잖아요."

"그럼 김민아 씨가 원하는 건 뭔가요?"

"원하는 거요? 지난 2년간의 일은 중요하지 않아요. 전 앞으로가 중요해요. 승욱이를 위해 스쿨버스 서비스를 해줘요."

무식하면 용감하다고 누가 그랬던가. 이 당당함은 어디에서 나오는 건지 모르겠다.

진이 아무런 말이 없다. 나의 말에 적지 않게 고민을 하고 있음이 틀림없다. 스쿨버스 서비스를 못해준다고 하자니 지난 2년간의 교통비 때문에 문제가 될 것 같고, 해준다고 하자니 한 번도 이렇게 스쿨버스 서비스를 해준 전례가 없어 불안한 것이다.

진이 이번 달부터 교육구에서 교통비를 지급하는 것으로 결론을 내리자고 했다. 이유인즉, 스쿨버스 서비스를 해줄 경우 일반 스쿨버스가 아닌 승욱이의 몸에 맞는 카 시트와 차량을 따로 준비해야 하고, 보험도 들어야 하고, 교육을 완벽하게 받은 버스 운전사와 하루에 두 번씩 왕복할 때 걸리는 시간을 계산하면 운영상 비효율적이라는 것이다. 그리고 가장 중요한 이유는 한 번도 이와 같은 전례가 없었다는 것이다.

나는 심호흡을 크게 하고 차근차근 말을 이어나갔다.

"진! 당신 말이 맞아요. 스쿨버스를 지원해주기에는 상당한 무리가 있다는 건 저도 알아요. 하지만 어떤 일이든 처음이란 것이 있잖아요. 우리 승욱이 이전에 어떤 아이도 이런 서비스를 못 받았다면 지금을 시작으로 해주면 되잖아요. 어려운 부탁인 거 저도 잘 알아요. 당신이 곤란하다는 것도요. 당신이 승욱이 학교 가는 것에 대해 사인해주던 날을 전 기억해요. 그날도 역시 당신은 우리에게 처음이라고 했어요. 진! 다시 한번 생각해줘요."

진은 한참을 고민한 끝에 다시 제안을 했다.

"그럼 이렇게 해요. 아침에는 김민아 씨가 승욱이를 데려다주고 오후에는 스쿨버스 서비스를 해줄게요. 그리고 교통비는 반액을 줄게요. 됐죠?"

"제가 만약에 교통비가 필요했다면 교통비 얘기를 들은 순간 바로 전화했을 거예요. 그동안 밀린 교통비 달라고요."

진이 나보고 잠시 기다려달라고 하더니 상관에게 전화를 했다. 잠시 후 그녀가 격앙된 소리로 말했다.

"우리 상관이 모든 서비스를 다 해주래요. 김민아 씨, 이런 일 처음이에요."

"뭐라고요? 정말이에요?"

"네, 대신 시간을 좀 줘요. 스쿨버스를 준비할 시간이 필요하다는 건 알죠?"

"물론이죠. 기다릴게요. 준비되면 연락주세요."

통역을 도와주던 이성희 씨도 뜻밖이라는 듯 놀라워했다.

"성희 씨, 너무 무리한 부탁을 해서 미안하고 또 감사하다고 진에게 꼭 좀 전해주세요. 근데 왜 이리 눈물이 나죠? 제가 너무 무례하게 부탁한 건 아닌지 모르겠어요."

"아니에요. 교육구에서도 해줄 만하니까 해주는 거예요. 너무 걱정하지 마세요."

전화를 막 끊으려는데 이성희 씨가 잠깐만 기다려달라고 한다. 진과 뭔가 대화를 하는 것 같았다.

'혹시 안 된다고 하는 거 아냐. 설마 아니겠지.'

갑자기 불안해지기 시작했다. 잠시 후 이성희 씨가 밝은 목소리로 말했다.

"승욱이 어머니! 진이 이번 달과 스쿨버스 서비스 시작할 때까지의 교통비도 지급해준다고 하네요."

일에 있어서는 깐깐하지만 참으로 인간적인 진. 거듭 그녀에게 감사 인사를 하고 승욱이 학교로 향했다. 그동안 나는 승욱이가 특별히 아프거나 내가 남편에게 잠깐 다녀올 때를 빼고는 매일 같은 시간에 정확하게 승욱이를 학교에 데려다주고 데려왔다. 결코 내가 부지런해서가 아니다. 승욱이가 학교를 다닌다는 자체가 나에게는 큰 기쁨이었다. 2년 동안 그 기쁨이 힘이 되어 매일 이 길을 달렸다. 승욱이는 이제 스쿨버스를 타고 다니면서 엄마와 떨어져 이전보다 더 독립적으로 세상을 향해 나아갈 것이다.

스쿨버스 운전사, 올가 아주머니

한 달 동안 교육구에서는 승욱이를 위한 차량을 구하고 승욱이의 몸무게에 맞는 차량용 의자를 제작했다. 보험도 완벽하게 들고 운전해주실 분들에게 특별 교육도 시켰다. 모든 준비가 끝났다.

드디어 승욱이의 스쿨버스 서비스가 시작되었다. 첫날 아침 8시 10분, 스쿨버스가 오는 시간보다 조금 일찍 약속된 정류장으로 나갔다.

"승욱! 잘할 수 있지? 이제 엄마는 같이 못 가. 그러니까 씩씩하게 잘 갔다 와. 엄마가 승욱이 오는 시간에 맞춰 여기서 기다릴게."

멀리서 하얀색 밴이 우리를 향해 다가온다. 첫날이라 교육구 스쿨버스 최고 책임자가 함께 동승했다. 승욱이를 어떻게 차에 태워 보내는지 스쿨버스의 운영안에 대해 설명을 해줬다. 나도 승욱이가 음악을 좋아하니 음악을 크게 틀어주고, 징징거리거나 울면 목이 말라서 그런 거니 주스를 먹여달라고 부탁했다.

스쿨버스가 출발했다. 승욱이가 혹시나 울지 않을까, 하얀색 밴이 사라질 때까지 시선을 떼지 못했다. 울지도 않고 승욱이가 크긴 컸나보다. 그런데 왜 이리 마음이 허전하지. 할 일이 없어졌네. 에휴.

오후 3시 30분. 스쿨버스가 오려면 아직 15분이나 남았는데 정류장에 나왔다. 차만 지나가면 목을 쭉 빼고 본다. 아침에 승욱이가 타고 간 하얀색 밴이 지나가기만 해도 마음이 두근거린다.

얼마 안 있어 스쿨버스가 도착했다. 승욱이는 차 안에서 신발을 벗고 발가락을 꼼지락거리며 놀고 있다. 이만하면 대성공이다.

승욱이를 유모차에 태우고 아파트로 향하며 말했다.

"승욱아, 잘했어. 앞으로도 이렇게 스쿨버스 타고 학교에 가는 거다. 알았지? 하루 종일 엄마가 얼마나 걱정했는지 알아? 네가 울면 어쩌나 싶어서 학교에 전화하려고 했다니까. 잘 다녀와서 다행이다."

승욱이가 스쿨버스를 타고 학교에 다닌 지 벌써 두 달이 되어간다. 스쿨버스를 운전하시는 분은 모두 네 분이다. 그중 여자가 세 분, 남자가 한 분이다. 각자 스케줄에 맞춰 돌아가면서 운전을 해주기 때문에 매일 사람이 바뀐다.

그중 올가라는 아주머니는 항상 우리보다 일찍 와서 기다리신다. 나도 시간보다 일찍 나가는데 언제나 그녀가 먼저 와 있다. 차를 닦으며 우리가 걸어오는 모습을 지켜본다. 하루는 궁금하여 물어보았다.

"아주머니는 참 부지런하신 것 같아요. 늘 일찍 나오셔서 기다리시잖아요. 다른 분들은 정각에 오시거나 가끔 지각도 하시는데 말이에요."

워낙 부지런하셔서 일찍 나오는 줄 알았던 내 지레짐작에 그녀의 대답은 너무 의외였다.

"승욱이는 소중한 아이잖아요."

"네? 승욱이가 소중하다고요?"

"제 소중한 아이가 차들이 달리는 길가에 서 있는 게 싫어요. 먼지 많고 매연 많은 바람 부는 길가에 서 있게 하고 싶지 않아요. 제가 아침에 10분만 일찍 나오면 승욱이도 좋고, 저도 그래야 하루가 즐거워지거든요."

그녀의 말은 감동 그 자체였다. 차가 떠났는데도, 나는 한동안 그 자리를 떠날 수 없었다.

고마워요, 베스 선생님

한여름이다. 뜨거운 날씨가 계속되고 있다. 일반 학교는 벌써 방학에 들어갔지만 승욱이 학교는 일 년에 8월, 한 달만 방학이다. 그중에 2주간은 학교 자체에서 여름캠프를 한다. 올해는 승욱이도 네 살이 넘어서 여름캠프에 보내기로 했다. 집에 있는 것보다는 나을 것 같아 기쁘고 즐겁게 캠프에 참석했다.

그런데 학교에 가보니, 이번 캠프 기간에 승욱이를 직접 가르치던 선생님들 모두가 휴가 중이었다. 승욱이의 보조 선생님들이 승욱이를 맡아주기로 했다. 첫날은 학교에서 물놀이를 하고 친구들과 사귀는 시간을 가졌다. 그런데 첫날부터 승욱이가 적응을 못하고 울기만 했다. 승욱이와 의사소통이 되는 선생님이 없었다. 수화를 하는 선생님도 계시지 않아 서로가 힘들었다.

캠프 책임자분에게 승욱이를 잘 아는 선생님을 붙여달라고 부탁했다. 그런데 지금은 모두 휴가 중이어서 어쩔 수가 없다고 한다.

은근히 걱정이 되었다. 그나마 다행한 일은 일반 고등학교에서 온 자원봉사자 중에 한국 여학생이 있다는 것이었다. 그 여학생에게 승욱이에 대해 얘기를 하고 특별히 부탁했다. 그런데 여학생이 힘이 들었는지 입술이 부르트고 어떻게 할 줄을 몰라 쩔쩔맸다.

다른 사람에게 피해를 주면서까지 보내기가 미안해 캠프를 포기하기로 결정했다. 첫째 주 금요일 아침에 책임자에게 아무래도 안 되겠다고 했더니 다음 주 월요일까지 나오란다. 월요일에 피자 파티가 있는데 승욱이가 피자를 좋아하니까 마음이 변할지 모른다고.

월요일 아침, 승욱이를 데리고 학교로 갔다. 승욱이를 안고 캠프장으로 들어가는데 베스 선생님이 두 팔을 활짝 펴고 우리를 향해 서 있다.

깜짝 놀라 눈을 동그랗게 뜨고 그녀에게 물었다.

"아니, 선생님이 여기 웬일이에요? 지금 여름휴가 중 아니에요? 오늘 학교에 무슨 일 있어요?"

그녀의 대답이 명쾌하다.

"네. 무슨 일이 있긴 있죠. 승욱이를 보는 일!"

"뭐라고요? 정말로 승욱이 때문에 학교에 나온 거예요? 그럼 여름휴가는요?"

"중도 포기!"

지난 주 금요일, 캠프가 어떻게 진행되고 있는지 궁금하여 학교에 전화했다가 승욱이가 캠프를 그만둔다는 소식을 들었다고 한다. 여름캠프가 재미없어서 혹시라도 승욱이가 학교생활에 흥미를 잃을까봐 남은 휴가를 포기하고 다시 학교로 온 것이다.

'아! 선생님. 당신은 왜 그렇게 사람을 감동시키시나요. 승욱이가 뭐라고 휴가까지 반납하고 다시 학교로 오셨나요. 승욱이가 어찌 그 사랑을 다 받을 수 있을까요.'

베스 선생님이 오신 뒤로 승욱이는 생기를 되찾았다. 밥도 잘 먹고, 잘 놀고 무엇보다도 표정이 밝아졌다. 베스 선생님이 계시니 나도 안심이 됐다.

야외 수영장으로 학습을 가는 날이다. 엄마인 나보다 승욱이에 대해 잘 아는 베스 선생님은 필요한 물품을 꼼꼼하게 챙겼다. 차가 출발하자 승욱이는 창가 옆 의자에 서서 뭐가 그리 신나는지 연신 깡충깡충 뛰며 즐거워한다.

일 년 중에 최고로 더운 날인 것 같다. 거의 살인적인 날씨다. 땡볕 아래 10분만 서 있어도 옷이 다 타들어가는 것 같다. 걱정이 되었다. 우리 친정엄마보다도 더 나이가 드신 분이 이 무더위에 아이와 함께 야외 학습을 하실 것을 생각하니 뵐 면목이 없다.

도착하기로 한 시간보다 40분이나 늦게 스쿨버스가 도착했다. 아이들이 거의 다 내릴 때쯤 베스 선생님이 잠든 승욱이를 안고 배낭을 어깨에 메고 계단을 내려오셨다. 얼굴을 보니 더위에 지쳐 빨갛다 못해 완전히 익었다. 얼마나 힘이 들었을까. 얼른 가서 승욱이를 받아 안았다. 그러자 베스 선생님은 차 뒤로 가서 승욱이 유모차를 꺼내 오셨다. 자신도 힘들 텐데 끝까지 승욱이를 위하는 마음에 코끝이 찡했다.

계속 고맙다고 인사하며 자리를 뜨지 못하는 나에게 베스 선생님이 화통한 목소리로 말씀하셨다.

"오늘 승욱이가 얼마나 신나게 물놀이를 했는지 나도 승욱이 덕분에 정말 오랜만에 아이처럼 물놀이를 했어요. 진짜 신나는 시간이었어요. 내년에도 승욱이랑 여름캠프 올 거예요."

베스 선생님으로 인해 승욱이의 첫 번째 여름캠프는 해피엔딩이었다. 하지만 다음 해에도 여름캠프를 함께하겠다는 약속을 지키지는 못했다. 가족을 따라 오클라호마로 이사를 했기 때문이다. 그곳에서 여전히 전화로 승욱이에 관한 모든 것을 보고 받으신다.

이 세상에는 참 많은 종류의 사랑이 있다. 베스 선생님의 사랑은 머물러 있지 않고 언제나 행동하는 사랑이었다. 그 사랑 때문에 참 많이 울었고, 그 사랑을 잊지 못해서 많이 아팠다. 어떻게 그 많은 사랑을 우리에게 줬는지, 내가 가장 힘들 때 많은 용기를 줬던 베스 선생님. 이 세상 어디에 계시든 내 가슴에 영원히 남아 있을 것이다.

승욱이의 첫 남자, 앤디 선생님

승욱이가 좋아하는 남자는 아빠와 할아버지다. 다른 사람들이 승욱이를 만지려고 하면 어김없이 손을 매정하게 뿌리치든지, 징징거리든지, 나에게 안겨버린다. 그런 승욱이에게 가족 외에 첫 남자가 생겼다.

개성 있게 생긴 외모만큼이나 승욱이도 재미있게 가르치는 그 남자는 앤디 선생님이다. 앤디 선생님은 승욱이에게 지팡이를 사용하는 법부터 자전거 타기, 보행하기, 위험에 처했을 때 자기 대처법 등 모든 야외 활동을 가르친다.

승욱이가 처음부터 앤디 선생님과 좋은 사이였던 건 아니다. 앤디 선생님을 처음 만났을 때 승욱이는 울기만 했다. 승욱이가 다가오기를 인내한 짝사랑이 결실을 맺어 두 달쯤 지나자 승욱이가 앤디 선생님에게 관심을 보이기 시작했다. 얼굴 가득 환한 웃음을 짓고 앤디 선생님이 세상을 다 얻은 것처럼 좋아했다.

승욱이가 그와 친하게 된 이유는 이렇다. 앤디 선생님은 겨울에도 항상 반팔 티셔츠, 반바지 차림에 랜드로바 같은 신발을 신고 야구모자에 선글라스를 쓴다. 거기에 항상 똑같은 스포츠 시계를 찬다. 승욱이를 만나면 먼저 스포츠 시계를 승욱이 손에 갖다 대고 자기가 앤디 선생님인 것을 알린다.

사실 산타아나 시각장애학교에서는 앞 못보는 아이들과 인사하기 위해서 앤디뿐만 아니라 모든 선생님들이 자기만의 고유한 무엇을 가지고 있다. 여자 선생님들은 반지나 팔찌 같은 액세서리를 많이 이용한다. 아니면 긴 머리카락이나 선생님의 귀를 만지게 하는 등 다들 각자만의 인사법이 있다.

승욱이는 왜 앤디 선생님을 좋아하게 됐을까? 스포츠 시계 때문이었을까? 아니다. 그건 '털' 때문이었다. 앤디 선생님은 온통 털북숭이다. 앤디 선생님의 스포츠 시계를 만지다가 손에 잡히는 스물스물 난 털에 호기심을 갖게 된 승욱이, 공부에는 관심이 없고 그의 털에만 온통 정신이 팔렸다. 그러다보니 수업 진행이 안 될 수밖에 없었고, 앤디 선생님은 나름대로 꾀를 내었다. 자전거 타기든, 지팡이 사용하기든 수업 내용을 승욱이가 잘 따라하면 털을 만지도록 한 것이다. 앤디 선생님의 털을 너무 좋아하는 승욱이는 어떻게든 시키는 공부를 끝내려 했고, 끝내고 나서는 맘껏 털을 만졌다.

둘은 정말이지 환상의 단짝이었다. 앤디 선생님처럼 좋은 선생님을 만나다니 승욱이는 참으로 행운아다. 승욱이가 졸업할 때까지 앤디 선생님은 소풍을 갈 때나 야외활동을 할 때 늘 승욱이와 함께 했다.

승욱이가 졸업할 무렵 앤디 선생님과 트리샤 선생님이 약혼을 했다. 승욱이를 가르쳤던 두 사람은 자연스럽게 승욱이에 대한 이야기를 나누다 서로 호감을 갖게 되었고 결혼까지 약속하게 되었단다. 승욱이가 두 사람의 다리 역할을 해주었다며 결혼식 때 화동으로 초대하고 싶다고 했다. 승욱이가 학교 다니며 좋은 일을 한 셈이었다.

와우이식? 그게 뭔데?

와우이식? 그게 뭔데?

여름방학이 끝나갈 무렵, TV에서는 7살짜리 청각장애 아이에 대한 이야기가 흘러나오고 있었다. 아이는 집에서 꽤 먼 거리에 있었다. 매일 아침 일찍 집을 나와 학교까지 걸어가며 아이와 엄마는 말을 연습한다. 농아학교의 친구들 또한 모두 청각장애 아이들이다. 친구들은 그런데 이 주인공 아이보다 말을 잘했다. 청력이 더 나쁜데도 말이다. 같은 반 친구들은 모두 '와우이식' 수술을 받았다고 한다. 수술만 받으면 이 아이도 친구들처럼 듣고 말을 할 수가 있게 된다. 가정형편이 어려워 2천만 원이 넘는 수술비를 마련하지 못해 마음 아파하는 엄마의 모습이 남의 일 같지 않았다. 가슴이 아팠다.

'와우이식? 그게 뭘까? 도대체 어떤 수술이기에 청력이 거의 없는 아이들이 소리를 듣는 걸까?'

하루 종일 와우이식에 대해 골똘히 생각했다.

'왜 미국 의사들은 이 수술에 대해 한 번도 얘기해주지 않았을까. 승욱이는 자격 조건이 안 되는 것일까? 수술이라도 받을 수 있는 아이는 정말 행복하겠다. 승욱이도 기다리다보면 언젠가 듣게 될 날이 오겠지. 희망을 잃지 말자.'

다시 새 학기가 시작되었다. 승욱이는 전과 다름없이 스피치를 배우고 있었지만 별로 나아진 게 없다. 상황을 보니 스피치보다는 수화를 더 집중적으로 가르치고 있는 것 같았다. 승욱이의 교육 방향을 어느 쪽으로 잡아야 할지 고민하고 있을 때 지역 센터에서 연락이 왔다. 그동안 승욱이의 청력이 어떻게 변했는지 ABR 테스트를 받으러 오라고 했다. 청력검사를 받은 지 2년 만이다.

전과 다름없이 승욱이를 마취한 뒤 머리에 선을 연결하여 뇌파를 검사했다. 승욱이와 또 한바탕 난리를 치렀다. 혼자 복도에 앉아 기다렸다. 똑같은 장소에서 똑같은 기다림. 그때도 혼자였는데 지금도 혼자였다. 무슨 검사를 이리 자주 하는 걸까. 또 어떤 결과가 나올까. 기다림은 언제나 날 약하게 만드는 것 같다.

청력사가 잠깐 들어오라고 한다. 그래프가 잔뜩 그려진 종이를 보여주며 지난번과 다른 점은 없다고 했다. 난 뭐라고 말을 해야 하나 한참을 생각하다가 그녀에게 물었다.

"지난 2년간 보청기를 끼워주었는데 스피치에 별 진척이 없어요. 학교에서는 수화에 더 치중해서 가르치고 있는데 선생님은 어떻게 생각하세요?"

"지금까지 아무런 변화가 없었다면, 앞으로도 어떤 진전을 기대하기는 힘들어요. 학교에서 가르치는 것을 따라가는 게 좋을 것 같아요. 두 가지를 다 하기에는 승욱이가 너무 힘들지 않을까요? 이젠 한 가지를 결정해야 될 것 같은데요."

이제 겨우 네 살 반인 아이의 말하는 것을 포기하라니. 자기네 마음대로 엄마의 의견도 없이 결정해도 되는 건가. 마음의 결정을 하라는 얘기에 착잡해져서 집으로 돌아왔다. 집에서 기다리던 엄마가 조심스럽게 결과를 물어보셨다. 나는 전보다 더 나빠지지 않았다며 다행이라고 말씀을 드렸다. 그런데 생각할수록 답답하기만 했다. 수많은 그래프도 잘 모르겠고 지금 승욱이가 얼마나 듣고 있는지도 모르겠다. 안 되겠다. 가만히 손 놓고 앉아 있을 수가 없다. 지금부터 내가 직접 움직여야겠다. 내가 다 알아보리라.

그런데 승욱이의 두 번째 ABR 결과지를 보니 막막했다. 많은 생각으로 말없이 며칠을 보냈다. 그리고 행동을 시작했다. 먼저 결과지를 승욱이 학교에 보냈다. 다음은 승욱이 담당 청력사에게 전화를 하고 사정을 이야기한 뒤 무조건 찾아갔다. 승욱이 담당 청력사에게 결과지를 보여주며 의견을 물었다.

"이번에도 똑같은 결과가 나왔어요. 더 나빠진 것도 더 좋아진 것도 없지요. 많은 사람들이 이젠 승욱이를 위해 한 가지를 결정하라고 합니다. 이제 4살 반밖에 안 됐는데 말하기와 듣기를 포기하고 수화에 집중하라고요. 승욱이를 위한 길이라고 하네요. 그런데 이 세상에 수화를 할 수 있는 사람이 얼마나 될까요? 난 엄마니까 수화를 한다고 쳐요.

앞으로 승욱이가 누구를 만날지 그리고 어디를 가게 될지 아무도 모르는데 그럴 때마다 내가 따라다닐 수는 없잖아요. 아니면 수화가 가능한 사람을 항상 데리고 다녀야 하나요?"

청력사는 조용히 내 말을 듣더니 말했다.

"승욱 엄마 말에도 일리가 있어요. 지난 2년간 우리 센터와 학교는 많은 노력을 했어요. 지금 결과가 우리의 노력에 비해 현저히 낮으니까 앞으로 계속 두 가지를 병행하는 것은 욕심이라고 생각해요. 빨리 한 가지를 결정해서 집중적으로 가르치는 게 좋지 않겠어요? 앞으로 어떤 좋은 길이 열릴지 모르잖아요. 승욱이가 힘들지 않은 쪽을 선택하세요. 지금 수화에 빠른 진척을 보이는 것을 보면 승욱이 역시도 수화가 더 편하다고 생각하는 게 아닐까요? 제 말이 상처가 되지 않았으면 싶어요. 하지만 지금 상황에서는 그냥 수화를 선택해서 가는 것이 더 빠를 것 같습니다."

지금 두 가지를 다 병행하는 것이 과연 나의 욕심일까. 말하고 듣는 것을 포기하라니. 세상에 어떤 엄마가 이런 말을 듣고 그렇게 하라고 할까. 혹 떼러 왔다가 괜히 혹만 붙여 간다.

귀 수술만 할 수 있다면

전화 다이얼을 꾹꾹 눌렀다.

"거기 신 보청기 센터죠? 혹시 신 선생님하고 통화할 수 있을까요?"

신 선생님과 연결이 되었다. 먼저 인사를 하고 승욱이 이야기를 했다. 그리고 도와달라고 했다. 마음이 급하고 간절해지니 도와달라는 말도 쉽게 나왔다. 신 선생님은 다음 날 예약을 잡아주셨다.

다음 날, 신 선생님을 만났다. 먼저 ABR 테스트 결과지를 보여줬더니 몇 가지 질문을 하셨다.

"승욱이가 지금 보청기를 사용하고 있나요?"

"사용하고 있긴 하지만 별로 도움은 안 돼요."

"그럼 승욱이랑 의사소통은 어떻게 하세요?"

"수화도 사용하고요. 엄마라서 그런지 웬만한 것은 다 의사소통이 돼요."

그때까지 신 선생님은 승욱이가 청각장애만 있는 줄 알고 간단명료

하게 말했다. 승욱이가 시각장애도 있다고 하자 선생님이 깜짝 놀라셨다. 지금까지 많은 환자들을 만났지만 시청각 장애가 있는 아이는 처음이라고 하셨다.

신 선생님께 내가 이곳에 오게 된 이유를 설명했다.

"승욱이 담당 의사들은 모두 미국 사람들이에요. 계속 같은 병원만 다니다보니까 다른 병원 선생님들 의견도 듣고 싶었어요. 지금 선생님들과 청력사는 말하는 것을 포기하고 수화에 집중해서 가르치라고 해요. 급하고 안타까운 마음에 무작정 선생님을 찾아왔습니다. 우연히 신문을 보다가 선생님의 광고를 봤거든요. 한국 의사 선생님을 만나서 깊은 대화를 나누고 싶기도 했고요."

신 선생님은 찾아와줘서 고맙다고 했다. 그리고 승욱이에 대해 많은 것들을 물어보셨다. 주객이 전도되어 이야기를 나누다보니 시간 가는 줄도 몰랐다. 지금 승욱이가 들을 수 있는 소리와 승욱이의 청력 상태를 설명해주셨다. 승욱이의 상태가 늘 궁금했지만 알 도리가 없던 나에게 많은 도움이 되었다. 다음 환자가 기다리고 있다는 간호사의 재촉에 서둘러 대화를 마쳤다.

인사를 하고 방을 나오려는데 신 선생님이 나를 불렀다.

"승욱이 어머니 혹시 그거 아세요? 코클리어 임플란트Cochlear Implant●(인공와우)라고 들어보셨어요?"

"네? 그게 뭔데요?"

"다른 이비인후과 의사나 승욱이 담당 청력사가 말 안하던가요? 그거 하면 들을 수 있어요."

"선생님, 자세히 좀 말씀해주세요. 그게 뭐라고요?"

"꽤 오래전부터 시술하던 거예요. 처음에는 청력을 갑자기 잃은 어른만 시술이 가능했는데 지금은 아이와 어른 모두에게 가능합니다. 5년 전만 해도 다소 부작용이 있었는데 지금은 거의 없다고 해요. LA에는 여기서 가까운 닥터 하우스라는 병원에서 시술하고 있어요. 승욱이 귀 안의 어느 쪽에 문제가 있는지는 ABR 테스트지에는 나와 있지 않네요. 검사 후에 만약 청력신경이 살아 있고, 달팽이관에만 문제가 없다면 한 번 시도해봐도 될 것 같습니다."

아! 이게 바로 기회라는 건가.

"그건 어디에 시술을 하나요?"

"귀 안쪽 달팽이관에 아주 미세한 전선을 집어넣고, 허리에 수신기를 차요. 그 수신기가 전선으로 소리를 뇌에 전달해줍니다."

"그럼 그 수술을 하면 들을 수 있다는 말인가요?"

신 선생님은 잠시 생각하셨다.

"검사를 더 해봐야 알겠지만, 지금으로선 이 수술이 최선의 방법이에요. 제가 도와드릴 게 있을까요?"

"네? 도와주실 거요? 지금 다 도와주셨어요. 선생님을 안 만났으면

●코클리어 임플란트Cochlear Implant 호주의 의료장비 회사인 코클리어사에서 개발한 인공와우(인공귀, 달팽이관 이식)
인공와우는 보청기로 도움을 받을 수 없었던 고도 난청인 또는 전혀 들을 수가 없는 사람에게 청각을 제공해주기 위한 전자장치이다. 인공와우 수술은 외부에서 들어오는 소리를 전기적인 자극으로 변환하여 청신경을 자극할 수 있는 전극을 달팽이관에 삽입하는 수술을 말한다. 언어습득을 위해서는 수술 후에 교육을 받아야 한다. 인공와우는 기본적으로 전기적인 자극을 가하는 기계이며 서로간의 정보를 몸 속과 밖에 부착된 자석에 의해서 전달하게 된다. 따라서 정전기 등이 일어나지 않도록 하고 공항의 검색기 등을 통과할 때에도 주의를 해야 한다.

이런 수술이 있는지도 모르고 살았을 거예요. 너무 큰 도움이 되었습니다."

"언제든 궁금한 거나 도울 일 있으면 전화하세요. 잘돼서 꼭 수술을 받았으면 좋겠네요."

"네, 정말 감사합니다."

집으로 돌아오는데 힘이 쭉 빠졌다. 승욱이 담당 의사들은 나에게 이 수술에 대해 왜 한마디도 안 했을까. 승욱이는 해당사항이 아닌가? 그럼 전에 TV에서 봤던 와우이식이란 것이 코클리어 임플란트인가?

그날부터 나는 학교를 가면서도 계속 '승욱이가 귀 수술만 할 수 있다면… …' 하고 생각했다. 운전을 할 때도, 승욱이의 스쿨버스를 기다리면서도, 밥을 먹을 때도 온통 신 선생님에게 들은 말만 맴돌았다.

며칠을 끙끙거리며 아무에게 말도 못하고 혼자서 삭였다. 새 학기가 시작된 지 한 달이 지나도록 나의 가슴앓이는 계속됐다. 그러던 중 승욱이 메디컬이 앞으로 중단된다는 편지가 날아왔다. 나는 승욱이 메디컬 담당자에게 전화를 걸었다.

그녀는 아침 9시부터 11시까지만 정확하게 일을 한다. 언제나 시간을 맞춰 전화를 걸지 않으면 통화하기가 하늘에 별 따기처럼 어렵다. 어렵게 전화 통화가 되었다. 자기네도 뭐가 잘못되어 그런 편지가 보내졌는지 모르겠다며 일주일 뒤에 다시 전화를 걸어달라고 한다.

아! 속이 터진다.

넌 꼭 들을 수 있을 거야

매주 월요일 오후에는 무슨 일이 있어도 승욱이 학교에 간다. 승욱이 담임 선생님이 다음 주 월요일 오후 2시에 미팅이 있다고 알려줬다. 간단한 미팅이려니 생각했다. 엄청난 일이 기다리고 있을 줄은 꿈에도 생각하지 못한 채.

학교 뜰에는 가을 냄새가 완연하다. 승욱이가 이 학교에 온 게 엊그제 같은데 2년 반이란 시간이 흘렀다. 세월 참 빠르다. 시간이 되니 선생님들이 하나둘 모였다. 간단히 인사를 하고 미팅을 시작하려는데 누가 문을 똑똑 하고 들어왔다.

"저, 오늘 여기 통역하러 왔는데요."

'이상하다. 무슨 일일까. 통역 안 쓴 지 오래됐는데……'

그래도 한국인 동지가 생기니 든든했다.

드디어 미팅이 시작되었다. 미팅은 언제나 똑같은 방식으로 진행된다. 선생님들이 각자 맡은 분야를 이야기하고 다음의 학습 목표를 말하고 질문하고 대답한다. 한 시간 동안 선생님들의 발표가 끝나자 교장 선생님이 나에게 의견이 있으면 말해보라고 한다.

나는 지난 몇 주간 가슴앓이를 하며 고민했던 것을 털어놓았다. ABR 테스트 결과지를 받고 승욱이 담당 청력사와 신 선생님을 찾아가 만난 얘기며 와우이식에 대한 것도 나눴다. 그리고 승욱이가 스피치와 수화 중 하나를 선택하는 결정에 대해 보류해달라고 부탁했다. 아직 시간이 있으니 내년까지 지켜보자고 말이다.

갑자기 교장 선생님이 자리에서 일어났다. 내가 말이 많았나 싶어 입을 다물고 가만히 있었다. 교장 선생님이 오시더니 내 어깨 위에 사뿐히 손을 올려놓는다.

"승욱 엄마, 참…… 어떻게 그걸 알아볼 생각을 했어요?"

어리둥절해 있는 나에게 잠시 기다리라며 밖으로 나가셨다. 베스 선생님이 내 옆자리로 와 앉았다. 교장 선생님이 서류를 가지고 오셨다.

"이게 뭔지 알아요? 이게 바로 그 코클리어 임플란트에 관한 자료예요. 한번 보겠어요?"

봐도 뭐가 뭔지 하나도 모르겠다. 내가 협회로 보낸 승욱이 ABR 테스트 결과지를 보고 캘리포니아 시청각 장애협회에서 보내온 공문이었다. 공문에는 얼마 전부터 중복장애 아동도 코클리어 임플란트를 시술받을 수 있게 되었다는 내용이 실려 있었다. 원래는 중복장애 아동에게는 절대 허용되지 않았는데 중복장애 아동을 대상으로 한 임상 실험이 끝났고, 안전성을 인정받아 몇 달 전부터 수술을 받을 수 있게 되었다고 했다.

베스 선생님이 그 공문을 보고 이곳저곳에 알아보셨나보다.

"승욱이는 소리를 전달 받는 달팽이관에만 문제가 있기 때문에 이 수술이 가능하다고 해요. 정말 감사한 일이죠?"

선생님들 모두 자기 일처럼 기뻐해주었다. 곧 수술을 받을 수 있는 양 우리 마음은 벌써 승욱이의 수술을 준비하고 있었다. 앞으로 얼마나 많은 산을 넘어야 할지 그 당시에는 아무도 몰랐다.

베스 선생님은 캘리포니아 중복장애협회에 이와 같은 경우가 있었는지 더 자세한 것을 알아보겠다고 했다. 소망이 현실로 다가온 것이다. 매일같이 베스 선생님은 인공와우에 관한 자료를 보내주셨다. 인터넷을 뒤져서 보기 쉽고 알기 쉽게 정리까지 해서. 베스 선생님이 보내준 자료를 하나씩 보며 벅찬 가슴으로 수술 후의 승욱이를 상상했다. 베스 선생님은 먼저 승욱이 담당 청력사에게 가서 승욱이에 대한 모든 자료를 받아 닥터 하우스 병원으로 보내라고 했다.

며칠 뒤 청력사를 만났다. 그녀는 적극적으로 우리를 도와주겠다고 약속했다. 자료 역시도 그녀가 추천서와 함께 보내주겠다며 직접 닥터 하우스로 전화를 걸어 알아봐주었다. 가지고 있던 인공와우 비디오테이프도 주었다. 모든 일이 일사천리로 진행되었다.

닥터 하우스 병원에서 기다리던 전화가 왔다. 승욱이의 ABR 결과지와 청력 검사표는 모두 잘 받았다며 학교에서의 자료와 소아과 병원기록을 보내달라고 했다. IEP 자료, 선생님들의 소견, 소아과에서 승욱이

예방접종한 것 등을 종합적으로 검토한 뒤 수술 가능 여부를 최종적으로 결정한다는 것이다. 승욱이가 다니는 소아과 병원인 이동준 소아과의 원장님을 비롯하여 학교 선생님들이 기쁘게 자료를 준비해주셨다. 모두 승욱이의 수술을 기대하며 결과를 기다렸다.

그동안 승욱이 일로, 또 살기 바빠서 하늘 한번 쳐다볼 여유 없이 숨가쁘게 달려왔다. 이제 곧 승욱이가 들을 수 있다고 생각하니 모든 것이 달라 보였다. 간간이 불어오는 가을 바람이 시원했다. 가슴 깊이 가을 공기를 들이마시며 승욱이에게 말했다.

"승욱아, 이제 병원에서 연락만 오면 우리 승욱이 수술하고 들을 수 있어. 너무 감사하지? 넌 꼭 들을 수 있을 거야. 그렇게 될 거야."

모두가 애타게 기다리던 연락이 드디어 왔다. 닥터 하우스 담당자가 장황하게 말을 늘어놓았다. 다짜고짜 나는 결론이 어떻게 났냐고 다그쳐 물었다. 결론은 수술 불가였다.

이해가 될 만한 이유를 대라고 했다. 담당자의 말인즉 자기 혼자 결정한 게 아니니 그렇게 알라는 것이다. 기가 막혔다. 납득이 되지도 않을 뿐더러 무례하기 짝이 없는 태도에 화가 났다. 아이는 보지도 않고 서류 몇 장으로 수술 불가 결정을 내리다니 억울한 마음이 들었다.

승욱이의 겨울방학이 끝나기만을 기다렸다. 일단 학교 선생님들과 얘기를 해봐야 할 것 같다. 시간은 굼벵이처럼 더디만 갔다.

2004년 새해가 밝았다. 개학과 동시에 학교로 달려갔다. 제일 먼저 베스 선생님을 붙잡고 얘기했다. 베스 선생님은 이건 말도 안 되는 일이라며 직접 닥터 하우스에 전화를 했다. 하지만 똑같은 말만 되돌아올 뿐이었다. 학교 선생님들, 승욱이 담당 사회복지사, CCS 담당 간호사까지 돌아가며 전화를 하니 닥터 하우스에서 더 이상 이의를 제기할 수 없도록 조목조목 항목을 적어 보내왔다.

[승욱이가 수술 불가인 이유]

첫째, 와우이식 수술은 0~5세까지가 가장 적당한 나이인데, 다섯 살이 가까운 승욱이는 시기적으로 너무 늦었다.

둘째, 승욱이는 사물을 본 적이 없다. 그래서 예를 들면 '컵' 이란 것을 알지도 못하고 말하지도 못하기 때문에 수술을 받는다 해도 말하는 것에 어떠한 기대도 가질 수 없다. 한마디로 인식 능력이 없다.

셋째, 이쪽 남가주에서는 아직까지 시청각장애 아동에게 시술을 한 선례가 없다. 그렇기 때문에 어느 정도 듣고 말할 수 있을지 전혀 예측할 수 없다.

넷째, 현재 승욱이는 수화를 잘 따라해서 수화교육에 치중하고 있다. 수화를 가르치는 것이 더 효과적으로 보인다.

다섯째, 닥터 하우스 수술팀 의사들의 모든 의견을 종합해본 결과 승욱이는 수술을 해도 좋은 결과를 기대할 수 없다.

승욱이가 마치 불치병에 걸린, 아니 어떤 치료도 받을 수 없는 아이로 표현되어 있었다. 가슴이 너무 아팠다. 서러운 마음에 내가 미국 엄마였으면 이렇게 편지를 보내왔을까, 혹시 내가 한국 엄마라서 승욱이가 수술 받는 데 불리한 것은 아닐까, 이런 바보 같은 생각까지 들었다.

편지를 읽고 또 읽으며 마음속으로 이유 같지 않은 이유라고 소리쳤다. 편지를 들고 학교로 가고 싶었지만 내 자신이 너무 초라하게 느껴져 복사해서 학교로 보냈다. 선생님들도 아무런 연락이 없다. 이런 상황에서 아무것도 할 수 없는 내 처지가 서글프다. 봄을 재촉하는 비가 며칠 동안 계속 내렸다. 아프고 서글픈 마음도 비를 따라 씻겨 내려갔으면 좋겠다.

승욱이가 수술을 받을 수 없게 되었어도 일상은 변한 것이 없다. 아침마다 아이들을 학교에 보내고 나면 하루가 빠듯하게 주어진 일들을 해나간다. 그 속에서 나는 승욱이의 수술에 대해 생각한다.

태어나자마자 시각 장애아가 된 승욱이가 인식 능력이 없는 것은 당연한 거고, 그러니까 수술을 해주려는 게 아닌가. 중복장애가 있어도 와우이식을 할 수 있는 임상 실험 결과가 나왔다는데 왜 승욱이만 안 된다는 걸까. 승욱이가 이제 곧 다섯 살이 되는 것은 사실이지만 아직 시간은 충분하다. 사람들의 생각과 방법에 문제가 있는 거지 승욱이에게는 문제가 없다.

다시, 시작이다

나는 다시 마음을 다잡았다. 전이나 지금이나 승욱이는 언제나 해피보이다. 마음을 못 잡고 있는 건 승욱이가 아니라 엄마인 나다. 세상을 바로 보면 모든 것이 제자리를 찾겠지.

며칠 전부터 승욱이의 보청기에서 소리가 나기 시작했다. 새 본mold을 맞추러 갈 때가 되었나보다. 그때 마침 베스가 한 통의 편지를 보내왔다. 승욱이가 가는 센터에 친한 친구가 청력사로 일하는데 이번 보청기 본은 그 친구에게 맞추라며 전화번호와 이름을 적어 보냈다. 편지 속에는 두 사람의 이름이 있었는데 그중에 '엘리슨'이란 이름이 눈에 들어왔다.

엘리슨 선생님에게 예약을 하기 위해 전화를 걸었다. 제일 빠른 날짜가 보름 후라고 했다. 그것도 특별히 베스 선생님의 이름을 대고서야 잡았다.

보름을 기다려서 클리닉으로 엘리슨 선생님을 찾아갔다. 30분이 지나도록 소식이 없다가 누군가 승욱이의 이름을 불러서 보니 엘리슨 선생님이 승욱이를 찾고 있었다. 그녀는 승욱이 파일을 들고 내 앞에 앉았다. 내가 먼저 말문을 열었다.

"전 영어를 잘 못해요. 그래서 서로 의사소통에 문제가 있을 수도 있어요. 미안해요."

"승욱 엄마가 하는 말, 전 다 알아들을 수 있어요. 걱정 말아요. 제 친구 베스에게 승욱이 이야기 들었어요. 상심이 크죠?"

그러더니 승욱이 담당 청력사인 메리를 불렀다. 닥터 하우스에 보낸 승욱이 자료를 꼼꼼히 들여다보며 30분 넘게 메리에게 그동안의 진행 과정을 물어보았다.

나는 닥터 하우스에서 수술을 거절당한 뒤에 솔직히 지금 내가 무엇을 어떻게 해야 할지 모르겠다고 얘기했다. 왠지 엘리슨은 내 입장에서 얘기해줄 것 같아 마음이 편안해졌다.

"처음 베스에게 승욱이 이야기를 들었을 때 제가 꼭 도와줘야 할 아이라고 생각했어요. 물론 베스도 계속 전화로 부탁을 했지만요. 그런데 막상 승욱이를 보고 그동안의 자료를 보니 안타까운 부분이 참 많네요. 저도 두 아이의 엄마예요. 승욱이 파일을 보는 순간 '내가 승욱 엄마였다면 어떻게 했을까' 잠깐 생각했어요. 전 절대 포기하지 않았을 거예요. 닥터 하우스에서 거절 당했다면 저는 미국 전역을 뒤져서라도 승욱이가 수술할 병원을 찾았을 거예요. 제 말 무슨 말인지 이해하죠? 포기하지 말자는 거, 알죠? 같이 가요. 제가 도와줄게요. 승욱이 보험이 캘리포니아 내에서만 적용되니까 일단 캘리포니아 안에서 샅샅이 찾아봅시다."

나는 뜻밖의 제의에 그녀를 뚫어져라 쳐다보기만 했다. 그녀가 계속 말을 이어갔다.

"제가 잘 아는 샌디에이고의 소아병원부터 알아볼게요. 아마 그곳에는 우리를 도와줄 사람이 많을 거예요. 빠른 시일 내에 아는 병원으로 추천서를 보낼게요. 그러면 그중에 한 곳에서라도 연락이 오겠죠? 닥터 하우스에서 보낸 편지를 일단 저에게 보내줘요. 그 편지를 보고 추천서를 어떻게 작성할지 생각해봐야겠어요. 가능한 빨리 보내줘요."

내일 당장 가져오겠다고 했다.

이야기가 거의 끝나갈 무렵 승욱이 보청기 본을 새 것으로 맞춰야 한다고 말했다. 그러자 프로답게 승욱이가 징징거릴 틈도 없이 순식간에 본을 떠주었다. 더 놀라운 것은 3일 후에 찾으러 오라는 것이다. 짧게는 한 달, 길게는 석 달까지 기다리던 것을 단 3일 만에 만들어준다니 그저 놀라울 뿐이었다. 엘리슨 선생님은 본을 직접 만든다고 한다. 그래서 다른 사람들보다 빨리 만들 수 있다는 것이다.

닥터 하우스에서 보낸 편지를 내일 자신의 방에 두고 가라고 했다. 그리고 3일 뒤에 승욱이 새 본을 찾으러 올 때 더 자세한 이야기를 나누자고 했다. 고맙고 감사해서 연신 고개를 숙이며 인사했다. 내 한국식 인사가 재미있었는지 그녀도 고개를 숙여 인사했다.

갑자기 반전이 일어났다. 이 클리닉센터에 오기 전만 해도 아무런 희망 없이 승욱이 새 본이나 맞춰 가려고 왔는데 생각지도 않은 일이 일어났다. 엘리슨 선생님의 '같이 가자'라는 말이 가슴에 와 닿았다. 그 누구도 나에게 '같이 가자'라는 말을 해준 사람이 없었는데 이 말 한마디가 큰 힘이 되었다.

3일 뒤, 승욱이의 새 보청기 본을 찾으러 갔다. 그동안 엘리슨 선생님은 승욱이가 수술을 받을 수 있을 만한 곳을 수소문하여 부탁해두었다며 곧 소식이 올 테니 기다려보자고 했다. 나는 얼마든지 기다릴 수 있으니 걱정하지 말라고 했다. 아! 다시 시작이다.

엘리슨의 연락을 기다리는데 가슴이 두근거리고 진정이 되지 않았다. 그사이 승욱이의 메디컬을 확인하기 위해 전화를 했더니 지난해 말부터 메디컬이 중단된 상태라고 했다. 엘리슨에게 연락이 올 때까지 메디컬이며 CCS가 잘 연결되어 있어야 하는데, 어디서부터 무엇이 잘못되었는지조차 모르겠다.

언제나 외줄타기 선수처럼 위태롭기만 하다. 이번에는 잘돼야 하는데 괜한 걱정부터 앞선다. 이렇게 아슬아슬하게 사는 고통이 남편과 떨어져 있는 것보다 더 힘들었다. 하라는 것과 해야 하는 것은 왜 그리도 많은지.

두 손을 다 놓아버리고 싶어도 내 손에 쥐어진 것들이 나를 놓아주질 않는다. 아니 어느새 나를 지탱하는 힘이 되어버렸다. 그건 바로 나의 아이들인 승혁이와 승욱이다. 철없던 나를 철들게 만드는 아이들. 다른 문제 같았으면 벌써 포기하고 숨어버렸을 텐데…… 고래 심줄같이 붙잡고 늘어지는 건 아마도 자식이라 그런 게 아닐까.

긴 한숨 한번 내쉬고 메디컬을 연결하기 위해 전화기를 들었다. 승욱이 담당 사회복지사와 CCS 간호사에게 부탁을 한 뒤, 다시 기다림을 시작했다.

UCLA 최초의 수술

드디어 엘리슨 선생님에게서 연락이 왔다. 병원을 멀리서 찾지 않아도 될 것 같다고 했다. 가까운 UCLA 메디컬 센터에서 와우이식을 시술하고 있다는 것이다. 최선을 다해 준비해서 UCLA의 장벽을 뚫어보자고 했다. 바로 추천서를 작성해서 보내겠다며 베스에게 진행 상황을 얘기해놓을 테니 베스를 통해서 들으라고 했다.

며칠 뒤, 추천서를 UCLA에 보냈다는 연락이 왔다. 또 얼마나 기다려야 하는지 모르겠지만 승욱이의 추천서가 갔다는 그 사실만으로도 기쁘고 감사했다. 추천서를 보낸 지 한 달이 되어가는데 연락이 없다. 엘리슨과 베스, 두 선생님은 나보다 더 초조하게 결과를 기다렸다.

우리들의 애간장을 다 태운 후에야 UCLA에서 연락이 왔다. 예약을 하고 베스 선생님에게 추천서를 부탁했다. 베스 선생님은 승욱이 스피치 선생님으로 오랫동안 함께했으니 추천서를 써주면 병원에 갈 때 도움이 많이 될 것 같았다.

베스 선생님과 이런저런 이야기를 나누고 있는데 트리샤 선생님이 지나가면서 수화 찬양은 잘 되어가냐고 물었다. 덕분에 거의 다 되었다고 했더니 한번 해보라고 난리다. 창피했지만 아무도 없는 교실에서 아이들이 앉는 의자에 내가 제일 좋아하는 두 선생님을 앉혀놓고 최대한 예쁘게 노래와 율동을 했다.

그런데 베스 선생님의 눈에 눈물이 가득하다. 그러고는 일어나서 나를 꽉 안아주셨다. 그리 잘한 율동도 아니고 감동 받을 만한 것도 아니었는데 내가 괜히 눈물이 핑 돈다. 베스 선생님은 내가 그분의 제자인 양 내 등을 토닥이고 어루만지며 나에게 참 예쁘다고 하셨다. 참 이상한 날이다.

베스 선생님이 병원에 누구랑 가냐고 해서 혼자 간다고 했더니 깜짝 놀란다.

"병원에 가는 게 뭐가 대단하다고 가족을 다 동원해요. 그냥 혼자 가면 돼요."

그랬더니 예약된 시간과 장소를 정확하게 가르쳐달라는 것이다.

"두 분 다 오려고요? 괜찮아요. 혼자 갈 수 있어요."

내 말이 끝나기가 무섭게 둘이 동시에 "NO!"를 외쳤다.

같이 가게 되어 기쁜 마음과 함께 바쁜 사람들의 시간을 뺏는 것 같아 미안했다.

드디어 UCLA 병원에 발을 들여놓았다. 역시 대학병원답게 규모도 크고 모든 시설이 잘되어 있었다. 시간보다 일찍 도착해서 병원을 둘러보았다. 복도의 넓은 창문으로 밝은 햇살이 쏟아져 들어왔다. 어, 그런데 창문 너머로 보이는 건물이 낯설지 않다. 가까이 다가가 보니 승욱이가 눈수술을 받았던 병원이다. 3년 반 전, 승욱이가 각막이식 수술을 했던 병원이 정면에 떡하니 버티고 서 있다. 순간 너무 놀라 숨이 턱 막히고 가슴이 뛰기 시작했다. 아직도 내 안에 그때의 상처가 남아 있었나보다.

다행히 그때 선생님들이 우리를 발견하고 환하게 웃었다. 두 사람을 보니 안심이 되었다. 안내석에 오늘 예약하고 온 '이승욱' 이라고 했더니 설문지를 여러 장 내준다. 대부분 와우이식에 대한 일반적인 생각을 물어보는 것이었다.

트리샤 선생님이 하나씩 설명해주는 사이에 나를 위해 UCLA에 다니는 학생이 통역 봉사를 하러 들어왔다. 함께 설문지를 작성하고 승욱이의 자료를 검토했다. 내가 자료를 보고 있으니까 베스 선생님이 슬며시 내 손을 잡으며 작은 목소리로 말씀하신다.

"승욱 엄마, 닥터 하우스에서 거절한 편지를 가져온 건 아니지요?"

난 더 작은 목소리로 대답했다.

"물론이죠."

베스 선생님은 오늘 절대로 닥터 하우스 얘기를 하면 안 된다고 하셨다. 만약 다른 곳에서 한 번 거절된 것을 안다면 우리에게 아니 승욱이에게는 별로 희망이 없다고 했다.

청력사인 지나가 들어왔다. 우리는 지나를 따라 진료실 안으로 들어갔다. 승욱이의 청력검사를 하겠다고 했다. 우리는 방음 시설이 된 방으로 들어가고, 지나가 승욱이에게 보내는 소리를 우리에게도 들려주었다. 20분이 넘도록 승욱이는 소리에 아무런 반응을 보이지 않았다.

지나가 다시 우리가 있는 방으로 돌아왔다. 승욱이가 못 듣는 것은 확실하다고 했다. 통역을 도와주는 학생이 승욱이가 청력 테스트를 받는 동안 급한 연락을 받고 다른 층으로 가서는 돌아오지 않고 있었다. 통역만 믿고 아무런 말도 준비하지 않았는데 지나 역시도 바쁜 사람이라 난감해했다.

그러자 베스 선생님이 말을 가로막으며 통역은 필요 없다고 했다. 자신들이 다 얘기해줄 수 있으니 무엇이든 물어보라고 지나를 설득했다. 지나는 할 수 없다는 듯 질문을 시작했다.

수술은 왜 계획하게 되었는가? 수술 후에 얼마큼의 발전을 기대하는가? 시각장애도 있는데 수술 후에 예상했던 것보다 말을 하지 못하면 어떻게 할 것인가? 시각장애 아동 중에 이 수술을 받은 아이를 알고 있나? 수술 후에 스피치는 어떤 식으로 가르칠 건가?

두 선생님은 목에 핏대를 세워가며 거침없이 지나의 질문에 대답했다. 지나는 날 쳐다볼 틈도 없다. 베스 선생님이 그녀를 물고늘어지고 있기 때문이다. 그래도 지나는 베스 선생님의 열변에 넘어가지 않는 눈치다. 베스 선생님의 얼굴이 점점 달아오르기 시작한다.

지나는 UCLA에서 중복장애가 있는 아이, 특히 승욱이처럼 시청각장애가 같이 있는 아이의 수술은 처음이라고 했다. 본인도 수술을 해봐야 결과를 알 수 있다며 자신이 없다는 말투였다. 여기서 포기할 베스 선생님이 아니었다. 마치 준비라도 해온 듯이 마지막 히든카드를 뽑았다. 그건 나도 전혀 들은 적이 없는 사실이었다.

베스 선생님은 북가주에 살고 있는 승욱이와 똑같은 아이에 대해 이야기를 했다. 시청각 중복장애협회에 전화해서 어렵게 승욱이와 같은 중복장애아를 한 명 찾아낸 것이다. 아직 그 아이의 신상명세는 전달받지 못했지만 일 년 반 전에 수술한 아이는 지금 기대한 것보다 훨씬 수다쟁이가 되었다는 것이다.

지나는 정말이냐며 그 아이의 자료를 보내달라고 했다. 아이의 자료를 검토해보고 승욱이의 수술을 추진해보겠다는 것이다. 갑자기 방 안의 분위기가 화기애애해졌다. 이날 두 선생님이 아니었다면 나는 못다 한 말을 가슴에 삭이며 눈물을 머금고 돌아섰을 것이다.

또다시 병원으로부터의 연락을 기다리고 있다. 시간은 하염없이 가는데 아무런 소식이 없으니 애가 탔다. 그러던 어느 날, 승욱이를 스쿨버스에 태우려고 하는데 전화벨이 울렸다. 아침에 울리는 전화는 대개 급한 전화였다. 베스 선생님이셨다.

"승욱 엄마! 드디어 결정났어요. UCLA 병원 역사상 최초로 하는 수술이래요. 어제 퇴근 후에 지나가 내 자동응답기에 녹음을 해놓았는데 도저히 기다릴 수 없어서 이렇게 아침 일찍 전화했어요. 정말 놀랍죠?"

전화기 저편에서는 아침 일찍 학교에 출근한 선생님들의 환호 소리가 들렸다.

“베스 선생님, 너무너무 고마워요. 선생님들 모두 감사해요. 어떻게 말을 해야 할지 모르겠어요.”

나는 울었다. 전화기 저편에서 베스 선생님도 울고 있었다. 베스 선생님은 이제부터가 시작이라며 승욱이가 수술 받는 그날까지 학교 선생님들 모두가 도와주겠다고 약속, 또 약속했다.

수술을 앞두고 있는 승욱이에게

욱이가 세상에 나온 지 5년하고도 9개월이 되었네. 5년이 훌쩍 넘는 시간 동안 우리 욱이 참 많이 힘들었지?

엄마는 욱이가 말하지 않아도 다 알아. 그동안 욱이가 얼마나 무섭고 힘들었는지. 하지만 그 모든 것들이 욱이를 위한 것임을 알았으면 좋겠어. 세상의 자립적인 한 사람으로 당당하게 설 수 있도록. 지금 힘들다고 포기해버리면 넌 앞으로 지금보다 더 힘들게 살 거야.

엄마는 너를 위해 중대한 결정을 하고 일 년 반을 넘게 기다렸단다. 사실 수술을 한다고 우리 욱이가 하루아침에 정상이 되는 건 아니야. 수술 후에 부작용이 있을 수도 있어. 또 지금보다도 더 힘든 스피치 교육도 받아야 하고, 평생 몸과 머리에 기계를 달고 살아야 해.

엄마는 욱이가 예수님을 알고 또 그 사랑을 전하는 사람이 되었으면 좋겠어. 하루를 살아도 욱이가 엄마의 말을 듣고 사랑을 느끼며 네가 얼마나 축복받은 아이인지, 너를 사랑하는 사람들이 얼마나 많은지 알려주고 싶어.

엄마는 욱이가 태어나면서부터 나이를 먹게 되었어. 엄마도 너처럼 다섯 살짜리 엄마란다. 다섯 살짜리 엄마의 마음을 욱이가 이해해주렴. 부족한 엄마에게 태어나서 그동안 참 고생 많았다. 엄마는 널 낳기만 했지 잘 키워주지 못한 것 같아 너에게 너무 미안해.

또다시 차가운 수술실에 너를 들여보내야 하는 이 엄마는 사실 너무 무서워. 그 순간이 너무 두렵고 겁나. 하지만 지금까지 하나님이 언제나 우리와 함께하셨듯이 수술하는 그 순간에도 욱이와 함께 계셔주실 것을 믿기에 담대히 나아갈 거야.

우리 욱이 잘할 수 있을 거야. 왜냐하면 얼마나 많은 사람들이 너를 위해 기도해주는데. 지금 이 순간에도 말이야.

아들아. 마지막으로 이렇게 모자라고 부족한 엄마한테 태어나줘서 정말 고마워. 만약 하나님이 "다시 태어나도 승욱이 엄마 하겠냐"고 물으시면 엄마는 거침없이 "네" 할 거야. 네가 나에게 태어나지 않았으면 엄마는 지금의 넘치는 사랑과, 충만한 기쁨과, 가슴 떨리는 설렘을 알았을까?

내 아들, 하나님이 주신 가장 귀한 선물, 정말로 사랑해.

1년 8개월을 기다렸어요

승욱이의 수술을 집도할 닥터 이시야마를 만났다. 지나는 닥터 이시야마가 스케줄을 잡아야 승욱이의 수술 날짜를 잡을 수 있다고 했다. 그는 이 분야에서는 최고의 권위자라고 했다.

십여 명의 의사들이 모인 자리에서 그는 수술에 관한 브리핑을 했고 궁금한 것이 있으면 질문하라고 했다. 부드러우면서도 냉철한 사람 같았다. 간결하고 분명한 말투로 사람들을 압도했다. 닥터 이시야마를 만나고 나니 안도감이 들었다. 일이 다 이루어진 것 같았다.

2004년 7월 19일. CT 촬영을 하기 위해 아침 일찍 잠든 승욱이를 깨워 병원으로 향했다. 마취를 해야 하기 때문에 승욱이는 6시간 전부터 아무것도 먹지 못했다. 배가 고픈지 병원 가는 내내 서럽게 울었다. 울다 지쳤는지 병원 도착하기 10분 전에 잠이 들었다.

잠든 승욱이를 보고 간호사는 마취를 하지 말고 CT를 찍자고 했다. 살짝 들어 선반에 누이는 순간, 눈치 빠른 승욱이가 발버둥을 치며 벌떡 일어났다. 혹시나 승욱이가 다칠까봐 간호사가 조심스럽게 승욱이의 몸놀림에 따라 움직였다. 이어 주사 바늘이 승욱이의 몸에 꽂혔고 정확히 3초 만에 마취에 걸렸다.

'도대체 이 마취는 언제쯤이면 끝날까. 가스 마취, 약 먹는 마취, 주사 마취, 마취할 때마다 힘들어하는 승욱이를 보는 것도 마음 아프다. 하나님, 마취 때문에 승욱이가 잘못되거나 머리가 나빠지면 어쩌죠?'

축 늘어진 승욱이를 보니 안쓰러운 마음에 괜한 걱정까지 더해졌다. 마취가 어려웠지 CT 촬영은 간단히 끝났다. 회복실로 옮긴 승욱이를 간호사 두 명이 번갈아가며 얼음 수건으로 닦아주었다.

수술 날짜를 잡는 일정은 멀기만 했다. 검사할 것은 많은데 매번 예약할 때마다 연락이 오기를 기다리며 내 인내심과 싸우는 과정이 반복되었다.

오늘따라 여름 날씨답지 않게 아침부터 날씨가 꾸물거렸다. 이제 마지막 검사만 남았다. 오늘은 승욱이가 아닌 나를 검사하는 날이다. 수술 뒤 부모가 아이를 잘 감당할 만한지 나의 심리상태를 검사하는 것이다. 처음에 검사 받으러 오라고 했던 날은 많이 긴장되었는데 5번이나 예약이 미뤄져서인지 오히려 마음이 편했다. 그래도 태어나서 처음으로 하는 심리검사라 다소 긴장이 되었다.

의사 두 명이 들어와 질문했다.

승욱이는 어디서 태어났나요? 정상 분만이었나요? 가족 중에 같은 장애를 가진 분이 있나요? 히스토리를 얘기해주시겠어요?

문답은 순조롭게 진행되었다.

"수술 후 아이에게 가장 많이 기대하는 것은 뭐죠?"

"전 수술 후 승욱이에게 유창한 말솜씨를 기대하는 게 아닙니다. 제가 바라는 것은, 그러니까…… 엄마 배고파, 엄마 목말라, 엄마 어디가, 아파, 불편해, 이런 말들입니다. 그리고 밤이 되면 자야 한다는 것을 알고 아침이 오면 아침인 줄 알고 일어나는 것, 그 정도입니다."

그들이 마지막 질문을 했다.

"와우이식에 관해서는 얼마나 알고 있습니까?"

"전 일 년 전부터 와우이식에 대한 공부를 했습니다. 이 수술을 결정하기까지 참 많은 생각을 했습니다. 그래도 보청기보다는 우리 아이가 사람들 말소리를 더 잘 들을 수 있고, 좋아하는 음악도 더 많이 들을 수 있지 않을까요. 여러분이 생각하는 것처럼 저 그렇게 모르진 않습니다."

내가 할 수 있는 것은 다 했다. 이제 그들의 결과를 기다리는 일만 남았다. 여름 내내 검사를 받느라 쫓아다니다보니 가을이 온 지도 몰랐다. UCLA에서 검사한 결과지를 CCS에 보낸 지 두 달이 되어간다. 병원과 CCS에서는 감감 무소식이다. 여러 차례 전화를 걸었지만 다들 기다리라고만 할 뿐이다.

토요일에 승욱이를 사랑의 교실에 데리고 갔다. 변함없이 이종성 집사님이 환하게 맞아주셨다. 승욱이 수술과 관련하여 아무런 연락이 없자 집사님이 CCS 담당자 연락처와 승욱이에 대한 정보를 달라고 하셨다. 반신반의하며 간단하게 메모하여 월요일에 팩스로 보내드렸더니 그날 바로 전화가 왔다.

서류가 왜 늦어지고 있는지 알려주셨는데, 승욱이의 서류는 현재 주 정부 청사에 있다고 했다. 우리가 살고 있는 LA시에는 예산이 없어 주 정부에서 수술비를 승인받아야 한다는 것이다. 집사님의 노력으로 주춤했던 승욱이의 수술 건이 다시 활기를 되찾았다.

CCS 담당 간호사가 UCLA에서 두 가지 검사를 더 받아오라고 했다. 청력검사와 언어능력검사가 빠져서 아직 승인이 나지 않았다는 것이다. 지나에게 전화해서 물어보니 병원에서 소견서까지 보냈는데 무슨 소리냐며 CCS 담당자와 신경전을 벌였다. 고래싸움에 새우등 터진다고 괜히 두 기관이 싸우다 잘못되면 승욱이 수술만 무기한이 될 것 같은 분위기다.

지나에게 그냥 검사를 하자고 재촉했다. 지나는 이럴 시간이면 벌써 수술하고 회복실에 있겠다며 화를 내면서도 예약 날짜를 빨리 잡아줬다. 그녀도 승욱이 걱정을 많이 하고 있었나보다. 오히려 내가 그녀를 위로했다.

"괜찮아. 1년 8개월을 기다렸는데 한 달 더 못 기다리겠어. 한 달 안에는 결론이 나겠지, 그치?"

그제서야 지나가 나를 향해 씽긋 웃는다.

'아! 저 웃음 어디서 봤더라. 많이 보던 웃음인데… … 지나가 베스 선생님처럼 웃어주네.'

지나는 무슨 일이 있어도 승욱이 결과지를 제일 먼저 처리해주겠다고 했다. 나는 지나에게 웃으며 말했다.

"지나, 실은 내가 참가하는 장애아 부모 모임의 아이들은 그동안 모두 수술했어요. 우리 승욱이만 남았지요. 우리보다 훨씬 늦게 수술을 준비한 애들도 다 마쳤어요. 얼마나 부러운지 몰라요. 나도 빨리 승욱이 수술 마치고 부모 모임에 가서 '우리 승욱이 수술했어요' 라고 말하고 싶어요."

지나는 곧 그럴 날이 올 테니 조금만 기다리자고 했다. 이제 정말 모든 검사가 끝났다.

회사에서 일을 하고 있는데 CCS 담당 간호사가 전화를 했다.

"김민아 씨! 드디어 CCS에서 수술비용 전체를 지원한다는 승인이 났어요. 빨리 UCLA에 전화해서 수술 날짜를 잡으세요."

그녀는 나보다 더 흥분한 것 같았다. 귀찮을 정도로 전화한 내가 미울 만도 한데 반갑게 전화까지 해주니 고마웠다.

바로 UCLA로 전화를 걸었다. 수술실 스케줄이 많이 밀려 있고, 아직까지 CCS의 승인서가 도착하지 않았으니 기다리라고 했다. 기다리라고 하는 말이 오늘처럼 반가운 적은 없었다. 나는 매일 아침 UCLA로 전화했다.

"CCS에서 승인서가 왔나요?"

"승욱이 엄마죠? 승인서가 오면 전화해줄게요."

다음 날도 전화를 했다.

"수술 날짜 좀 잡아주세요."

병원 담당자도 슬슬 짜증이 나나보다.

"연락 준다고 했죠? 기다리세요!"

그 다음 날도 역시 병원으로 전화했다. 내가 "여보세요?" 하고 말하기가 무섭게 짜증을 낸다.

"승욱 엄마! 우리 업무가 얼마나 바쁜지 알아요? 제발 좀 기다려요."

내가 너무 심했나? 당신도 1년 8개월을 기다려보세요. 나처럼 된다고요.

며칠 뒤, 수술 날짜가 잡혔다. 2005년 2월 16일 오전 11시 30분. 승욱이의 수술 날짜다. 부모님이 기뻐하시는 모습을 보자 왠지 효도하는 기분이 들었다. 그러면서 한편으로는 걱정도 되었다. 처음 눈 수술에 실패했을 때 많은 분들의 관심과 사랑을 받은 만큼 그 기대에 미치지 못했던 것이 내내 힘들었기 때문이다. 그래서 이번에는 조용히 일을 진행하기로 했다.

수술 일주일 전까지 소아과 검사와 피검사, 엑스레이를 찍은 결과를 UCLA에 보내야 한다. 승욱이가 감기에 걸리거나 검사 결과가 제 날짜에 도착하지 않으면 수술이 연기된다.

많은 사람들이 이 수술을 위해 기도해줬다. 자칫 부주의로 수술이 미뤄지기라도 한다면 실망이 클 것이다. 그래서 나는 승욱이 특별 관리에 들어갔다. 수술 이틀 전에 소아과에 가서 피검사를 하고 엑스레이까지 무사히 찍어 병원으로 검사 결과를 발송했다. 수술을 위한 모든 준비를 마쳤다.

드디어 와우이식 수술을 받다

수술 날 아침, 엄마와 함께 승욱이를 데리고 병원에 갔다. 통역을 도와주기로 한 캐롤은 벌써 병원에 와 있었다. 9시에 도착해서 기다리고 있으니 수술 대기실로 내려오라는 연락이 왔다. 수술 대기실 특유의 소독약 냄새 때문인지 승욱이가 나에게 딱 달라붙어서 움직이지도 못하게 내 목을 꽉 끌어안는다.

"승욱아, 괜찮아. 오늘이 마지막일 거야. 많이 배고플 텐데 우리 승욱이 잘 참네."

할머니가 안아주려고 해도 승욱이는 나에게서 꼼짝도 안 한다. 예정된 수술 시간이 다 되어가는데 닥터 이시야마는 나타나지 않는다. 승욱이는 못 참겠는지 짜증이 날 대로 났다. 나는 급한 마음에 언제쯤 수술실로 들어가냐고 간호사에게 물었다. 그랬더니 아직 승욱이 차트가 수술실로 내려오지 않았다는 것이다. 슬슬 화가 나기 시작할 무렵 닥터 이시야마와 캐롤이 나타났다.

승욱이 차트를 찾지 못해 시간이 지연됐다고 했다. 5년 전에 눈 수술 할 때의 차트와 귀 수술 할 때의 차트 번호가 서로 맞지 않아 차트를 찾는 데 어려움이 있었다는 것이다.

집도의인 닥터 이시야마가 수술에 대한 브리핑을 했다. 브리핑을 마친 닥터 이시야마는 질문 있으면 하라고 했다.

"한쪽만 수술하는데 승욱이가 소리를 다 알아들을 수 있을까요? 과연 잘 듣고 잘 말할 수 있을까요?"

닥터 이시야마의 대답이 시원스럽다.

"물론이죠. 승욱이는 분명히 듣고 말하게 될 겁니다. 한쪽만 수술해도 충분합니다. 마지막으로 다른 질문 있습니까?"

그때 엄마가 말했다.

"선생님, 이 수술이 승욱이의 인생에 얼마나 중요한 일인지 꼭 기억해주세요. 선생님이 한 사람의 삶을 바꾸는 큰일을 하고 계시다는 것도요. 우리 가족은 평생 선생님을 잊지 않을 거예요."

"네, 저도 최선을 다하겠습니다. 감사합니다."

닥터 이시야마가 수술실로 들어갔다.

모든 준비가 끝났는지 간호사가 승욱이를 데리러 왔다. 겁에 질린 승욱이는 젖 먹던 힘까지 내어 나에게 달라붙었다. 아무래도 안 되겠는지 간호사가 나에게 무균복을 입으라고 했다. 승욱이가 스트레스를 받으면 안 되기 때문에. 무균복으로 갈아입고 승욱이를 다시 안았다.

간호사를 따라 수술실로 향했다.

'나도 이렇게 겁이 나는데 승욱이는 얼마나 무서울까. 승욱아, 막상 수술실에 널 보내려니까 후회가 된다. 이 모든 게 엄마의 욕심 때문은 아닌지. 널 고생시키는 것 같아 미안하고 걱정되고 두려워. 그냥 못하겠다고 돌아 나갈까?'

어느새 앞서 간 간호사가 수술실 문을 활짝 열었다. 열 명도 넘는 의사와 간호사들이 분주하게 움직이고 있었다. 안내에 따라 승욱이를 안고 의자에 앉았다. 승욱이를 가스로 마취시킨다고 했다.

가스가 나오는 마스크를 승욱이 코에 대니 승욱이가 머리를 심하게 흔들었다. 그러고는 내 목을 힘주어 끌어안았다. 의사들이 승욱이 머리를 꽉 붙잡았다. 강제로 코에 가스를 집어넣자 승욱이 손이 내 가슴 위로 툭 하고 떨어졌다. 순간 내 눈물도 바닥으로 툭 떨어졌다.

간호사가 승욱이를 수술용 침대에 가지런히 눕혔다. 승욱이를 마취할 때 가스가 내 코로도 들어갔나보다. 일어서려는데 머리가 핑 하고 돌았다. 아, 이렇게 독한 거구나. 많이 들이켜지도 않았는데 머리가 어지럽다. 마취를 할 때마다 승욱이가 왜 그렇게 발버둥을 치는지 조금은 알 것 같았다.

수술이 시작되고 우리는 대기실로 나왔다. 수술 소요시간은 총 3시간. 엄마와 함께 예배실로 가서 기도했다. 그런데 예정 시간이 훨씬 넘었는데도 승욱이가 나오지 않았다. 도대체 무슨 일일까?

'제발 이 수술이 마지막이 되게 해주세요. 하나님, 지금 어디 계세요? 승욱이 수술실에 함께 계시죠? 거기 계시는 거 맞죠? 수술이 왜 이

렇게 오래 걸리는 거예요? 내 가슴이 숯이에요, 숯!'

4시 30분이 훌쩍 넘어서야 승욱이가 회복실로 옮겨졌다는 소식이 왔다. 캐롤과 함께 회복실로 내려갔다. 간호사가 승욱이 침대로 우리를 안내했다. 커튼을 젖히니 승욱이가 머리에 온통 붕대를 칭칭 감고 힘겹게 누워 있다. 차마 눈을 뜨고 쳐다볼 수가 없다.

닥터 이시야마가 다가왔다.

"수술은 성공적으로 끝났습니다. 혹시 비위가 강하세요?"

그런대로 괜찮다고 했더니 수술하면서 찍은 사진을 보여주었다. 8장의 사진은 귀 뒷부분을 절개하여 열어놓은 것으로 온통 피투성이다. 와우이식을 시술한 사진도 있었다. 사진을 보며 어디에 어떻게 이식을 했는지 자세하게 설명을 해줬다. 그리고 수술하면서 벌어졌던 예상치 못한 난관 때문에 시간이 지연되었다고 했다.

승욱이는 오른손잡이다. 그래서 와우이식을 오른쪽에 하기로 했다. 오른손잡이의 언어를 관장하는 두뇌는 왼쪽 뇌에 있다. 또 위험에 처했을 때 자기 방어를 하는 것도 오른쪽이 더 안전하기에 오른쪽에 와우이식을 하게 된 것이다.

오른쪽 귀 뒷부분을 절개하고 달팽이관에 전자 칩을 이식하던 중 새로운 사실을 발견했다고 한다. 보통 귀 옆 안쪽으로 지나는 두 개의 신경이 갈라져 있어야 하는데 승욱이는 하나로 묶여 있었던 것이다. 이식한 후에 안면신경에 문제가 생길지 모르는 상황이었다. 스태프 열한 명 모두 그냥 덮자고 의견을 모았다. 그러나 닥터 이시야마는 UCLA 병원의 신경외과 최고 권위자에게 바로 전화를 걸었다. 그분은 도저히 이해가 안 된다며 직접 수술실로 내려오셨다.

그분이 닥터 이시야마에게 물었다.

"아이가 그동안 안면근육에 문제가 있었나요?"

"아니요. 지금까지 아무 문제 없이 잘 자랐습니다. 웃을 때도 근육에 문제가 있거나 이상한 점은 없었어요."

"그럼 수술을 계속 진행하세요. 대신 뭉쳐 있는 신경은 절대 건드리지 마세요."

"혹시 종양이면 어떻게 하죠?"

"그러니까 더 조심해요. 많은 사례를 봐 왔지만 이런 신경은 처음 봅니다."

"조직검사를 다시 하는 것이 좋지 않을까요?"

"5년 넘게 건강했던 신경이라면 갑자기 문제를 일으키지는 않을 거예요. 하지만 신경이 하나로 뭉쳐 있는 것을 안 이상 계속 지켜는 봐야 해요."

그분은 긴급한 상황 속에서 승욱이 신경이 문제가 없을 거란 판단을 내렸고 수술은 다시 진행되었다는 것이다.

MRI와 CT 촬영에서도 보이지 않았던 신경이 왜 귀 뒷부분을 절개한 후에야 보였을까. 수술 전에 안면신경에 이상한 점이 발견되었다면 과연 수술을 받을 수 있었을까. 그리고 신경외과 최고의가 어떻게 그 시간에 승욱이 수술실까지 오게 된 걸까. 만약 그 시간에 그분과 연락이 되지 않았다면 승욱이가 와우이식을 받을 수 있었을까.

닥터 이시야마의 모든 설명이 끝나고 간호사가 승욱이를 흔들어 깨웠다. 승욱이가 몸을 뒤척이며 일어나려고 안간힘을 쓴다.

"승욱아, 많이 아프지? 우리 애기 너무 고생했다. 정말 수고했어. 일어날 수 있겠어?"

내 소리를 들은 건지 승욱이가 눈을 떴다 감았다. 온몸에는 전기선이 가득하다. 그 몸으로 나에게 안기려 고개를 돌렸다. 안쓰러운 마음에 승욱이를 일으켜 안으니 코에서 피가 흥건히 쏟아진다. 깜짝 놀라서 간호사를 불렀다. 간호사는 귀와 코가 연결되어 수술이 끝난 뒤라 코피가 나올 수 있다며 옆으로 잠시 누이라고 한다.

10분 정도 지났을까. 코피가 서서히 멈췄다. 머리는 붕대로 칭칭 감고, 귀에는 사발면 뚜껑만한 것을 뒤집어쓴 승욱이. 모습이 꼭 전쟁터에서 갓 돌아온 '이 상사' 같다.

퇴원 준비를 하는데 닥터 이시야마와 백발의 의사가 왔다.

"이분이 바로 좀 전에 제가 말했던 신경외과 선생님입니다."

닥터 이시야마의 소개를 받은 그분이 나를 향해 미소를 머금고 말했다.

"수술 잘 마치게 되어 저도 기쁩니다. 이시야마 선생님에게 얘기 들어서 알겠지만 앞으로 안면근육에 문제가 있는지 없는지도 잘 관찰하세요. 알았죠? 조금 어려운 수술이기는 했지만 잘 끝났어요. 승욱이 앞으로 꼭 듣고 말하게 될 거예요. 잘 가르치세요."

3중장애 승욱이의 눈물나는
재활 스토리

어제 수술한 녀석 맞아?

땅거미가 어둑어둑 내리는 시간, UCLA를 빠져나왔다. 승욱이는 아직 마취가 깨지 않았는지 몸을 가누지 못하고 차에 쓰러져 잔다. 집에 돌아와서도 머리를 들지 못하고 한참 동안 누워 있다. 안쓰러운 마음에 옆에 앉아서 승욱이 이름을 불러줬다. 승욱이가 더듬더듬 날 만진다. 컨디션이 좋으면 한 번씩 웃어주는데 무표정이다. 종일 아무것도 먹지 못한 승욱이에게 가장 좋아하는 사과 주스를 먹였다. 그제야 조금 기운이 나는지 누워서 꼼지락거린다. 곧 자리에서 일어나 천천히 거실을 왔다 갔다 한다. 뭔가 이상한지 한 발짝 걷고 머리를 조심스럽게 만져본다.

승욱이에게는 심각한 상황인데 그 모습이 너무 우습다. 수술할 때 오른쪽 귀 뒷부분의 머리카락을 전부 밀었다. 그리고 수술 부위에 커다란 귀 덮개를 붙였다. 승욱이는 한 발짝 걷고 귀 덮개를 살짝 건드려보고, 또 한 발짝 걷고 휑한 머리 부분을 더듬는다. 무슨 일이 일어난 것 같은데 도통 알 수 없다는 표정이다.

늦은 밤, 통증이 심한지 내 손을 자신의 귀 덮개 위로 가져가 탁탁 친다.

"승욱아, 아파? 아프지? 약 먹자. 아프지 않게 하는 약이야."

약을 먹이려고 하니 입을 꾹 다문다. 이제는 나도 못 믿겠나보다. 약 안 먹으면 아플 텐데. 12시가 넘도록 잠들 생각을 하지 않는다. 걸어다니다 이제는 콩콩거리며 뛰기 시작한다.

"아이고 승욱아, 너 오늘 수술했어. 제발 잠 좀 자."

뛰는 승욱이를 안고 있다가 살짝 잠이 들었다. 눈을 뜨니 2시가 넘었는데도 승욱이는 아직도 멀쩡하다.

'승욱아! 너 오늘 수술한 애 맞니? 내 아들이지만 정말 건강하다.'

다음 날, 엄마에게 승욱이를 부탁하고 출근했다. 회사일로 정신이 없는데 엄마가 다급한 목소리로 전화를 하셨다.

"아이고! 민아야. 승욱이가 글쎄…… 큰일 났다. 귀 덮개를 다 잡아뜯고 안에 있는 솜까지 죄다 뜯어놨어. 빨리 집으로 좀 와라. 올 때 거즈하고 반창고 사 와라."

부랴부랴 집으로 갔다. 혹시 상처가 아물지 않은 곳에 병균이 들어갈까 싶었다. 어떻게 한 수술인데…… 초전박살 난 귀 덮개와 갈기갈기 찢어진 솜을 보니 기가 찼다.

"야! 이 사고뭉치야! 붕대를 다 뜯어놓으면 어쩌자는 거야? 넌 아프지도 않냐?"

바늘자국이 선명한 빨건 귀를 드러내놓고 내 침대 위에서 콩콩 뛰고 있다.

"어유, 저 녀석이 어제 수술한 녀석 맞아?"

거즈를 대고 반창고를 붙여주려는데 도대체 가만히 있지 않는다.

"가만히 좀 있어! 기운이 왜 이리 센 거야."

엉덩이를 한 대 때려줘도 도무지 막무가내다. 귀에 뭘 대는 것이 싫은가보다.

"승욱아! 하루만 참자. 내일 병원 가는 날이니까 오늘만 이렇게 붙이고 있자. 내일은 의사 선생님한테 보이고, 다시 예쁘게 반창고 붙여달라고 하자. 알았지?"

갑자기 승욱이가 신경질적으로 장난감을 집어던지기 시작한다. 나는 승욱이가 귀가 아파서 그런 줄 알았다. 가만히 승욱이를 관찰했다. 귀를 수술한 뒤, 장난감 소리가 들리지 않자 화가 난 것이다. 승욱이가 분이 풀릴 때까지 기다렸다.

승욱이가 더듬더듬 나에게 오더니 내 가슴에 안겼다.

"이제 화가 풀렸어? 한 달만 기다리면 훨씬 잘 들을 수 있어. 엄마가 승욱이 마음 다 이해해주지 못해서 미안해."

와우이식만이 승욱이를 위한 것이라고 생각했는데 내가 잘못한 걸까. 아니다. 의사가 그랬다. 앞으로 4주 후면 승욱이가 신생아처럼 소리를 처음으로 듣게 된다고. 나는 그 의사의 말을 믿는다.

다음 날, 닥터 이시야마를 만났다. 수술 부위가 덧나지도 않고 상태가 아주 좋다고 했다. 목욕은 며칠 후부터 하면 되고 학교를 보내도 좋다고 했다. 그렇게 승욱이는 다시 일상으로 돌아왔다.

승욱아, 엄마 목소리 들리니?

수술 뒤 승욱이는 극심한 스트레스에 시달렸다. 오른쪽에 그나마 남아 있던 청력을 완전히 상실하면서 욕구불만이 극에 달했다. 게다가 온몸에 두드러기가 나서 피가 나도록 긁느라 잠을 못 잤다. 나 또한 밤낮으로 승욱이에게 시달리다보니 정신적으로나 육체적으로 한계에 이르렀다. 승욱이 스피치 선생님도 찾아야 하는데 알아볼 만한 여유가 생기지 않았다.

3월 26일 아침, 승욱이의 와우이식 교육 건으로 병원에서 미팅이 열렸다. 미팅에는 승욱이 학교 선생님들과 통역사 캐롤, 청력사인 지나가 함께했다. 새벽 6시가 넘어서야 잠이 든 승욱이는 아직 유모차에서 자고 있다.

앞으로 승욱이가 주의할 점과 스케줄에 대한 이야기를 나눴다. 그리고 승욱이의 와우이식 채널을 컴퓨터 채널과 맞추기 시작했다. 승욱이 귀 안에는 인공 달팽이관이 있다. 그곳에 22개의 채널이 있는데 각 채

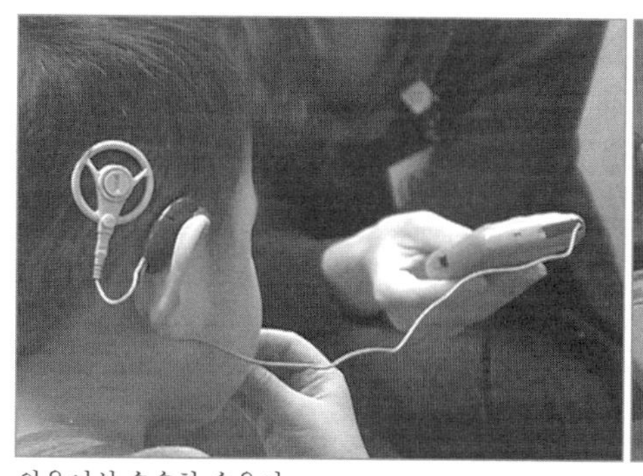

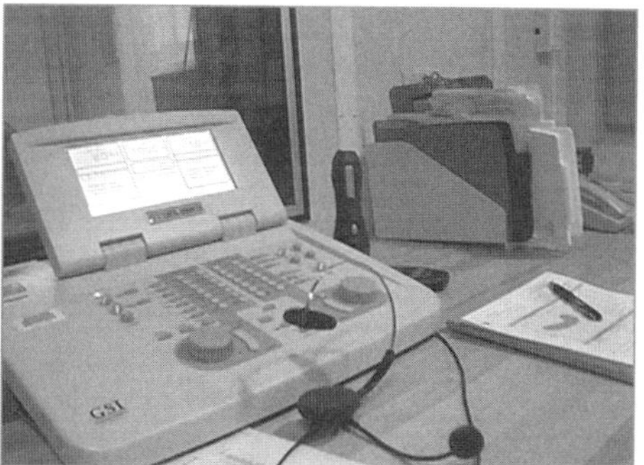

와우이식 수술한 승욱이

널로 소리가 전달된다. 높고 낮은 소리, 폭이 넓고 좁은 소리 등 승욱이가 듣게 될 소리가 각 채널로 들어가는 것이다.

귀 안쪽으로 소리를 넣어줄 때마다 승욱이가 조금씩 움찔거렸다. 한 시간 반 동안 계속해서 귀 안쪽으로 소리가 들어가니 이상한지 잠에서 깨어났다. 모든 채널을 다 맞춘 후에 의사가 말했다.

"이제부터 승욱이가 수신기를 켜고 들을 겁니다. 모두 조용하시고요. 엄마가 제일 먼저 승욱이에게 말을 해주세요. 절대 승욱이를 붙잡지 마세요. 그냥 자연스럽게 말을 걸어주세요."

모두 잔뜩 기대에 부푼 얼굴로 내 얼굴만 쳐다보았다. 한 사람은 비디오카메라를 들고 내가 말하기만 기다리고 있었다. 아무런 준비 없이 왔는데 갑자기 말을 시키니 무슨 말을 해야 할지 난감했다.

승욱이를 보니 눈물이 왈칵 쏟아졌다. 얼마나 기다렸던 시간이었던가. 지난날 힘든 시간들이 밀려오며 감격스런 마음과 함께 마음이 복잡

했다. 마음을 가다듬고 침착하게 승욱이에게 말했다.

"안녕…… 승욱아. 음, 정말 오래간만이네…… 아니 처음인가? 이렇게 승욱이가 엄마 목소리를 제일 처음 듣게 되어 엄마는 정말 기쁘다. 듣고 있니? 승욱아? 엄마 목소리 들려?"

유모차에 앉아 있던 승욱이가 나를 향해 서서히 고개를 돌렸다. 태어나서 처음으로 승욱이가 엄마 목소리를 듣는 순간이었다. 사시나무 떨듯이 몸을 바들바들 떨었다. 대부분의 아이들은 처음 소리를 들으면 크게 운다고 한다. 그런데 승욱이는 얼굴 근육을 심하게 움찔거리며 온몸을 격하게 떨었다. 울지 않으려고 꾹 참는 듯했다. 돌아가면서 한 사람씩 승욱이에게 인사를 했다. 그럴 때마다 승욱이가 계속해서 몸을 떨었다.

병원에서 나올 때는 승욱이가 제법 소리에 익숙해졌다. 허리에는 수신기를 차고 귀에는 자석을 달고 집으로 돌아왔다. 행여나 수신기를 빼버리면 어쩌나 걱정했는데 머리에 붙은 자석이 떨어질까 자기가 더 조심한다. 승욱이의 그 모습이 여간 귀엽고 사랑스럽지 않다. 저도 자석이 귀에서 떨어지면 소리가 안 들린다는 것을 벌써 알아차렸나보다. 눈치 빠른 녀석.

언제나 승욱이 때문에 울다가 웃다가 한다. 또 승욱이 때문에 감동받고 기뻐한다. 아, 승욱이 엄마인 게 너무 좋다.

아낌없이 주는 나무, 트리샤 선생님

승욱이는 더스틴에 위치한 BCLC[●]라는 시각장애학교에 다닌다. 이곳은 0세부터 5세까지의 시각장애 아동을 교육한다. 그런데 특별하게 승욱이는 7살까지 다니게 되었다. 이 학교는 승욱이에게 아낌없이 주는 나무였다.

학교에서 하는 마지막 IEP 미팅이 끝나면 승욱이는 5년간 다닌 학교를 떠나게 된다. 이번 미팅의 가장 큰 주제는 승욱이의 초등학교 결정에 대한 것이다. 시청각중복 장애 아동인 승욱이의 학교를 찾기가 만만치 않다. 대부분 시각장애학교와 청각장애학교로 분리되어 시청각장애학교를 찾기가 쉽지 않기 때문이다. 또 5년 동안 이루어진 승욱이의 학교 교육과 연계할 학교를 찾는 것은 더욱 어렵다. 한마디로 '공든 탑을 무너트릴 수 없다'는 것이 선생님들의 의견이다. 그래서 승욱이의 초등학교 결정이 계속 미뤄졌었다.

미팅이 시작되자 여러 초등학교가 물망에 올랐다. 집에서 가장 가까

● BCLC(Blind Children's Learning Center) 미국 캘리포니아주 산타아나시(북터스틴 지역)에 위치한 45년 전통의 맹아학교 www.blindkids.org

운 학교부터 투어에 들어가기로 했다. 물론 학교 선생님들과 함께 간다. 지금 승욱이에게 가장 필요한 것은 스피치를 가르치는 것이다. 다시 물망에 오른 학교 리스트를 좁혀나갔다. 집에서 가까우면서 스피치 교육이 뛰어난 학교.

그런데 트리샤 선생님이 이상하다. 미팅 내내 한쪽 구석에 말도 없이 앉아 내 눈과 마주치지 않는다. 미팅이 끝나고 교장 선생님과 트리샤 선생님이 남았다. 교장 선생님이 그러신다.

"승욱이는 여러모로 참 특별해요. 승욱이처럼 이 학교를 오래 다닌 아이는 없었어요. 또 중복장애 아동이면서 와우이식을 처음으로 했지요. 학교와 교육구에서 이렇게 지원을 아끼지 않고 교육시킨 적이 없었어요. 승욱이 때문에 다른 중복장애 아동들이 축복을 받게 되었어요."

"선생님들이 아니었다면 힘들었을 거예요. 항상 감사드려요."

트리샤 선생님이 울고 있다. 트리샤 선생님에게 나의 마음을 전했다.

"트리샤 선생님, 고마워요. 지난 5년간 우리 승욱이 잘 가르쳐줘서 정말 고마워요. 아마 트리샤 선생님을 평생 잊지 못할 거예요. 수화로 말로 행동으로 하루 종일 가르쳐준 덕에 승욱이가 잘 성장했어요. 저는 먹이고 재우고 씻기고 운전해서 학교에 데려다준 것밖에 없어요. 선생님의 헌신 때문에 이 모든 게 가능했어요. 선생님이 자랑스러워요."

트리샤 선생님이 울먹이며 말한다.

"5년 전, 이 학교를 떠나려고 할 때 저의 발을 붙잡는 아이가 있었어요. 그때 교실 뒤에 앉아 조용히 울고 있는 한 엄마를 보았지요. 차마

승욱이와 트리샤 선생님

그 아이와 엄마를 모른 척할 수 없었어요. 더 좋은 조건의 학교가 저를 기다리고 있었지만 저에게 맡겨진 아이 같았어요. 그후로 5년이란 시간이 어떻게 지나갔는지 모르겠어요. 보일 듯 말 듯, 조금씩 세상을 향해 걸어가는 그 아이 때문에 매일 신이 났어요. 이제 더 큰 세상으로 보내야 하는데 전 아직 떠나보낼 준비가 되지 않은 것 같아요. 승욱이가 학교를 떠나면 당장 모든 것을 잃는 것 같아 어찌할 줄 모르겠어요."

트리샤 선생님은 진심으로 승욱이의 미래를 걱정해주었고 열정을 쏟아 가르쳤다. 처음에 언어 장벽 때문에 곤혹을 치르기도 했지만 서툰 나의 영어를 끝까지 기다려주었다. 하지만 이 세상에는 말하지 않아도 통하는 것이 있다. 미주알고주알 말하지 않아도 아는 것. 그것은 서로에 대한 진심이다. 언제나 나의 마음을 알아주었고 진실함을 받아주었던 트리샤 선생님. 서로 마주 보고 있으니 눈물만 나온다.

"울지 마세요. 앞으로 다 잘될 겁니다."

또 한 번 큰 산을 넘다

또다시 큰 결정을 내려야 한다. 승욱이가 이 학교를 졸업하게 되기까지 크고 작은 산을 넘으며 여기까지 왔는데 다시 큰 산에 맞닥뜨렸다. 며칠 내로 승욱이의 초등학교를 결정해야만 한다. 이제 더 미룰 시간이 없다.

스쿨버스로 다닐 수 있는 일반 초등학교 중에 특수 학급이 있는 곳으로 마음을 정했다. 학교 선생님들이 의견을 물을 때까지 함구하고 있는 중이다. 아니 좀더 심사숙고하려고 시간을 벌 요량이었다. 그런 와중에 승욱이 담임 선생님이 전화를 했다. 빠른 시일 내에 학교를 방문해달라는 것이다.

다음 날 학교로 갔다. 점심시간이라 그런지 한산했다. 하늘 높이 뻗은 나무가 다른 날보다 더 정겹게 느껴진다.

교장 선생님과 트리샤 선생님, 승욱이 담임 선생님과 나는 아무도 없는 어두운 교실에 아이들이 앉는 작은 의자에 둘러앉았다. 교장 선생님이 먼저 진지하게 말문을 여셨다.

"승욱 엄마, 학교는 결정했나요?"

나는 기어들어가는 목소리로 "아니요"라고 대답했다.

"그런 것 같아서 오늘 불렀어요. 우리의 생각을 말하고 싶어서요. 승욱이 학교 결정을 위해 며칠 전에 선생님들과 미팅을 했어요."

나는 가만히 교장 선생님의 얘기를 들었다. 6년 가까이 봐 왔지만 언제나 차분하고 지적이며 사랑이 많으신 백인 할머니. 승욱이 편에서 모든 것을 도와준, 승욱이를 진심으로 사랑하는 분이시다.

"2주 전에 북가주에 다녀왔어요. 헬렌 켈러 재단이 있는 곳이지요. 세미나 때문에 갔는데 그곳에서 너무 훌륭하게 성장한 한 청년을 만났답니다. 그 청년은 승욱이와 똑같이 시청각장애가 있었어요. 그런데도 아파트에서 생활하며 모든 일을 혼자 처리했어요. 물론 가까운 곳에 청년을 도와주는 분이 살긴 했지만요. 청년을 만나 이야기를 들었어요. 어려서부터 훈련을 통해 자립하게 되었고, 지금은 학교를 졸업하고 직장에 다니고 있다고 했어요."

나는 아무 말 없이 듣기만 했다.

"그 청년을 만난 후에 승욱이 생각을 많이 했어요. 과연 우리 승욱이도 저 청년처럼 멋지게 성장할 수 있을까. 승욱이는 와우이식 후에 들을 수도 있으니 그 청년보다 더 좋은 조건이죠. 승욱 엄마가 지금 얼마나 고민하고 있는지 알아요. 두려워하는 것이 무엇인지도요. 그래서 불렀어요. 이제 더 이상 시간을 늦출 수가 없어요. 이번 주에는 꼭 학교를 결정해야 해요. 서류를 학교에 보내고 처리하는 시간이 필요하기 때문에 더 이상 지체할 수 없어요."

"네, 저도 알아요. 마음의 결정은 했는데 내키질 않아서 그냥 있었어요. 기숙사 학교로 보내자니 승욱이가 너무 어리고, 일반 학교로 보내자니 교육적으로 맞지가 않고요."

"우리 선생님들은 승욱이를 사립 기숙사가 있는 시각장애학교에 보내면 좋겠다고 생각해요. 어차피 시각장애학교는 LA 통합교육구 공립학교이기 때문에 그쪽 교육구에 살지 않으면 학교 보내기가 어렵잖아요."

"승욱이가 기숙사로 가기엔 너무 어려요."

"승욱이는 어리지 않아요. 엄마가 생각하는 것보다 승욱이는 준비가 되어 있어요. 제가 북가주에서 만난 청년도 어릴 때 부모가 독립을 시켰기에 저 정도로 성장할 수 있었을 거예요. 하루아침에 그 청년처럼 자립할 수는 없어요. 먼 곳에 있는 기숙사도 아니고 같은 LA잖아요."

"아직 승욱이는 사랑이 더 필요해요. 기숙사는 중학교 때 보냈으면 좋겠어요."

"전 아이를 보면 그 아이가 사랑을 받고 자라는 아이인지 그렇지 않은지 한눈에 알 수 있어요. 웃는 모습만 봐도 알 수 있지요. 승욱이는 사랑을 많이 받고 자란 아이예요. 승욱이가 얼마나 행복한 아인지 우리는 알 수 있어요. 지금까지 받은 그 사랑만으로도 충분해요. 승욱이를 넓은 세상으로 보냈으면 좋겠어요. 이게 우리 선생님들의 마음이에요."

너무 냉정하다. 승욱이를 제일 잘 알고 사랑하는 선생님들인데 오늘

따라 싸늘하게 말을 한다. 하루만 더 고민하고 전화하겠다고 했다. 서둘러 그 자리를 나서려는데 교장 선생님이 말씀하셨다.

“저도 고민 끝에 얘기한 거예요. 마음 아프게, 섭섭하게 듣지 말아요.”

나도 안다. 냉정하게 말하지만 그 속에 담긴 선생님들의 따뜻한 마음을. 승욱이를 키우면서 가장 힘들 때가 바로 이런 때이다. 한 번도 경험하지 않은 것을 결정할 때. 비교할 대상이라도 있으면 좋겠는데 승욱이와 같은 아이가 주변에 없다.

밤새 에너지를 다 쏟아내고 잠든 승욱이를 보니 더 갈등이 된다.

‘이 어린것을 어디로 보내라는 건지. 말도 안 된다. 승욱이는 어디든 나와 함께 갈 거야. 나는 승욱이 엄마니까.’

한편에서는 낮에 들었던 교장 선생님의 말이 맴돈다.

‘승욱이는 준비가 된 아이예요. 지금껏 받은 사랑으로도 충분합니다. 이제 넓은 세상으로 나가야 해요.’

하루가 지나고 이틀이 지나서야 교장 선생님에게 전화했다. LA에 있는 기숙사가 딸린 시각장애학교에 보내겠다고 했다. 교장 선생님은 교육구와 기숙사와 승욱이가 갈 학교에 모두 전화를 해보시겠단다. 몇 분 뒤 교장 선생님에게 전화가 왔다. 기숙사가 결정이 돼야 학교에 서류를 보낼 수가 있는데, 그 기숙사에 대기자가 여덟 명이나 있다고 한다. 내심 안심이 되었다. 기숙사가 안 되어 내가 직접 승욱이를 데리고 학교에 다닐 수 있으면 얼마나 좋을까.

지지부진하게 날짜가 흘렀다. 한가한 저녁 시간, 한국에 있는 남편이 전화를 걸었다. 당분간 생활비를 보내기가 어렵겠다는 소식이다. 남편의 힘없는 목소리가 나를 또 땅 끝으로 떨어뜨린다. 나 역시 직장을 그만둔 상황이라 당장 이번 달 집세 낼 것이 걱정되었다. 급한 마음에 신문 구인광고를 보며 이리저리 일자리를 찾고 있는데, 교장 선생님에게 전화가 왔다.

"기숙사에서 연락이 왔는데 우선 순위로 승욱이부터 등록을 받아준대요. 참 잘됐어요. 승욱이 녀석, 럭키 가이예요. 하하하."

기숙사에서 필요한 서류를 한 묶음 받아 들고 왔다. 뭐가 이리 복잡한지 하루 만에 준비해서 보낼 수 있는 양이 아니다. 피검사, 변검사, 의사소견서, 병원기록 등등. 승욱이는 아직 아무것도 모르는데 나중에 알게 되면 얼마나 혼란스러워할까. 벌써부터 걱정이다.

미소 천사 승욱이의 학교 수업

'승욱이의 교육' 에 관한 세미나가 시작되었다. 승욱이를 담당하는 선생님들이 모두 모였고, 교감 선생님도 함께 참석을 해서 어떻게 하면 승욱이를 더 잘 이해할 수 있을까에 대한 의견도 나누는 시간이다. 아침 9시부터 시작한 세미나는 오후 2시 30분까지 계속되었다.

승욱이처럼 시청각 장애아들은 규칙적인 생활이 굉장히 중요하다. 아침에 일어나서부터 저녁까지 계획된 시간표에 따라 사는 법을 어렸을 때부터 가르쳐야 한다. 다만 일정을 만들 때는 여유를 주는 것이 중요하다. 일테면 음악 수업을 하다가 다음 수업이 체육이어서 곧바로 이동할 경우 아이는 혼란스럽다. 그래서 음악 수업이 끝나면 다음 수업에 대한 설명을 해주고 시간적 여유를 주면서 이동시켜야 한다.

많은 사람들이 승욱이의 수업이 어떻게 진행되는지 궁금해 한다. 보지도 듣지도 못하는 승욱이에게 어떻게 수업을 설명할까? 교실에는 칸막이가 있는 작고 긴 나무 상자가 있다. CD꽂이보다 조금 넓은 크기의 나무 상자에는 승욱이의 하루 수업을 알려줄 수 있는 모형이 칸칸이 들어 있다. 예를 들어 다음이 음악 시간이면 실물 크기의 피아노 건반을 몇 토막 잘라서 만든 모형이 들어 있는데, 승욱이에게 이걸 만지게 하면서 다음 시간에는 음악을 공부한다고 설명해준다. 손 씻는 시간이면 물 비누통, 점심 시간에는 스푼과 포크, 스피치 시간에는 입술 모양의 플라스틱 장난감을 만지게 한다. 2살 때부터 이렇게 훈련 받아 그런지 초등학교 2학년인 지금은 모형을 살짝 만져만 보고도 다음 시간이 자신이 좋아하는 수업인지 아닌지 얼굴로 표현을 한단다.

세미나가 계속 진행되는 가운데 담임선생님인 조가 질문이 있다고 손을 들었다.

"혹시 집이나 전에 다니던 학교에서 표정 교육을 시켰나요? 승욱이의 얼굴 표정이 너무 다양해서 놀라는 때가 많아요."

'어라? 표정을 교육시켰다? 표정도 교육으로 만들 수 있는 건가?'

"기분 좋을 때 씩 웃는 승욱이만의 독특한 표정이 있는데, 시각장애아들은 대부분 미소를 짓지 못하거든요. 그런데 승욱이가 가끔 미소를 짓는 것을 보고 너무 신기했어요."

글로리아 선생님도 말을 거든다.

"시각장애 아동들도 미소를 잘 못 짓지만, 시청각장애 아동들은 더 심해요. 얼굴에 표정이 거의 없어요."

갑자기 뭔가 새로운 것을 발견한 양 선생님들이 술렁거렸다. 승욱이가 언제나 자기를 향해 미소를 지었다고, 활짝 웃었다고, 삐친 모습 또

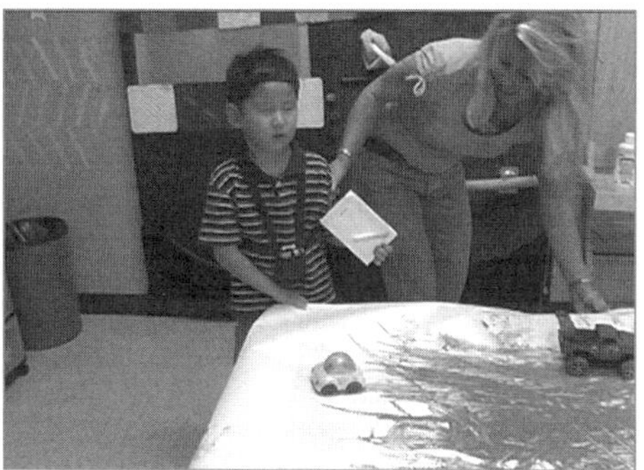
수업시간에 승욱이

한 그렇게 사랑스러울 수 없다고 다들 한마디씩이다. 나는 승욱이처럼 환하게 웃는 선생님들의 얼굴을 가만히 바라보기만 했다.

'그랬었구나? 원래 시청각장애 아이들은 표정이 없는 거였구나? 승욱이는 얼굴로 말할 때가 많은데……'

승욱이는 선생님들에게 참 많은 사랑을 받았다. 그런데 왜 그렇게 사랑을 받는지 잘 몰랐다. 그냥 착해서인지, 선생님 말을 잘 알아들어서인지, 잘 울지 않아서인지, 그 부분에 대해선 그다지 심각하게 생각하지 않았다. 선생님들이 모두 좋은 분들이라서 그러겠지 생각했다. 그런데 오늘 새로운 사실을 알았다. 승욱이를 가르치는 선생님들을 기쁘게 해주었던 건 승욱이가 공부를 잘해서도 아니고 말을 잘 들어서도 아니었다. 꾸밈 없는 승욱이의 환한 미소가 선생님들을 기쁘게 해주었던 것이다. 사람은 당연히 모두 미소를 짓고 표정이 있는 줄 알았는데 그것 또한 귀한 선물인 것을 알았다.

세미나를 마치고 승욱이 교실에 들렀다. 지난 8년간 늘 당연하게 여겨왔던 아들의 예쁜 미소가 한눈에 들어온다. 언제나 사람들을 향해 미소 짓고 있는 승욱이. 무엇을 느끼고 그런 표정을 짓는 걸까? 사람은 외부의 자극에 반응을 해서 미소를 짓는다는데, 외부 자극을 받아들일 수 없었음에도 어떻게 그 많은 표정을 우리에게 보여주었을까? 엄마인 나도 너무 궁금하다.

승욱이는 리듬 박사예요

매주 월요일마다 현역에서 은퇴한 나이 지긋한 뮤지션들이 학교로 와 아이들과 함께 음악 수업을 한다. 그들의 눈에 가득 담긴 사랑을 아이들도 느끼는지 아이들은 이 시간을 즐거워하고 행복해한다. 돌아오는 토요일에 뮤지션들과 아이들이 뮤직콘서트를 한다는 안내장이 왔다. 승욱이도 한 코너를 맡아서 연습 중이라고 했다.

유치원 아이들이, 그것도 장애아들이 콘서트를 해봤자 뭐 그리 대단할까 싶지만 미국 학교의 선생님들과 학부모들은 축제처럼 한다. 장소도 근처 중학교 강당을 빌려서 거창하게 한다. 매주 토요일 오전에 승욱이 개인 스피치 시간이 잡혀 있기 때문에 콘서트 시간에 맞춰 가려면 빠듯한 일정이다.

혹시나 승욱이가 오지 않을까 걱정한 담임 선생님은 노트에 대문짝만하게 "필히 참석 요망"이라고 써서 보냈다. 그래도 마음이 안 놓였는지 전날 밤에 확인전화까지 했다. 아침부터 부지런을 떨었지만 학교에 도착했을 때는 이미 주차장이 꽉 찬 상태였다. 도착하니 콘서트 시작 5분 전이다. 승욱이를 안고 뛰었다. 강당에 들어가니 선생님이 초조하게 강단 위에 서 있다.

"늦어서 미안해요. 여기 승욱이 받아요."

승욱이를 무대 위 선생님에게 넘겨주었다. 차를 다시 주차하고 강당으로 들어오니 벌써 콘서트가 시작되었다. 뮤지션들의 오프닝 순서는 이미 끝났다. 이 콘서트의 특별한 점은 시각장애 아동들이 모든 순서를 맡아 진행한다는 것이다.

아이들이 한 손으로 피아노를 쳤다. 그저 건반 몇 개를 두드리는 게 끝이다. 그러나 이곳에 모인 부모와 선생님들은 눈을 떼지 못한다. 아이들의 손짓 하나, 몸짓 하나가 감동이기 때문이다. 노래하는 아이들, 율동하는 아이들, 실수해서 우는 아이들까지. 모두가 사랑스럽다.

승욱이가 강단 위 의자에 앉아 순서를 기다리고 있다. 누가 승욱이 엄마 아니랄까봐 승욱이만 보인다. 일곱 번째, 드디어 승욱이 차례다. 선생님의 손을 잡고 나온 승욱이가 친구와 마주 보고 앉았다. 선생님의 피아노 반주 소리에 맞추어 승욱이가 박자를 맞춘다. 박수 한 번 치고 무릎 한 번 치고. 친구 손뼉 한 번 마주치고 무릎 한 번 치고. 같이 따라해 보지만 쉽지 않은 리듬이다.

승욱이는 이 어려운 리듬을 어떻게 할 수 있게 된 걸까. 앞을 보는 장애 아동도 하기 어려운 리듬인데…… 무대 위에서 리듬에 맞추어 박수를 치는 아이가 내 아들이라니. 오늘 승욱이의 새로운 모습과 가능성을

리듬에 맞추어 춤추는 승욱이

새삼 확인했다. 장하다, 내 아들!

승욱이가 인사를 하자 박수가 터져 나왔다. 사람들의 환호소리를 듣고 있는지 승욱이도 어깨를 으쓱거리며 뿌듯한 얼굴이다. 콘서트가 끝나고 선생님이 무대에서 내려왔다.

"오길 잘했죠? 안 왔으면 승욱이 마지막 콘서트 못 볼 뻔했잖아요."

"선생님, 그런데 어떻게 연습시키셨어요?"

"후후, 원래 승욱이 리듬 박사예요. 몰랐죠?"

유치원을 졸업하는 승욱이

드디어 정든 학교를 떠날 시간이 되었다. 승욱이는 이 학교의 첫 한국 학생이었다. 지금은 한국 학생이 승욱이를 빼고 네 명이 더 있다. 졸업식은 학교 울타리 안에 있는 작은 교회에서 한다. 졸업식 날 가능하면 정장을 입혀 보내달라고 했다. 아버지 장례식에 입혔던 정장을 입혀 마지막으로 스쿨버스에 태워 보냈다.

처음 승욱이가 학교에 다니던 때가 생각났다. 학교에 입학하고 6개월 동안 하루 종일 우는 것이 일과였던 승욱이. 어디 그뿐인가. 선생님들의 그 어떤 교육에도 반응하지 않았던 고집불통 꼬맹이가 벌써 7살이 되어 유치원을 졸업한단다. 정장을 입고 학교에 가는 모습을 보니 감회가 새롭다.

조금 일찍 도착하여 학교를 둘러보았다. 구석구석 승욱이의 추억들이 가득하다. 어디를 둘러봐도 사연 없는 곳이 없다. 또 이런 학교를 만날 수 있을까.

졸업하는 승욱이

정각 10시에 졸업식이 시작되었다. 아담한 교회가 사람들로 가득 찼다. 이 학교의 미국 부모들은 모든 행사에 참석하는 편이다. 처음에 나는 부모들이 직장을 다니지 않는 줄 알았다. 그만큼 부모들의 행사 참여도가 높다.

지난번 졸업콘서트에 출연한 뮤지션들이 연주를 시작하자 음악에 맞추어 아이들이 등장했다. 5살 반 아이들이 먼저 나오고 승욱이네 반 아이들이 입장했다. 트리샤 선생님의 손을 꼭 잡고 제일 앞에서 승욱이가 걸어 들어온다. 이 학교에서 보내는 마지막 날인 줄도 모르고 승욱이가 까불거린다. 담임 선생님이 한 명씩 반 아이들을 호명하며 졸업장을 나눠주었다. 승욱이가 나오자 트리샤 선생님이 마이크를 잡았다.

"저의 천사가 이 학교를 떠난다니 믿어지지가 않습니다. 지난 5년간 승욱이로 인해 행복했습니다. LA에 있는 시각장애학교에 가서도 잘 성장하길 바랍니다. 와우이식을 통해서 승욱이는 소리를 듣게 되었지요.

행복해하는 승욱이의 얼굴을 매일 볼 수 없는 것이 제일 슬픕니다. 승욱아! 너의 앞날에 지금처럼 행운이 가득하길 바란다."

트리샤 선생님이 흐느꼈다.

졸업식이 끝나고 학교 식당에서 작은 파티가 열렸다. 그동안 함께했던 선생님들과 학부모들에게 인사를 나누고 승욱이 짐을 챙겼다. 트리샤 선생님이 자꾸 나를 피했다. 엄마에게 승욱이를 맡기고, 가서 트리샤 선생님을 꼭 안아주었다. 트리샤 선생님이 말했다.

"제 인생에 승욱이를 만나게 해주신 분께 감사드려요. 앞으로 승욱이에게 좋은 일이 있든 나쁜 일이 있든 제게도 연락해 주세요. 언제든 도울게요."

"네, 승욱이를 잘 키워줘서 고마워요. 선생님은 우리가 만난 최고의 선생님입니다. 지난 5년간 함께 울고, 웃고, 기뻐하고, 실망하고, 기대하고, 기다리고, 끝까지 사랑해줘서 감사해요. 어떻게 말로 감사한 마음을 다 표현할 수 있을까요. 앞으로 승욱이 잘 키울게요. 선생님의 제자였던 것을 자랑스러워할 거예요. 잊지 않고 승욱이에게 선생님 얘기 많이 하며 살게요."

정든 학교를 나오며 아쉬운 마음에 계속 돌아봤다.

'선생님 한 분 한 분, 진심으로 사랑합니다. 그리고 감사합니다.'

기숙사에 보내도 되나요?

아버지가 돌아가신 지 채 1년도 지나지 않아 승욱이가 기숙사로 들어가게 되었다. 정확히 10개월 만에 어려운 결정을 내렸다. 기숙사에서 챙겨가야 할 물품 목록을 보내왔다. 반바지 4벌, 긴바지 6벌, 반팔 티셔츠 7벌, 긴팔 티셔츠 6벌, 점퍼, 속옷, 신발, 정장 한 벌, 개인 준비물, 좋아하는 장난감 등.

기숙사의 규정에 따라 처음 5주간은 승욱이를 만날 수가 없다. 적응 훈련이 필요하기 때문이라고 했다. 한국에서도 군대 신병 훈련 기간이 6주인 것을 보면 사람이 새로운 환경에 적응하는 시간이 그 정도 걸리나보다.

5주라는 기간, 날씨가 변덕을 부리면 얼마나 부리고 애가 크면 얼마나 클까. 그래도 혹시나 하는 마음에 한 치수 큰 옷도 사서 넣고 이것저것 이민 가방에 챙겨 넣었다. 아직 2주나 남았는데 짐은 6개월을 거뜬히 지낼 만큼의 양이다. 내 정신이 아닌 게 분명하다.

승욱이와 가장 오래 떨어져 있던 것이 남편이 미시간주에서 공부할 때였다. 유학을 마칠 때까지 일주일씩 3번을 미시간으로 갔다. 그때마다 엄마가 승욱이를 돌봐주셨다.

미시간에 도착하자마자 아이들 걱정에 전화를 했다. 엄마는 나하고 있을 때보다 더 잘 놀고 잘 먹고 잘 지내니 걱정 말라고 하셨다. 일주일간 집을 비우고 단걸음에 달려 집에 오면, 분명 문밖에서는 승욱이의 웃음소리가 들린다. 그런데 "승욱아~ 엄마 왔다" 하고 부르면 승욱이가 영락없이 입을 삐죽거린다. 그리고 마음고생이 많았다는 표정으로 내 가슴에 얼굴을 묻고 흐느껴 운다. 이런 황당한 모습에 엄마는 기가 막혀 하시며 일주일간 죽어라 애 봐줬더니 공은 없고, 마치 당신이 애를 구박한 양 쇼를 한다고 우리를 탤런트 모자라고 놀리셨다.

일주일만 떨어져 있어도 서글피 울던 승욱이다. 아는 사람도 없고 익숙한 곳도 아닌 기숙사에서 승욱이가 잘 적응할 수 있을까. '괜찮을 거야. 승욱이는 나보다 더 씩씩하니까 잘 적응할 거야. 사랑도 제일 많이 받고, 넓은 세상을 경험하면서 큰사람이 될 거야.' 나를 위로해보지만 마음이 아픈 것은 어쩔 수가 없다. 미리 헤어지는 준비를 해본다. 너무 아프다.

내일 아침이면 승욱이가 기숙사로 들어간다. 승욱이를 낳은 날, 의사에게 승욱이 눈에 관한 이야기를 듣던 날, 미국으로 데리고 온 날, 눈 수술에 실패한 날, 청각장애가 있다는 사실을 알게 된 날, 학교에 처음 보내던 날, 혼자 스쿨버스 타고 학교 간 날, 보청기를 만들어준 날, 와

기숙사에서의 승욱이

우이식을 준비하던 날, 와우이식 수술을 한 날, 처음 승욱이가 스피치 교육을 받던 날. 이 모든 일이 안정을 찾아갈 즈음 아버지가 돌아가신 것까지 지난 7년간의 여정이 주마등처럼 지나간다.

지난 7년은 나에게 버겁고 긴 시간이었다. 다시 7년을 이렇게 살라고 하면 난 분명 도망갈 거다. 승욱이를 키우면서 매일 밤 베개에 눈물을 쏟았다. 그런 아들을 내일 기숙사로 보내는 것이다. 승욱이나 나나 밤새 한숨도 못 자고 아침을 맞았다.

엄마가 기숙사에 함께 가고 싶어 하셨다. 우실 것이 분명하고 며칠 전부터 시작하신 간병 일을 핑계 삼아 혼자 가겠다고 했다. 차에 타자마자 승욱이는 깊은 잠에 빠졌다.

'승욱아, 너를 키우면서 엄마는 많은 결정을 했단다. 그런데 이번 결정은 유독 마음이 너무 아프고 가슴이 아리다. 너만을 위한 결정이 아니고 너와 우리 가족 모두를 위한 결정을 해야 했어. 제일 먼저 지난 7년간 엄마의 사랑을 받지 못한 승혁이 형에 대한 배려야. 그리고 할아버지를 잃은 할머니를 엄마는 돌봐드려야 해. 또 엄마는 이제 일을 해야 돼. 그래야 우리 식구가 살아갈 수 있단다. 무엇보다 가장 중요한 것은 네가 넓은 세상에서 많은 것을 배우고 경험할 수 있는 기회를 주고 싶었어.'

변명 아닌 변명을 마음속으로 생각하는 동안 기숙사에 도착했다. 기숙사 관계자들이 우리가 왔다는 소식을 듣고 마중을 나왔다. 자는 승욱이를 깨워 이곳이 어디인지를 설명하고 승욱이가 사용할 방으로 들어갔다. 가지런히 정돈된 방은 알록달록한 장식들로 예쁘게 꾸며져 있었다. 기숙사 디렉터에게 승욱이에 대한 자세한 이야기를 해주고 가져온 물건들을 설명해주었다.

새로운 곳에 오니 승욱이는 내 손을 꼭 잡고 다시 경계 태세로 들어갔다. 사람들이 귀엽다고 만지려고 해도 절대 손을 내밀지 않는다. 긴장한 승욱이를 안심시키기 위해 사람들에게 잠시만 나가달라고 양해를 구했다. 승욱이를 꼭 안아주며 말했다.

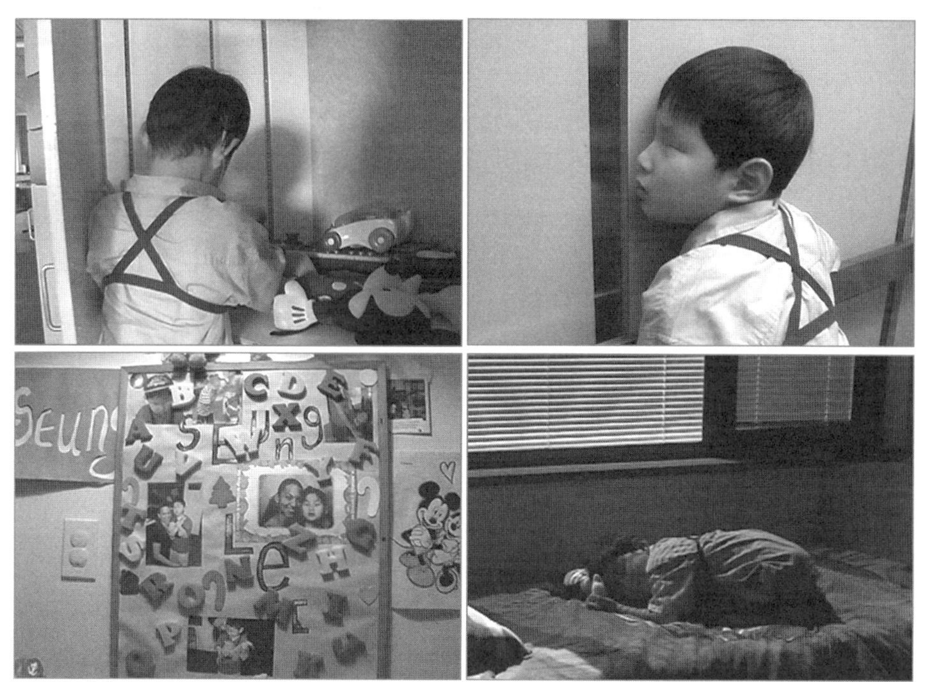
기숙사에서의 승욱이(옷장, 엘리베이터에서 진동을 느끼는 승욱이, 벽 장식, 방 내부)

"우리 아들, 낯선 곳에 와서 이상하지? 여기가 이제부터 승욱이가 지낼 곳이야. 새로운 기숙사, 학교, 선생님들과 친구들이 승욱이를 기다리고 있어. 많이 혼란스럽지? 엄마도 알아. 지금 엄마도 너처럼 걱정되고 두려워. 그런데 엄마는 우리 승욱이를 믿어. 너는 언제나 엄마가 생각했던 것보다 더 강하고 더 씩씩하고 누구에게나 사랑을 받는 아이였거든. 여기서도 잘 적응하고 잘 지낼 거라고 믿어. 엄마가 우리 승욱이 아주 많이 사랑하는 거 알지? 우리 아들 사랑해."

승욱이 머리 위로 눈물이 뚝뚝 떨어지니 승욱이가 손을 올려 내 얼굴을 만지작거린다. 승욱이가 말을 할 줄 알면 이 순간 나에게 뭐라고 할까. 집에 다시 가자고 할까. 아니면 걱정 말라며 잘 있을 거라고 할까. 아마 집에 다시 가자고 하겠지.

이런저런 생각에 발걸음이 떨어지질 않는다. 승욱이의 울음소리를 뒤로하고 기숙사를 빠져나왔다. 나처럼 매정한 엄마가 또 있을까. 집으로 오는 내내 울었다. 집에 거의 도착할 무렵 엄마에게 전화가 왔다.

"승욱이 잘 갔어? 에구 그 어린것을…… 엄마 많이 찾을 텐데. 그런데 민아야, 지난번에 엄마가 부탁한 집에 갈 수 있겠어?"

"네, 집에 가서 옷 갈아입고 바로 갈게요."

엄마가 간병 다니시는 집에서 다른 환자 한 분을 소개시켜주셨다. 며칠간만이라길래 내가 간다고 했었다. 집에 되돌아오자마자 눈물로 얼룩진 얼굴을 닦고 환자가 있는 집으로 향했다. 귀에는 승욱이 울음소리가 환청으로 들렸다. 마음이 허전해서 주변을 계속 두리번거렸다. 안 되겠다. 오늘은 인사만 하고 와야지 싶었다.

한눈에 봐도 병색이 완연한 아주머니가 나를 맞아주셨다. 말하는 것조차 무척 힘이 들어 보였다. 아주머니와 나는 소파에 마주 앉았다. 집에는 주로 아주머니만 계신다고 했다. 나는 조용히 아주머니의 얘기를 들었다. 얘기를 듣는 중에도 승욱이가 생각났다.

'승욱이는 잘 있나. 너무 울어서 지금쯤 전화 올지도 모르겠다. 음식도 입에 맞지 않을 텐데……'

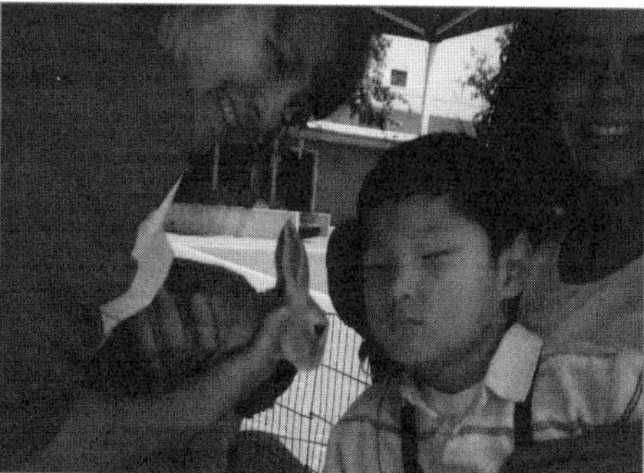

초등학교(Francis Blend Special Education Center)에서의 승욱이

내 얼굴에 수심이 가득했는지 아주머니가 무슨 일 있냐고 물으셨다.

"사실은 오늘 아이를 기숙사에 보내고 오는 길이에요. 아이가 앞을 못 보고, 듣지도 못하는데다 말을 못하거든요."

"젊은 엄마가 그래도 용하네요. 이렇게 정신없는 날 우리 집에 와줘서 고마워요. 난 그것도 모르고 계속 사람을 붙잡고 있었네."

"사실 오늘은 잠깐 인사만 드리려고 했는데 아주머니를 뵈니까 마음이 바뀌었어요."

"아직 젊은 엄마라서 아이 키우는 것이 쉽지가 않죠? 나도 그랬어요. 어차피 아이들은 한 번은 부모 곁을 다 떠나요. 자식을 품에 꼭 안고 있던 엄마들이 중년이 되면 떠나간 자녀 때문에 힘들어하는 것을 많이 봤어요. 우울증도 앓고요. 그렇다고 자녀들이 엄마 마음을 알아줄 거라고 생각지 마세요. 애기 엄마도 부모님 마음을 다 이해해 드리지는 못하잖아요."

"네. 전 부모님이 언제나 제 곁에 계실 줄 알았어요. 그랬는데 얼마 전에 친정아버지가 갑자기 돌아가시면서 많은 것을 깨닫게 되었어요."

"여러 가지로 많이 힘들었겠어요. 애기 엄마에게 해주고 싶은 말이 있어요. 지금부터라도 아이를 꽉 잡고 있는 손의 손가락을 조금씩 놓아주는 연습을 하세요. 나중에 한 번에 놓아주려면 힘들어져요. 내 말이 지금은 이해가 되지 않을 거예요. 아직 애들이 어린데다가 아이가 장애가 있어서 더 그럴 수 있어요."

조금씩 놓아주기. 지금 보니 난 한 손도 아니고 두 손으로 승욱이를 꽉 잡고 있었다. 나는 내 손을 바라보며 주먹을 쥐었다 풀었다 했다. 그러면서 마음으로 승욱이를 조금씩 놓아주기 시작했다.

승욱아, 너 화났어?

승욱이를 데리고 오는 금요일이다. 5주 만에 승욱이를 보는 날, 엄마와 나는 일찌감치 기숙사로 향했다. 기숙사에 도착해서 보니 스쿨버스가 아직 오지 않았다. 금요일이라 차가 막힌다며 20분 정도 늦는다고 디렉터가 알려주었다.

마음이 급한 우리는 미리 정류장으로 나갔다. 승욱이가 오나 목을 빼고 쳐다보는데 잠에서 덜 깬 꼬마가 스쿨버스에서 내린다. 자기 어깨보다도 더 큰 가방을 메고 얼굴에는 졸음이 가득하다. 승욱이가 보조 교사의 손을 잡고 들어오고 있다.

"어구, 저기 우리 새끼 온다. 너 가만히 있어봐. 내가 가서 먼저 알은체하게."

엄마가 한달음에 달려가신다.

"승욱아, 할머니 여기 있네. 할머니 왔어."

승욱이는 아무런 반응이 없다.

"승욱아, 할머니 여기 있잖아. 할머니."

할머니의 애타는 부름에도 묵묵부답이다.

보다 못한 내가 "승욱아, 엄마 여기 있네" 하고 승욱이의 손을 잡았다. 내 손을 더듬거리며 만져보더니 짧게 웃음 한번 씨익 보여주고는 아무런 표현이 없다. 분명 나와 할머니를 끌어안고 서러움과 기쁨의 눈물을 흘려야 하는데 이상하다.

"승욱아, 엄마랑 할머니랑 이제 집에 갈 거야. 좋지?"

승욱이는 여전히 웃지도 않고 기쁜 내색이 없다.

"승욱아, 너 화났어? 그런 거야?"

차를 타고 집으로 오면서도 어찌나 얌전히 앉아 있는지 군기가 확실히 들었다. 집으로 돌아오는 길에 큰아이를 데리러 학원에 들렀다. 형의 목소리가 들리자, 그제서야 승욱이가 미소를 짓는다. 반듯하게 앉아 움직이지도 않던 승욱이가 몸을 돌려 형을 더듬는다.

'그랬구나. 승욱이가 불안했었구나. 엄마가 또 다른 곳으로 보내나 싶어서 긴장을 했구나.'

2시간 동안 승욱이는 마음을 열지 않고 있다가 형을 보고 집으로 가는 줄 안 거였다. 집에 와서야 안심이 되었는지 예전의 승욱이로 돌아왔다. 밥을 두 그릇이나 먹고는 자기 침대로 가서 드러눕기도 하고 냄새를 맡으며 좋아한다. 그제야 마음을 놓고 나에게 와서 폭 안긴다.

"힘들었지? 그래 알아. 낯선 곳에 혼자 떨어져서 마음고생 많았지? 말도 안 통하고 음식도 맞지 않고 힘들었던 거 엄마 다 알아. 이게 승욱이 네가 세상으로 나가는 첫 관문이란다. 앞으로 이것보다 더 힘든 일을 헤쳐 나가며 살아야 돼. 그런데 그거 아니? 너만큼이나 엄마도 힘들었다는 거."

5주 만에 봐서 그런가. 승욱이가 그새 많이 큰 것 같다.

일요일, 시간은 어찌나 빨리 가는지 벌써 헤어져야 할 시간이다.

"승욱아, 다섯 밤 자고 다시 만나자. 밥도 잘 먹고, 잠도 제시간에 잘 자고, 선생님 말씀도 잘 듣고, 공부도 열심히 하고. 알았지?"

나와 떨어지는 것을 아는지 꼭 잡고 있던 내 손을 한 번 더 잡더니 기숙사 선생님에게로 얌전히 간다. 나와 떨어지지 않으려고 울면 어쩌나 가슴을 졸였는데 너무나 담담하게 내 손을 놓고 들어간다.

"승욱아, 엄마 간다. 금요일 저녁에 다시 올게. 이승욱! 엄마 진짜 간다니까."

냉정한 녀석 같으니라고. 매정하게 돌아서서 가버린다. 엄마들은 자식을 짝사랑만 한다더니 나를 두고 하는 말 같다.

엘리슨 선생님을 다시 만나다

"삐삐삐 또르륵 삐삐삐 또르륵."

승욱이가 청력검사를 하는 소리다. 거의 일 년 만에 UCLA에 청력검사를 하러 왔다. 승욱이의 담당 청력사 지나는 승욱이에게 빈 통과 작은 블록을 쥐여주며 '삐삐' 소리가 들리면 통에다 블록을 집어넣으라고 말했다.

와우이식을 한 지 2년이 넘었지만 제대로 청력검사를 해본 적이 없었다. 검사만 하려고 하면 승욱이가 울어서 늘 부리나케 검사를 마쳐야 했다. 그런데 오늘은 승욱이가 진지하게 반응을 한다. 아주 작은 소리까지 놓치지 않고 통에다 블록을 집어넣으니 지나가 신나서 환호성을 질렀다. 그때 검사실 문이 열리면서 누군가 우리를 물끄러미 쳐다보았다.

누구신지? 하는 표정으로 내가 물끄러미 쳐다보자 그 사람이 되레 묻는다.

"여기 무슨 일 있나요? 소리가 너무 크게 들려서……"

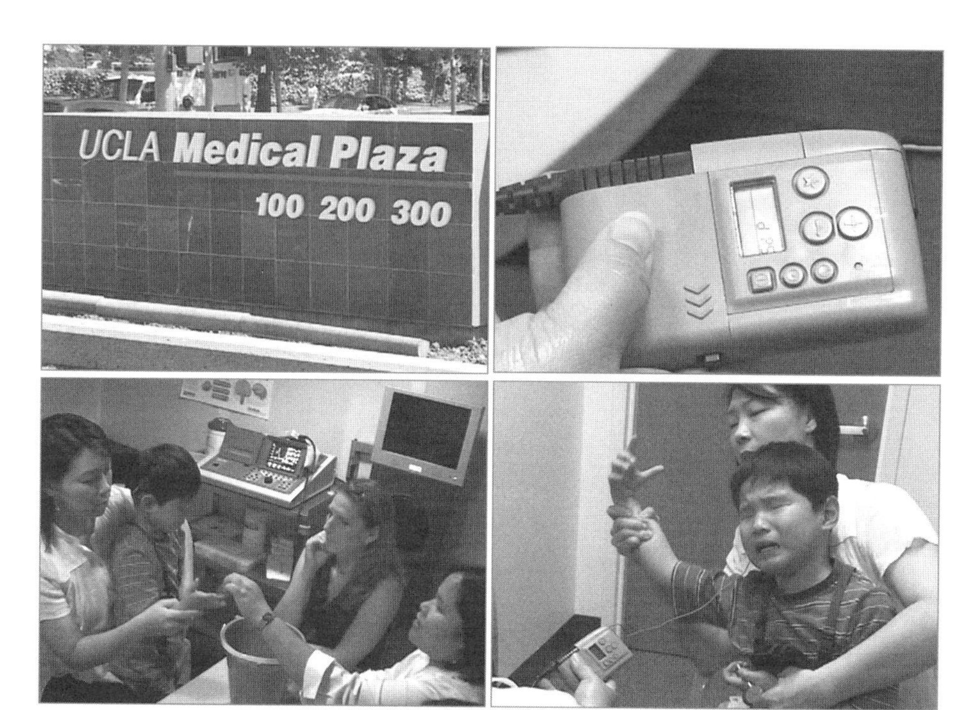

청력 검사를 받고 있는 승욱이

그러자 지나가 그 여자분에게 승욱이를 소개했다. 2년 전에 이 병원에서 시청각장애 아동으로 최초로 와우이식을 한 아이다, 지금 청력검사를 했는데 결과가 너무 좋다고 설명해줬다. 그때였다.

"어? 혹시……"

순간 눈이 마주쳤다.

"우리, 아는 사이죠?"

세상에, 그토록 찾았던 엘리슨 선생님이었다. 우리는 서로 부둥켜안고 기쁨의 재회를 나눴다.

청력사가 아닌 엄마 대 엄마로 나에게 많은 도움을 주었던 엘리슨 선생님. 덕분에 승욱이는 UCLA에서 와우이식 수술을 받을 수 있었다. 수술을 받고 인사하기 위해 엘리슨 선생님에게 연락했었다. 그런데 이미 엘리슨 선생님은 병원을 떠난 뒤였다. 친구인 베스 선생님도 남편을 따라 오클라호마로 떠난 상황이어서 소식을 알 수가 없었다.

엘리슨 선생님이 승욱이를 보며 놀라워했다.

"우아~ 수술을 했군요. 승욱이가 이만큼 컸다니 놀라워요. 이렇게 다시 만난 것도 믿어지지가 않아요."

"그때 선생님이 그랬잖아요. 절대 포기하면 안 된다고. 만약 내가 승욱이 엄마라면 미국을 다 뒤져서라도 수술시킬 거라고 했잖아요. 그때 저에게 '같이 가자' 고 했던 말 기억나세요? 그 말 때문에 제가 다시 일어설 수 있었어요. 선생님이 완벽한 추천서를 써줘서 우리가 UCLA까지 올 수 있었고요. 정말 고맙습니다."

"아무리 내가 완벽한 추천서를 써줬어도 승욱이 엄마가 포기했다면 오늘 같은 날은 없었을 거예요. 너무 잘했어요. 정말 자랑스러워요."

엘리슨 선생님은 한 달 전부터 UCLA 디렉터로 일하게 되었다고 한다. 우리는 승욱이의 검사가 있는 날마다 만나기로 했다. 승욱이의 청력검사 결과보다 엘리슨과의 만남이 나를 더 흥분시켰다. 꼭 한 번 다시 만나고 싶은 사람을 오늘 만난 것이다.

승욱이 같은 자녀가 있나요?

AVT 레슨을 위하여

"LA 통합교육구에서 나온 S라고 합니다. 청각장애 아동을 담당하는 디렉터로 일하고 있습니다."

오늘 S와 힘겨루기를 해야 하는 나는 그녀의 당당함에 초반부터 주눅이 들었다. 승욱이가 초등학교에 입학한 지 세 달 만에 이루어진 이 IEP(장애아의 개별 학습계획) 미팅은 그동안 세 번이나 미뤄졌었다. 엄마인 나의 진을 다 빼고 자포자기할 때까지 기다렸다가 하는 미팅인 만큼 부담도 컸다.

승욱이의 AVT(Audio Verbal Therapy, 청각언어치료) 지원에 관한 내용이 결정되는 중요한 미팅이다. 분명 교육구에서는 많은 비용이 드는 AVT 서비스를 해주지 않을 것이 확실하다. 이 문제를 어떻게 풀어가야 할지 새벽부터 고민을 했지만 뾰족한 수가 생각나지 않았다. 하나님께 지혜를 구하며 사랑의 언어로 여기 모인 사람들을 설득하게 해달라고 기도했다.

교감 선생님이 들어오면서 자연스럽게 미팅이 시작되었다. 지난 몇 달간 봐온 승욱이에 대한 평가와 앞으로의 계획에 대한 선생님들의 리포트가 끝나자 S가 말문을 열었다. S가 작성해 온 리포트에는 승욱이가 평균 이하로 되어 있었다. 그리고 두 달간 두 번, 승욱이의 학교생활을 지켜봤는데 듣는 것에 전혀 반응을 보이지 않았다며, AVT 교육과 일반 스피치 교육도 별 차이가 없으니 일주일에 30분씩 두 번, 스피치 교육만 교육구에서 지원해 주겠다는 것이다.

동네 교육구도 아니고 LA 통합교육구 디렉터는 꽤 높은 사람인지 그녀 앞에서 교감 선생님도 이의를 제기하지 못한다. 아무리 둘러봐도 내 편은 없어 보인다. 이제 1학년밖에 되지 않은 아이의 미래를 여기서 포기할 수는 없었다. 작은 목소리로 "이 말씀은 꼭 드려야겠습니다" 했더니 쳐다보는 사람은 고작 두 명. 좀더 큰 목소리로 "할 말 있습니다"라고 말한 뒤 통역사에게 내 말을 잘 전달해줄 것을 부탁했다.

"여러분 모두가 준비해 오신 자료는 잘 보았습니다. 부족한 우리 아이를 잘 봐주셔서 엄마로서 먼저 감사를 드립니다. 이렇게 모두 뵙고 보니 다들 좋으신 분들인 것 같아 우리 아이를 이 학교에 잘 보냈다는 생각이 듭니다."

모두들 뿌듯한 얼굴로 나를 쳐다보고 있다.

"이곳에 모인 분들은 승욱이를 교육하기 위해 모인 분들이십니다. 그렇기 때문에 말씀을 드립니다. 왜 승욱이가 AVT 서비스를 받을 수 없는지 제가 납득할 수 있도록 설명을 해주세요. 확실한 이유가 없으면 저

스피치 교육 받는 승욱이와 청각언어치료사인 브릿지 크라우스 선생님

는 받아들일 수가 없습니다. 네, 저는 이곳에 변호사와 함께 올 경제적 능력도 없고, 7년 전 이민 와서 영어를 잘하지도 못합니다. LA 통합교육구에서 서비스를 받지 못할 거라고 사람들에게 비웃음도 당했습니다. 하지만 며칠 전 UCLA에서 있었던 청력검사 결과가 좋았고, 청력사는 승욱이가 꼭 AVT 교육을 받아야 한다고 했습니다."

생각지도 못했던 나의 반론에 S는 못마땅한 듯 얼굴을 찡그렸다. 긴장을 풀고 계속 말을 이어나갔다.

"S씨, 승욱이를 두 번이나 만났다고 하셨는데 그때 교실 분위기는 어땠나요? 조용한 분위기였나요? 어느 위치에서 승욱이를 부르셨죠? LA 통합교육구 청각장애 담당이면 최소한 와우이식에 대한 정보는 알고 있지 않나요? 제가 보내드린 자료는 읽고 오셨나요?"

여러 채널로 소리를 듣는 승욱이는 소리에 대한 원근감이 거의 없다. 오른쪽에서 부르는지 왼쪽에서 부르는지 잘 구분하지 못한다. 특히 시끄러운 장소에서 소리를 구분하는 것은 더욱 어렵다.

"S씨! 여기 승욱이 정신과 의사선생님이 와 계십니다. 정신과 선생님과 카운슬러의 차이점이 뭔지 아십니까? 둘 다 사람의 마음을 치유해주고 상담하는 것은 같습니다. 하지만 분명 자격증이 다르고 처방해줄 수 있는 약도 다릅니다. 그렇다면 일반 스피치 선생님과 AVT는 어떤 차이가 있을까요? 당신은 같은 것을 교육한다고 했는데 그럼 왜 전문 분야를 구분 지어놨을까요?"

"승욱이는 자료 몇 장으로 최소한의 서비스를 결정하고 모든 것을 다 해준 양 그렇게 교육을 시킬 아이가 아닙니다. 여기 저를 빼고 열 분의 선생님이 계십니다. 이 중에 차가운 수술대 위에서 귀 뒷부분을 전부 절개하여 듣지도 보지도 못하는 아이에게 듣게 해주려고 인공와우란 것을 시술시킨 부모가 계십니까? 보수적이고 벽이 높은 UCLA에서 중복장애 아동으로 최초로 와우이식을 받은 아이가 승욱이입니다."

"어느 날 갑자기 와우이식이나 해볼까 해서 받은 수술이 아닙니다. 1년 8개월 동안 안 해본 검사 없이 다 받고 기다려서 어렵게 받았습니다.

지난 교육구에서 처음이라는 많은 기록을 남기면서 서비스를 지원해 주었습니다. 그건 그만큼 가능성이 있다는 게 아닐까요? AVT 선생님이 LA 50마일 안에 여섯 분이 있다는 것도 압니다. 지난 일 년간 승욱이의 AVT 선생님이었던 분과 다시 연결해주시길 부탁드립니다."

S 역시 교육구 예산과 형평성을 핑계로 끝까지 맞선다. 나는 다시 입을 열었다.

"S씨, 이전 교육구에서도 똑같은 말을 들었습니다. 하지만 모든 일에는 처음이란 것이 있습니다. 누군가 처음으로 시도하지 않으면 어느 것도 발전할 수 없습니다."

내 말이 끝나기가 무섭게 학교 선생님들이 한마디씩 거들었다.

"해봅시다. 그렇게 해줍시다."

펜을 움켜쥔 S의 손이 파르르 떨린다.

"좋습니다. 그럼 6개월만 AVT 서비스를 지원해주겠습니다. 그리고 순회 스피치 선생님과 학교 선생님을 일주일에 두 번씩 연결시켜주겠습니다. 이상입니다."

S는 말을 마치더니 다음 미팅 약속이 있다고 서둘러 방을 나갔다. 장장 5시간에 걸친 마라톤이 끝나자 다들 긴장이 풀렸는지 술렁거리기 시작했다.

"어떻게 스피치 서비스를 다 받을 수 있었지? 우리 교육구에서는 불가능한 일이야."

승욱이 때문이다. 오늘도 나는 불가능해 보이는 일을 가능하게 만들

기 위해 용기 내어 목소리를 높인다. 시도하지 않으면 아무 일도 일어
나지 않기에!

세상의 또다른 승욱이를 위하여

한바탕 격렬한 폭풍이 지나간 자리에 교감 선생님인 엘리와 나만 남았다.

"제가 너무 무례하게 말했나요?"

엘리에게 물었다.

"아니 전혀 그렇지 않아요. 정당한 권리를 주장한 거예요. 학교 역시 교육구에서 예산과 특수교사를 지원받고 있기 때문에 학부모의 편에서 얘기해줄 수 없어요. 목소리를 높일 수 있는 건 학부모밖에 없는데 대부분의 부모님들이 이 벽을 넘지 못하고 포기를 하시죠. 조금만 더 설득력 있게 교육구에 서비스를 요청하면 반이라도 지원받을 수 있는데 안타까울 때가 많아요."

얘기가 깊어지자 엘리에게 나의 지난 얘기를 하게 되었다.

"승욱이를 낳고 참 많이 힘들었어요. 무엇보다도 제가 장애아를 낳았다는 것 때문에 죄의식까지 들었죠. 앞을 볼 수 있을 거란 희망 반, 볼 수 없을 거란 절망 반으로 하루하루를 살았어요. 그런 저의 두려움과 상관없이 아이는 건강하게 잘 자랐지요. 저의 모성애를 자극하는 너무 예쁜 아이였어요. 정상이지 않은 눈조차 사랑스러웠죠. 전 아이를 업고 비가 오나 눈이 오나 서점을 찾아다니기 시작했어요. 알고 싶었죠. 이 아이를 어떻게 키워야 할지 공부를 해야 했어요. 시각장애학교에 책을 부탁하기도 하고 여러 기관에 전화도 많이 걸었지요. 하지만 만족할 만한 자료가 없었어요.

그러다가 미국에 오게 되었어요. 기회가 주어져서 UCLA에서 각막수술을 받았지만 너무 늦게 왔다는 것을 알게 됐어요. 더군다나 아이가 듣지 못한다는 것을 알았을 때는 너무 절망스러웠어요. 저는 장애 아이를 키울 만한 능력도 인격도 부족한 엄마거든요. 키울 자신이 없었어요. 제 힘으로는 도저히 아이를 키울 수 없다고 모든 것을 내려놓았을 때 기적이 일어났어요. 승욱이를 도와주는 천사들을 만나게 되었지요. 아무 조건 없이 대가 없이 도와주신 수많은 분들의 사랑과 헌신으로 승욱이는 자랐어요. 사랑의 빚, 기도의 빚, 물질의 빚, 격려의 빚, 가르침의 빚 등 너무 많은 빚을 지면서 여기까지 키울 수 있었어요. 저 혼자가 아닌 우리 모두 함께 키웠지요.

어느 날 뒤를 돌아보니 승욱이의 뒤를 따라오는 아이들이 보였어요. 그러다보니 먼저 이 길을 걸어온 사람으로서 또 사랑의 빚을 진 자로서 책임감이 생겼지요. 저도 누군가가 도와주지 않았다면 승욱이를 이만큼 키우지 못했을 거예요. 승욱이만 잘 키우는 것이 아니라 또 다른 승욱이를 위해 좋은 모델이 되어야 했어요. 물론 그동안 많은 시행착오를 겪었고 앞으로도 그럴 거예요. 분명한 것은 우리가 겪은 시행착오를 또 다른 승욱이는 겪지 않도록 길을 내주는 것이 저의 바람입니다. 그러다 보니 욕을 얻어먹을 때도 있고 무례하게 보일 때도 있어요. 승욱이만 잘 키우려 했다면 저는 이 학교에 오지 않았을 겁니다. 더 좋은 사립학교로 갔겠지요. 또 다른 승욱이가 이 학교에 올 것입니다. 먼저 경험한 사람으로서 새 길을 만들어놓으면 다음에 오는 사람은 좀 쉽게 갈 수 있겠죠."

나에게는 책임감이 있다. 시청각중복장애와 말을 못하는 아들을 키우는 엄마로서, 힘들고 어려운 상황을 하나씩 극복하며 개척해나갈 때마다 내 뒤를 따라올 사람들을 생각한다. 그리고 그들은 부디 나보다 조금 쉽게 이 길을 달려오길 진심으로 바란다. 이것이 내가 수많은 사람들에게 빚진 것을 갚는 길임을 알기 때문이다.

장애아의 가족으로 살면서

아버지의 기침 소리

이제 제법 승욱이도 UCLA의 스피치 시간에 적응을 잘한다. UCLA에 다녀오는 날이면 아버지 어머니는 우리를 기다리고 계신다. 오늘은 승욱이가 무엇을 배우고 또 어떤 반응을 보였는지 궁금하신 것이다. 승욱이가 웃으면 나도 따라 웃게 되듯이 부모님이 기뻐하시면 나도 기쁘다. 그래서 부모님께 말씀드릴 때는 좀더 과장을 하여 얘기를 한다. 나는 늦은 저녁을 먹으면서 기차역의 안내원 소리를 듣고 승욱이가 떼굴떼굴 구르며 웃은 얘기, "신사 숙녀 여러분 다음 정차하실 곳은……"이라는 약간 저음의 멘트가 나오면 여지없이 웃음을 터트린다는 등 깔깔대며 웃는 모습을 보면 완벽하게 듣고 있는 아이 같다며 너스레를 떤다. 또 선생님이 승욱이 칭찬을 많이 했다고 하면 아버지 어머니는 이제 곧 승욱이가 말을 할 것 같다며 나보다 더 기대가 크시다.

밥상에서 밥알을 튀기며 신나게 이야기를 하는데 아버지께서 계속 잦은 기침을 하셨다. 신경이 쓰이긴 했지만 담배를 끊은 후유증이려니 생각했다. 승욱이가 와우이식을 하던 2월에 교회에서 '목적이 이끄는 40일 캠페인'을 했다. 아버지는 이때 평생 놓지 못하던 담배를 완전히 끊으셨다. 오랫동안 담배를 끊기 위해 무던히도 노력했지만 번번이 실패를 하더니 이번에 큰 결단을 하고 담배를 끊으신 것이다.

요즘 들어 부쩍 아버지의 마른기침 소리가 잦아졌다. 밤마다 옆방 아버지의 침실에서 마른기침 소리가 들려올 때마다 마음이 아프다. 승욱이 때문에 마음의 여유가 없었던 나는 걱정스런 마음을 애써 누르며 그때마다 '그래, 오랫동안 피던 담배를 끊어서 나오는 기침일 거야.' 이렇게 스스로 진단을 내리고 넘어가곤 했다. 아버지의 기침 소리가 얼마나 슬픈 소리였는지, 얼마나 가슴 아픈 소리였는지, 얼마나 억장 무너지는 소리였는지 그때는 정말 몰랐다.

병원에 가서 두 차례 엑스레이도 찍고 기침에 좋다는 민간요법을 해서 드셔도 아버지의 기침은 차도가 없었다. 아버지의 주치의가 큰 병원으로 아버지를 모셔가라고 했다. 점점 숨이 차서 더 이상 일도 못하시고 집에 일찍 들어오시는 날이 많아진 아버지. '별일 아닐 거야. 그럼, 우리 아버지가 어떤 아버지신데. 괜한 걱정일 거야.' 나는 모든 것을 긍정적으로만 생각했다.

큰 병원에 예약을 한 전날 밤, 아버지는 아무래도 한국으로 가야겠다고 하시며 여권을 챙기고 한국으로 가는 비행기 표도 알아보셨다. 만약 자신이 중병에 걸렸다면 한국으로 가야겠다고 가족들에게 말씀하시던 참이었다. 아버지, 아버지……

병원에 다녀오신 날, 아버지의 얼굴에 수심이 가득하다. '무슨 일일까. 도대체 뭐가 어떻게 되어 가는 걸까.' 병원의 소견서에는 LA에 있는 USC병원으로 빨리 가라고 적혀 있었다. '그럼, 설마 아주 나쁜 병? 우리 가족은 그저 폐에 염증이 생긴 거라고 생각했는데.'

아버지가 USC병원으로 검사를 받으러 가시는 날이다. 아버지를 모시고 가고 싶었지만 승욱이가 와우이식을 한 뒤 처음 하는 청력 검사와 겹쳐 UCLA로 가는데 마음이 무겁다. 애써 눈물을 참고 찬양을 크게 틀어 놓았다. 반갑게 맞이하는 청력사의 얼굴도 보이지 않고 인사도 들리지 않았다. 생각은 온통 아버지의 병원에 가 있다. 대화부터 모든 것에 불편을 겪으실 아버지를 생각하니 빨리 승욱이 청력 검사를 마치고 아버지에게 가야 한다는 생각밖에 없다. 굼벵이처럼 더디 가던 시간이 흘러 승욱이의 청력 검사가 모두 끝났다. 청력사가 하는 말에 대답도 건성건성 하고 서둘러 UCLA를 빠져 나왔다.

아버지가 계신 USC병원으로 달려갔다.

아버지가 침대에 엎드려 계신다. 아버지의 옆모습을 승욱이 낳고 처음 보았다. 깊게 패인 이마의 주름을 덮고 있는 흰머리, 햇볕에 그을린 까만 얼굴은 한국을 떠나올 때의 그 얼굴이 아니었다. 나무껍질 같은 손등과 손톱 사이사이에 낀 기름때, 도저히 내 아버지라고는 상상이 가지 않는 모습이었다.

'아버지, 모습이 왜 이래요. 왜 이리 상하셨어요.'

내 눈엔 언제나 승욱이만 보였기에 같은 식탁에서 밥을 먹어도 아버지는 건성으로 쳐다보기 일쑤였다. 내가 정말 아버지 자식이 맞나? 나는 언제나 승욱이만 바라보고, 아버지는 나만 바라보고 계셨나보다. 내 얼굴의 작은 뾰루지 하나까지 봐주시던 아버지, 이 못난 딸이 이제야 눈을 돌려 아버지를 쳐다보고 있습니다.

'아버지, 미안해요. 거의 6년 만인 것 같아요. 아버지를 보는 게. 그동안 왜 이리 얼굴이 많이 망가지고 상하셨어요. 왜요?'

오후 2시에 응급실에 도착했는데 어느새 새벽 2시가 되어간다. 아버지는 자꾸 내 걱정을 하신다.

"피곤하지? 집에 가야 하는데…… 아이들이 걱정이구나."

"아버지, 걱정하지 마세요. 다들 잘 있다고 엄마에게 연락 왔어요."

아버지가 진통제를 맞고 잠깐 주무시는 틈에 피곤한 나도 아버지 침대에 엎드려 잠이 들었다. 잠결에 아버지가 내 머리를 쓰다듬는 게 느껴졌다. 잠이 깼다. 그런데 눈을 뜰 수가 없었다. 아버지가 내 머리를 쓰다듬으며 말씀하셨다.

"어이구, 내 새끼. 불쌍한 내 새끼."

내가 승욱이 머리를 쓰다듬으며 "어이구, 내 새끼" 하는 것이 아버지를 닮았나보다. 아버지는 나에게, 나는 승욱이에게 "어이구, 내 새끼" 한다.

자식이란 게 뭔지. 나는 아버지에게 정말 한 번도 효도라는 걸 해본 적이 없는데 뭐가 그리 예뻐서 내 새끼, 내 새끼 하시는지. 침대 시트 위로 눈물이 방울방울 떨어졌다.

받아들일 수 없는 결과

아버지의 모든 검사 결과가 나오는 날이다. 회사에서 일을 하는데 일이 전혀 손에 잡히지 않았다. 멍하니 오전 시간을 보내고 오후에 승욱이를 데리고 UCLA 병원으로 가면서 엄마에게 계속 전화를 걸었다.

"엄마, 어디세요? 결과 나왔어요?"

엄마는 힘이 하나도 없는 목소리로 울먹이셨다.

"지금 집에 왔어."

"의사가 뭐래요? 아버지, 많이 나쁘대요?"

"어떡하니. 아버지 폐암 말기란다. 길어야 6개월…… 아마도 올해를 넘기기 힘들다고 하네."

"수술하면 괜찮을 거예요. 수술도 안 된대요?"

"벌써 옆구리 늑골 쪽으로 암이 전이가 됐대. 그래서 그렇게 아프고 힘들었던 거래."

생각지도 못했던 결과에 엄마도 나도 경황이 없기는 마찬가지였다.

엄마를 겨우 진정시키고 차를 돌려 집으로 갔다.

'말도 안 돼. 너무한다. 아버지가 폐암이라니. 승욱이도 점점 좋아지고 있는데, 조금만 더 고생하면 될 것 같은데, 어떻게 이런 일이 생길 수 있단 말인가.'

가족들이 모두 한 자리에 모였다. 삼촌이 가족 대표로 말씀하셨다. "오늘 아버지하고 많은 대화를 나눴는데 아버지는 그래도 감사하신단다. 아직도 몇 개월의 시간이 남아 있음에 감사하고, 그동안 최선을 다해 산 것에 감사하고, 자식들 다 출가시켜 감사하고…… 아버진, 이제 좀 쉬어야 한다. 알지? 사람들 앞에서 눈물바람 내지 마라. 아버지가 아프시더라도 예전처럼 일상에서 최선을 다해라. 너희 아버지의 바람이야. 너희 아버지, 강한 사람인 거 너희들이 더 잘 알잖니. 아버지 이제부터 더 편하게 잘 모셔드려라."

삼촌의 말씀을 듣는 내내 머릿속이 복잡했다. 해야 할 일은 많은데 지금 이 상황에서 우선 순위를 어디에 두어야 할까. 아버지의 부탁대로 일상으로 돌아가고 싶지만 그러면 정말 아버지와 함께 할 수 있는 시간이 너무 없을 것 같다. 지금은 아버지에게 최선을 다하고 싶다.

UCLA 스피치 센터에 전화를 걸었다. 아무래도 승욱이 스피치 교육을 당분간 중단해야 할 것 같다고 말했다. 스피치 교육이 몇 달 늦춰진다고 승욱이 인생이 완전히 어떻게 되는 건 아니라고 생각했다. 잘한 결정인지 확신은 없지만 지금은 아버지에게 집중할 때이다. 승욱이 교육시킨다고 아버지의 마지막 남은 몇 개월의 삶을 그냥 보내드릴 수는 없다.

한국에 있는 오빠와 남편에게 연락을 했다. 오빠 가족과 남편이 제일 빠른 비행기 티켓을 끊어 한걸음에 미국으로 달려왔다. 오빠 가족과 남편을 보는 순간, 아버지의 눈빛이 반가움에 반짝였다. 병과 싸우느라 반쪽이 되어 버린 얼굴에 미소가 한가득이다. 아버지는 자식들을 만나 웃으시는데 자식들은 그런 아버지 모습에 눈물을 펑펑 쏟았다.

아버지도 이를 악물고 참았던 눈물을 결국 보이셨다. 얼마나 보고 싶었을까. 기침이 심해 많이는 못했지만 안간힘을 쓰고 말씀하셨다.

"난 괜찮다. 곧 일어날 거야. 비행기 타고 오느라 피곤할 텐데 집에 가서 얼른 쉬거라."

이 모습이 바로 우리 아버지다. 오빠가 병원에 남아서 아버지를 간병한다고 모두 돌아가라고 했다. 아버지는 우리 모두에게 가라고 하면서도 오빠가 남아 있겠다고 하자 아무 말도 않으셨다. 은근히 아니 아주 많이 아들을 기다리신 눈치였다.

아버지의 고통은 아무도 모른다. 아버지 홀로 안고 가야만 하는 고통의 강도와 외로움, 생사를 오가는 그 두려움은 얼마나 클까. 가족이 모두 미국에 모였지만 침울하다. 우리는 아버지에게만 집중했다.

곧 일어날 거란 아버지의 바람이 아버지를 일으켜세웠다. 아버지의 병세가 호전되어 병원에서 퇴원조치가 내려진 것이다. 산소호흡기통과 여러 병원기구들이 아버지와 함께 왔지만 걸어서 오실 수 있다는 것 하나만으로 우리는 그저 감사했다. 아버지가 집에 오시니 처음으로 집에서 웃음소리가 났다. 아버지는 여섯 명의 손자 손녀들의 재롱과 자식들의 든든함에 아픈 것도 잊으셨다. 아! 이렇게 모여 살면 얼마나 좋을까.

이사해서 어수선한 집도 대충 정리가 되어간다. 오빠와 남편은 번갈아가면서 병원으로 그리고 집안 구석구석 마치지 못한 힘든 일들을 묵묵히 해줬다. 오빠와 남편이 급하게 휴가를 받아 오느라 길게 있지도 못하고 서둘러 돌아가야 할 시간이 되었다.

한국으로 돌아가기 전날, 오빠가 나에게 미안하다며 말했다.

"민아야, 그동안 많이 힘들었겠다. 언제나 전화하면 잘 있다고 말해서 오빤 니가 늘 씩씩하고 밝게 잘 있는 줄만 알았어. 미국으로 오는 내내 너를 이해할 수 없는 아이라고 생각했는데 막상 와서 니가 승욱이 키우며 살아가는 모습 보니까 오빠가 할 말이 없다. 니가 아버지를 힘들게 했을 거란 생각을 했었던 오빠가 참 부끄럽다. 다들 정말 최선을 다하며 살아왔는데 말이야. 하나님이 선하고 선하신 길로만 우릴 인도하신 것을 오빠가 잠시 잊었어."

"그래 최선을 다해서 여기까지 왔는데 결과가 이래서 내가 너무 죄책감이 들어. 아버지가 암에 걸리신 게 나 때문인 것 같아서 괴로워 죽겠어."

나의 마음을 이해한다며 오빠가 진심어린 위로를 해줬다. 빨리 아버지가 완쾌하셔서 가족들이 다시 웃으며 만날 날을 그려 본다. 그렇게 한국에서 온 가족들이 모두 떠나고 다시 우리는 일상으로 돌아왔다.

가장 맛있는 밥

밀알의 밤을 5일 앞둔 저녁 시간, 입맛이 없어 아무것도 드시지 못하는 아버지와 외식을 하기로 했다. 집에서 가까운 한식당에 모시고 가 아버지가 좋아하시는 해물돌솥밥을 시켜드렸다. 아버지는 옆구리 통증이 심한지 얼굴이 일그러졌다. 그 와중에도 밀알의 밤이 궁금하셨다.

"밀알의 밤은 다 준비됐냐? 비디오는 다 찍었어?"

"네, 다 준비됐어요. 이번 주 토요일에 가기만 하면 돼요."

"그래. 참 수고 많았다. 잘해라. 알았지?"

"전 하는 거 하나도 없어요."

"민아야, 오늘 밥이 참 맛있다. 오래간만에 맛있게 먹네. 욱이랑 혁이도 빨리 먹여라."

맛있게 드시는 아버지를 보며 생각해 보니 태어나서 처음으로 아버지와 외식을 하는 것이다. 그동안 승욱이 때문에 외식 한번 제대로 못하고 살았다. 가족의 특별한 외식 날이면 언제나 엄마나 아버지와 교대로 식사를 했었다. 마침 오늘은 승욱이가 유모차에서 잠이 들어 있어서 아버지와 편하게 식사를 할 수가 있었다. 식사 중간에도 옆구리가 아프신지 계속해서 옆구리를 만지작거리셨다.

건강하실 때 맛있는 것을 많이 사 드렸으면 좋았을 텐데. 죄송스런 마음에 밥이 넘어가지 않았다. 아버지는 승욱이가 잘 때 한 숟가락이라도 더 먹으라고 성화시다. 언제나 그렇게 자식을 더 먹이지 못해 안달이시다. 아버지는 하나도 남김없이 식사를 다 마치셨다. 그리고 가장 맛있는 밥을 드셨다고 흡족해하셨다.

이튿날, 가장 맛있는 밥을 드셨다던 아버지는 바로 입원하셨다. 못된 암이 다른 곳으로 전이가 된 것이다. 저녁에 퇴근 후 바로 병원으로 갔다.

늦은 저녁 시간, 아버지가 뜬금없이 말씀하셨다.

"민아야, 있지. 그거 참 맛있었다."

"그거요?"

"응, 너랑 엊그제 먹은 거. 아버지 너무 맛있게 먹었다. 나중에 퇴원하면 우리 또 같이 먹자."

"백 그릇, 아니 천 그릇, 아니 만 그릇이라도 사 드릴게요. 빨리 지난번처럼 벌떡 일어나세요. 알았죠?"

아버지는 내가 옆에 있는 것이 든든하기도 하고, 미안하기도 하고, 고맙기도 한가보다. 말로 표현하지는 않지만 나는 다 알 수가 있었다. 나는 그동안 참으로 아버지 뜻에 거스르는 딸이었다. 대화를 하다보면 언제나 언성을 높이기 일쑤였다. 내가 하는 일을 못마땅해 하신 아버지.

결혼한 딸을 못 미더워하시며 모든 것을 좌지우지하시던 아버지셨다.

승욱이를 낳고 내가 혹시나 나쁜 생각을 할까봐 하루에도 몇 번씩 전화를 하시고, 수시로 연락도 없이 불쑥 집으로 찾아오시던 아버지. 결국은 나를 아버지 집으로 데리고 들어가 오늘날까지 나의 보호자를 자처하셨다.

미국에 와서 승욱이 때문에 이곳저곳 안 다녀본 곳이 없지만 육체노동은 해본 적이 없다. 물론 한국에 있을 때도 마찬가지였다. 하지만 아버지는 미국에 오신 그 다음 날부터 폐암으로 병원에 입원하시기 전까지 힘든 육체노동을 계속하셨다. 승욱이와 내가 가는 곳은 항상 아버지가 계셨다. 나의 그림자였던 아버지. 이런 아버지의 사랑법이 때로는 구속처럼 느껴져 숨이 턱턱 막히기도 했다. 아버지의 독특한 사랑방식이 너무 싫었다고 하면 내가 나쁜 딸일까?

아버지와 티격태격 말을 주거니 받거니 하는 사이에 새벽 6시가 되었다. 아이들 학교 보낼 준비를 하러 집으로 가야했다. 병실을 막 나서는데 아버지가 나를 향해 큰 소리로 말씀하셨다.

"민아야~ 고맙다. 니가 있어줘서 아버지가 하나도 아프지 않았다."

아픈 통증이 나 때문에 덜 아팠을까마는 그것이 아버지만의 사랑표현인 것이다. 아버지의 사랑을 30년이 넘어서야 이해하게 된 것이다. 이 바보가 말이다. 아버지를 보면 눈물이 날 것 같아 돌아선 채로 아버지의 딸답게 큰소리로 대답했다.

"저녁 때 다시 올게요."

아버지, 사랑해요

내일은 밀알의 밤이 있는 날이다. 아버지가 아니었으면 나는 엄두도 내지 못했을 거다. 아버지가 갑자기 말기 암이라는 진단이 나오지 않았으면, 어찌 '승욱이 이야기' 가 세상에 나올 수 있고, 밀알의 밤 행사를 준비할 수 있었을까. 아버지와 지낼 수 있는 시간이 많지 않으리라.

아버지가 군대에 장교로 계실 때 부대 안에 총기 사고가 났다. 그때 옆구리와 겨드랑이 사이에 관통상을 입으셨다. 생사를 오가면서 하나님께 아들이라도 하나 낳고 죽게 해달라는 기도를 드렸다고 한다. 독자셨기 때문에 아들에 대한 미련이 더 크셨으리라. 폐암 진단을 받았을 때도 굉장히 담대하셨다. 그런 아버지가 총도 맞아 봤지만 암이 더 아프고 고통스럽다고 하셨다.

사무실에 앉아 곰곰 생각해 보니 태어나서 한 번도 아버지께 사랑한다는 말을 해본 적이 없었다. 자랄 때는 쑥스러워서 못했고, 결혼하고는 워낙 아버지와 가깝게 살아서 말할 기회가 없었다. 승욱이가 태어난 뒤로는 아버지와 대화조차 잘 하지 못했다.

오늘은 꼭 아버지에게 사랑한다고 말하리라. 퇴근 후에 병원으로 향하면서 계속 연습을 했다.

"아버지, 사랑합니다. 아버지, 사랑했어요. 아빠, 내가 얼마나 사랑하는지 아시죠?"

사랑한다는 말이 어찌 연습으로 될까마는 그래도 100번을 머릿속에 되내이며 아버지가 계신 병실로 들어섰다. 언제나처럼 오늘 하루도 생명을 주신 하나님께 감사하며 아버지 손을 붙잡고 기도를 드렸다.

아버지는 시간마다 진통제를 맞으셨다. 내일 밀알의 밤에 오실 수는 있을까? 하루하루 상태가 더 악화되었다. 암은 계속 전이가 되고 있었다. 매일 검사를 받느라 아버지도 많이 지치셨다. 만약 암세포가 뇌에 들어가기라도 하면 아버지와 대화를 못 나눌 수도 있다. 사랑한다는 말을 하기가 이리도 힘들 줄이야. 가슴에서만 말이 맴돌 뿐 입 밖으로 나오질 않는다.

마침 언니가 일을 마치고 왔다. 아버지는 우리 두 자매를 앉혀 놓으시고 말씀을 하셨다. 내 마음속에서는 빨리 아버지에게 사랑한다는 말을 하라고 가슴이 마구 방망이질을 한다. 아버지가 언니하고 잠시 할 말이 있으니 나보고 오늘은 먼저 집에 들어가라고 하셨다.

지금 이대로 가버리면 언제 용기가 날지 모른다. 병원 문을 나서기 전에 "아버지, 집에 가기 전에 기도해 드릴게요"라고 말씀을 드렸다. 아버지의 손을 잡았다.

"하나님, 감사합니다. 저에게 이렇게 귀한 아버지 주셔서 감사합니다."

목이 메었다. 침을 삼키고 다시 기도를 이어갔다.

"하나님, 제가 아버지를 너무 사랑합니다. 아버지를 많이 사랑해요."

내 손을 잡고 계시던 아버지의 손이 떨렸다.

"딸아, 내도 니를 사랑한다. 내 훌륭한 딸. 이 아빠도 널 사랑해."

아버지는 의사가 5개월밖에 살지 못한다고 했을 때도 내 앞에서 눈물을 보이지 않으셨다. 어떤 무서운 암보다도 더 강력한 말이 '사랑합니다' 라는 말일까? 아버지가 계속 흐느끼셨다. 사랑한다고 말하기까지 왜 그리도 어렵고 긴 시간이 흘렀는지…… 우리 부녀가 그동안 말 못했던 섭섭함, 안타까움, 어려움, 이 모든 것이 한 번에 씻겨 내려갔다.

너에게 하고 싶은 이야기

하실 말씀이 있다는 아버지의 눈빛에 총기라고는 찾아볼 수가 없다. 날카롭고 정확한 시선은 어디로 가고 지치고 고통스러운 눈빛으로 날 쳐다보신다.

"민아야, 아버지가 너에게 하고 싶은 이야기가 있다. 자꾸 정신을 놓쳐서 지금 잠깐이라도 정신이 들 때 얘기해야겠다."

"네, 아버지 편하게 뭐든 말씀하세요."

"민아야, 엄마 잘 부탁한다. 아버지가 못나서 엄마 고생만 시켰다. 좀 편안하게 여생을 같이 보냈으면 후회가 없었을 건데 사는 것에 급급해서 엄마가 많이 힘들었을 거다."

"아버지, 제가 아무리 잘해드려도 아버지만 하겠어요? 그렇지만 걱정 마세요. 엄마 제가 잘 모실게요."

"그리고 욱이 니 혼자 힘으로 못 키운다. 아버지 말 너무 섭섭하게 듣지 마라. 니가 너무 약해서 걱정이다."

"아버지, 저 약하지 않아요. 지나치게 건강해요. 이 팔뚝 좀 보세요."

"아니, 아버지 말은 그게 아니고 니 마음 말이다. 이제 욱이에게 무슨 일 있어도 울지 마라. 니가 강해야 한다. 그래서 말인데 집에만 데리고 있지 말고 좋은 곳 있으면 보내라. 아버지 말 무슨 말인지 알지?"

"좋은 곳이요? 어디?"

"욱이 태어나서부터 한숨도 편히 못 자고 산 거 내 잘 안다. 아버지는 욱이도 걱정이지만 니가 더 걱정이다. 기숙사 있는 학교도 좀 알아보고 해서 니가 좀 쉬어야지. 낮에 일하고 밤엔 잠 못 자고 니가 뭐 철인인 줄 아니? 그리고 마지막으로 너는 앞으로 사람을 살리는 일을 해라."

"네? 사람을 살리는 일요? 아버지 전 의사도 아닌데 어떻게 사람을 살리라는 거예요. 지금부터 공부해도 의사되는 건 불가능해요."

"아버지는 너무 늦게 구원받아 전도도 못하고 하늘나라 간다. 근데 너는 많은 사람들을 전도할 수 있을 것 같구나. 아버지는 널 믿는다. 지금 다니는 직장은 그만두었으면 한다."

"아버지, 제 성격 잘 아시잖아요. 저 남에게 부탁하는 것도, 빌려준 것 다시 받아오는 것도 잘 못하는 거 아시면서 어떻게 전도를 하라고 그러세요. 그건 좀 힘들 것 같아요."라는 말이 끝나기가 무섭게 아버지는 깊은 잠에 빠져 드셨다. 아버지는 그날 밤 늦게 재수술을 받고 중환자실에 며칠 계시면서 한 차례 더 재수술을 받으셨다.

어느 날, 낮에 병원을 다녀오신 삼촌이 말했다. "민아야, 아버지 아무래도 마지막 준비를 해야겠다. 니가 지혜롭게 알아서 준비를 해둬라."

"…… 네, 알겠습니다. 삼촌……"

부모님의 임종에 대해서는 오빠가 있기에 단 한 번도 생각을 해보지 않았는데 상황이 상황이니만큼 내가 장례 수속을 밟아야 했다. 한국에 있는 가족들은 언제든 올 수 있도록 대기중이었다.

퇴근 후 중환자실로 아버지를 만나러 가면 진통제로 인해 눈도 못 뜨고 계시기에 대화를 나눌 수가 없다. 한밤중에도 엄마와 아이들과 함께 아버지 병실을 오르내리는 일이 잦아졌다. 그날도 퇴근 후에 아버지를 뵈러 갔다. 아버지는 알 수 없는 말씀을 계속 반복하셨다. 시계를 보니 밤 12시가 넘어가고 있다.

"아버지, 오늘은 너무 늦었어요. 집에 갈게요. 이렇게 기운 차리고 말씀하시는 것 보니까 내일 아침에는 더 기운 차리실 거예요."

침대를 정리해 드리고 나오려는데 아버지가 나를 부르셨다.

"민아야, 조심해서 운전하고 다녀라. 그리고 아버지가 당부한 말 잘 새겨듣고 알았지? 얼른 가라. 아버지도 피곤하다. 쉬어야겠다."

다른 날 같으면 내가 가는 뒷모습을, 중환자실의 문이 열리고 멀어져 가는 내 모습을 보이지 않을 때까지 물끄러미 바라보실 텐데 이번에는 먼저 눈을 감으신다. 난 몇 번을 뒤돌아보면서 "아버지, 저 가요. 저 진짜 가요."라고 말씀을 드렸지만 아버지는 좀처럼 눈을 뜨지 않으신다. 마치 일부러 보지 않으려 애쓰시는 것처럼……

아버지는 2005년 10월 13일 오후 3시 35분, 엄마와 언니 그리고 내가 지켜보는 가운데 천국으로 가셨다.

그리운 아버지에게

오늘은 유난히 아버지 생각이 많이 납니다. 우리에게는 충분한 이별의 시간이 있었음에도 왜 이리 아쉬운 생각만 많이 드는지 모르겠습니다. 살면 살수록 새록새록 더한 마음이 아버지에게 불효했다는 기억입니다. 살아 계실 때 효도 한번 못한 못난 딸이 아버지 돌아가시고 아픈 가슴만 치고 있습니다.

저는 부모님을 공경할 수 있는 시간이 무제한이라고 생각했습니다. 이렇게 짧은 시간이 주어진 것을 알았다면 더 많은 시간을 함께 보내고, 더 많은 대화를 나누고, 더 많은 웃음을 보여드릴 것을 말입니다.

얼마 전 사진을 정리하다보니 사진 속의 아버지는 항상 승욱이를 안고 계시더군요. 손주들 중에 언제나 첫번째의 자리를 승욱이에게 주셨죠. 할아버지의 마음을 다른 손주들도 이해하는 것 같습니다.

아버지의 귀한 헌신이 있었기에 승욱이를 세상 속에서 떳떳하게 키울 수 있었습니다. 장애 아들을 키우는 딸을 언제나 가슴 끓이며 바라

외할아버지와 함께

보고 사신 것, 제가 잘 압니다. 간간히 들려오던 아버지의 탄식 소리가 지금도 제 귀에 남아 있습니다. 저 때문에 마음 많이 아프셨죠? 또 많이 숨 죽여 우셨죠? 하지만 이젠 그 딸이 아버지의 빈자리를 대신하며 열심히 가정을 이끌어 나가고 있습니다.

물론 아직도 엄마는 밀려오는 슬픔에 밤잠을 못 주무시는 날이 많습니다. 지구의 반대편 적도 끝 아니 남극 북극이라도 아버지가 살아 계시다면 엄마는 찾아가서 보고 싶다고 하십니다.

승욱이를 낳고 장애아를 낳은 것이 세상에서 제일 슬픈 것이라고 생각했습니다. 그런데 아버지를 먼저 천국으로 보내고 나니 사랑하는 사람을 이 땅에서 볼 수 없는 것이 가장 슬픈 일이란 생각이 들었습니다. 꿈에서라도 아버지의 모습을 보고 싶은데 제 꿈에는 도무지 한 번도 찾아오시지 않으니 더 보고 싶습니다.

저를 지겹게 부르시던 "민아야" 이 소리가 사무치게 듣고 싶습니다,

아버지. 아이들에게 호통치던 소리가 듣고 싶습니다. 승욱이를 안고 말을 가르치는 아버지의 다정한 소리가 듣고 싶습니다.

아버지가 돌아가신 지난 일 년은 우리 가족에게 있어 제일 힘든 시간이었습니다. 경제적으로 정신적으로 육체적으로 힘든 과정을 지나오면서 저는 한층 더 성숙해진 것 같습니다. 아버지가 왜 그렇게 저를 보며 염려하셨는지도 깨닫게 되었습니다. 손에 쥐어준 물건도 간수 못하는 딸, 싸울 줄은 모르고 질 줄만 아는 딸, 눈물샘이 너무 큰 딸, 세상 물정과는 담 쌓은 딸을 이곳에 두고 가기가 얼마나 걱정스러우셨을까.

하지만 아버지, 힘든 가운데에서도 제일 감사한 것은 주변에 저희 가정을 사랑해주시는 분들이 많다는 것입니다. 이 모든 사랑의 빚을 갚는 길은 말씀 안에서 아이들을 반듯하게 잘 키우고 또 받은 사랑을 나누어 주면서 사는 것이겠지요.

저는 오늘도 열심히 앞을 향해 뛰어갑니다. 받은 사랑을 나누어 드리기 위해 부지런히 달려가고 있습니다. 부디 그곳에서 응원해 주세요. 바른 길로 갈 수 있도록 말입니다. 세상에 타협하지 않고 푯대를 향해 온전히 달려갈 수 있도록 말입니다. 아버지를 만나는 그날까지 최선을 다하며 살겠습니다.

엄마는 다 알 수 있어

승욱이를 처음 보시는 분들의 반응은 대부분 비슷하다. 처음에는 그저 애가 앞을 못 보나보다 생각하신다. 그러다 소리도 못 듣는다고 하면 그땐 눈이 휘둥그레진다. 거기다 말까지 할 수 없다고 하면 망연자실하여 나를 바라보신다. 나보다 더 안타까워하면서 표정관리가 되지 않는다.

이제 나도 승욱이에 대해 적응이 되었는지 누가 뭐라고 물어도 편하게 대답이 나온다. 그중에 제일 많이 듣는 질문이 나와 승욱이의 의사소통에 대한 것이다.

승욱이는 간단한 수화를 할 수가 있다. 자신이 표현할 수 있는 수화는 15가지 정도이지만, 이해하고 있는 단어는 훨씬 많다. 승욱이는 목이 마르면 내 손가락을 자신의 입술에 집어넣는다. 그건 승욱이가 주스를 빨대로 먹기 때문에 빨대를 입에 갖다달라는 것이다. 배가 고플 때는 내 손을 자신의 머리 위로 올려놓는다. 그리고 내 손을 자신의 입가로 가져간다. 놀다가 어디에 부딪히면 아프다는 표현 또한 기가 막히게 잘한다. 나의 손을 자신의 다친 곳에 대고 마구 쓰다듬는다. 거기가 아프니 호 해달라는 것이다.

사람들은 승욱이가 자신의 감정을 표현할 줄 모른다고 생각할지 모른다. 하지만 승욱이는 자신의 기분과 감정을 나에게 다 표현한다. 학교에 다녀왔을 때나 사랑의 교실*과 차임벨 교실에 다녀와서는 자기가 얼마나 사랑을 받았는지 또 얼마나 스트레스를 받고 왔는지 나를 만나면 표정과 몸짓으로 말을 한다. 나는 승욱이의 표정과 몸짓을 보면 다 알 수 있다.

사랑의 교실에서 사람들에게 뽀뽀를 받거나 사랑을 많이 받고 온 날이면 나에게 엄청난 뽀뽀 세례를 하고 폭 안겨 있는다. 사랑 받고 왔다고 표현하는 것이다. 그리고 학교에서 하기 싫은 트레이닝을 받고 온 날이면 나를 가만두지 않는다. 내 목에 올라타 어깨를 짓누르고 머리를 들이받으며 스트레스 받은 것을 고스란히 표현한다. 하루 종일 기분이 언짢은 날에는 울먹이면서 나에게 안긴다. 설움에 복받친 얼굴로 자신의 기분을 표현한다.

그때 내가 "어이구, 우리 승욱이 누가 그랬어. 응? 누가 우리 승욱이 슬프게 했어?"라고 말하면 참았던 눈물이 뚝뚝 떨어진다. 그리고 몇 초 후 금세 기분이 좋아지긴 해도 나는 다 안다. 승욱이가 말하고 싶은 감정을.

승욱이가 내는 소리도 다 알 수 있다. 징징거리는 소리 중에도 더워

엄마와 함께

서 내는 소리, 배고파서 내는 소리, 목이 말라서 내는 소리, 밖으로 나가고 싶어서 내는 소리가 조금씩 모두 다르다. 사람들은 다 같은 소리라고 말하지만 나는 알 수가 있다. 그건 승욱이와 나만의 특별한 교감이 있기 때문이다.

비디오 속의 놀라운 어린이, 이승욱

승욱이를 데리러 학교에 가면 매일 트리샤 선생님이 나를 붙잡고 5분 동안 승욱이 얘기를 해준다. 승욱이가 말은 못하지만 학교에서는 제법 잘 따라하는 학생인가보다. 트리샤 선생님은 언제나 변함없이 오늘은 승욱이가 무엇을 어떻게 했는지 설명해준다. 집에 와서 가족들에게 승욱이가 학교에서 제법 잘 따라한다고 선생님이 칭찬을 해줬다고 하면 다들 '저 팔불출, 자식 자랑하는 것 좀 봐. 입에 침이나 좀 바르지' 하는 표정으로 쳐다본다. 집에서의 승욱이 생활은 학교와 정반대이기에 가족들이 아무도 믿지 않는 것이다.

다음 날 트리샤 선생님에게 가족들이 승욱이의 학교생활을 믿지 않는다고 했더니 나에게 비디오테이프를 하나 준다. 학교에서 계속 승욱이를 찍고 있는데 가장 최근에 찍은 것이라고 했다. 집에 와서 먼저 가족들 몰래 살짝 봤다. '우아~ 쟤가 승욱이 맞아! 세상에 놀라워라.' 생각지도 못했던 승욱이가 비디오테이프 안에 담겨 있었다. 가족들에게 자

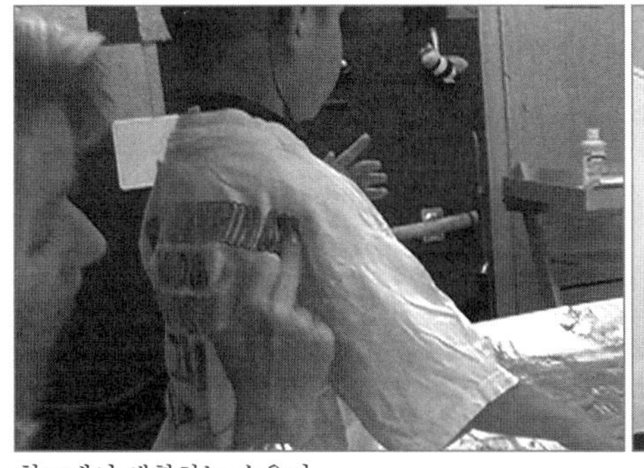
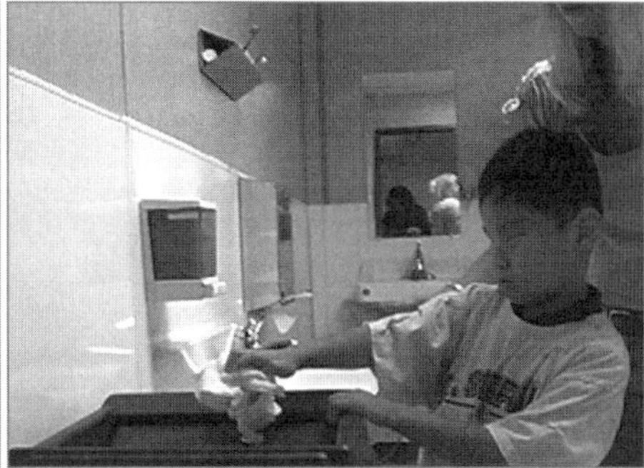
학교에서 생활하는 승욱이

랑하고 싶은 나는 계속 시계만 쳐다봤다. 빨리 저녁시간이 왔으면……

저녁식사 시간에 가족들이 다 모였다. 내가 손을 들고 말했다.

"저, 중대발표 할 게 있어요."

그랬더니 아버지께서 말씀하신다.

"왜 또 승욱이 얘기 할라꼬?"

"오늘 승욱이 학교에서 비디오테이프를 하나 받아 왔는데 식사 다하고 우리 같이 보시죠."

목에 힘을 주고 말하자 다들 기대하진 않지만 봐줄게 하는 표정으로 말한다.

"그러지 뭐. 가지고 왔다는데 한번 보지 뭐."

비디오테이프가 돌아가고 승욱이의 모습이 나왔다. 승욱이가 혼자 자전거를 타고, 점자로 된 그림책을 느끼며 보고, 선생님과 율동을 한다. 혼자 밥을 먹고, 다음 교실로 이동을 하며 씩씩하게 학교생활을 하는 승욱이의 모습을 보더니 다들 눈시울이 벌게졌다. 비디오테이프가 다 돌아갔다. 갑자기 집 안이 시끌시끌해졌다.

"봤제? 내가 필인가 팔인가 그 아저씨한테 승욱이 얘기 안 했으면 저리 학교에 갔겠나. 저만큼 아가 잘 컸겠나, 으이?"

아버지께서 말씀하시자 엄마가 그러신다.

"역시 내가 밥을 잘 먹여 키워놨더니 저리 잘하는 것 좀 봐."

가만히 있을 언니가 아니다.

"야~ 내가 미국에 없었으면 우리 승욱이 미국에도 못 올 뻔했는데, 내가 미국에 있길 진짜 잘했지. 안 그래?"

옆에 계시던 형부까지 거든다.

"거봐 정아야. 너 나하고 결혼하길 잘했지. 너 나하고 결혼 안 하고 한국 갔으면 승욱이가 미국에 올 수 있었겠어?"

내 말을 하나도 안 믿을 땐 언제고 다들 자기 때문이라며 난리가 났다. 비디오테이프로 인해 우리 가족은 승욱이가 학교에서 잘하고 있는 것을 눈으로 확인할 수 있었고 더 용기를 갖게 되었다.

승욱이의 비디오테이프는 승욱이가 졸업할 때까지 찍었다. 학교에서 자료로 남겨두길 원하고 나 역시도 또 다른 승욱이를 위해 적극 동의하였다.

엄마, 목말라! 수화로 말을 걸다

승욱이의 다섯 번째 생일은 가까운 분들만 모시고 조촐하게 보냈다. 승욱이는 생일선물로 받은 장난감을 가지고 노느라 방을 아수라장으로 만들어놓고 펄쩍펄쩍 뛰며 신나게 놀고 있다.

승욱이 노는 모습을 보다 깜박 잠이 들었나보다. 누가 나를 깨워 보니 승욱이가 침대 옆에 서서 내 얼굴에 뭔가를 표현한다. 깜짝 놀라 눈을 번쩍 떴다. 승욱이가 내 옆에 바짝 다가와 내 얼굴에 대고 수화로 "목말라!" 하는 것이 아닌가! 조막만한 손을 오므려 내 입가에 정확히 툭툭 두 번 친다. 아! 세상에, 기적 같다. 선생님들한테만 보여주는 수화를 나에게도 하다니. 잠결에 너무 감격한 나는 벌떡 일어나 얼른 주스를 한 컵 갖다주었다. 얼마나 목이 말랐으면 주스 한 컵을 단번에 들이켠다. 하긴 그렇게 뛰어놀았으니 목이 마르겠지.

그동안 나는 내심 고민하고 있었다. '선생님들과는 곧잘 수화로 얘기하는데 엄마인 나에게는 왜 수화로 표현하지 않는 걸까.' 가만히 생각

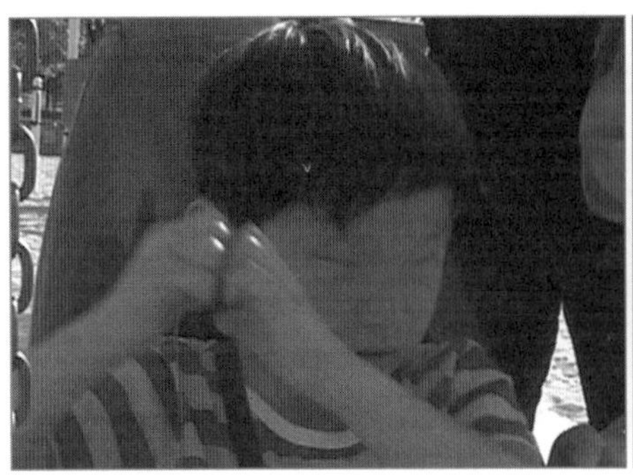

수화로 말하는 승욱이

해보니 나는 언제나 승욱이가 표현하기 전에 미리 알아서 해주던 못난 엄마였다. 먼저 표현할 기회를 주지 않았던 거다. 나는 그것도 모르고 나에게 표현을 하지 않는 승욱이에게 서운한 마음이 있었다.

다시 자려고 누웠는데 잠이 오지 않는다. 수화로 또 표현을 하지 않을까 하여 승욱이 눈치를 보며 기다렸다. 장난감을 가지고 노느라 승욱이는 도통 나에게 관심이 없다. 그래도 너무 감사했다. 처음 나에게 수화를 한 승욱이. 이 감동과 감격스런 마음을 누가 알까.

눈 뜨라우!

“눈 뜨라우! 와 자꾸 눈 감고 다니네? 니 그러다간 다친다야. 니 엄마 누구네?”

일주일에 나흘씩 우리 집에 오시는 할머니가 계신다. 연세는 여든이 훨씬 넘으셨고, 예쁘게 치매가 걸린 할머니를 오후에 엄마가 돌봐주신다. 할머니를 돌봐드리던 엄마가 한국에 가셨으니 할머니 보는 일은 나의 일이 되었다.

아는 사람들은 다 알 것이다. 치매 환자의 기본이 ‘계속 반복해서 묻기, 끊임없이 먹기, 금방 한 일 전혀 기억 못하기’ 라는 것을 말이다.

할머니는 승욱이가 신기하신가보다. 나하고 있을 때는 이런저런 얘기도 나누고 TV도 보는데 승욱이가 학교에 갔다 오면 계속해서 승욱이를 관찰하신다.

“저, 저, 저, 저러다 다치겠다야. 눈 감고 걸으면 다치는 거 모르네? 니 엄마 누구네?”

이북 사투리를 쓰시는 할머니는 승욱이가 눈을 감고 걸어 다닌다고 걱정이 이만저만이 아니다. 할머니는 나를 쳐다보시면서 매번 같은 질문을 하신다.

"자(재) 엄마는 누구야요?"

나도 매번 같은 대답을 한다.

"전데요. 애가 태어나면서부터 눈이 저렇게 생겼고요. 앞을 못 봐요."

그런데 이 질문을 5분 간격으로 하시니 아주 미칠 지경이다. 이젠 할머니가 승욱이를 보면서 말씀을 할 것 같다 싶으면 내가 먼저 말해버린다.

"재 엄마는 저구요. 앞을 못 봐요."

가만히 생각해보니 치매 할머니의 눈에도 승욱이 눈이 예쁘지 않은가보다. 나야 전혀 의식하지 않고 살아서 잘 모르지만 처음 보는 사람들의 눈에는 승욱이 눈이 이상하게 보이는 것도 당연하다. 그런데 나는 세상에서 우리 승욱이 눈이 제일 예쁘다. 팔불출 엄마라고 해도 어쩔 수 없다. 고슴도치도 지 새끼는 예쁘다고 하지 않던가.

승욱이의 눈동자는 태어나면서 전혀 발육이 되지 않아 아주 작다. 두상은 나이에 맞게 자라는 반면 눈동자는 성장이 멈춰 있으니 눈이 푹 꺼져서 얼굴 모양이 약간 일그러져 보인다.

학교 선생님들은 승욱이에게 예쁜 눈을 갖게 수술해주라고 한다. 승욱이의 눈은 기능을 상실한 상태니 눈동자 성형을 해주면 외관상으로 보기가 좋을 것 같다는 것이다. 승욱이가 점점 더 잘 듣게 될 텐데 사람들이 승욱이 눈을 보고 무심히 내던진 말에 상처를 받을 수도 있으니 잘 생각해보고 눈 성형을 해보자고 했다. 나도 승욱이가 '예쁜 눈을 가지면 얼굴이 참 반듯할 텐데' 싶어 갈등이 생긴다.

한편으로는 계속 발전하고 있는 의학을 보면 언젠가는 태어날 때의 눈으로 보게 될 날이 오지 않을까 싶다. 선생님과 눈 성형에 대한 이야기를 나눈 뒤 학교에서 승욱이의 눈을 성형할 수 있도록 수술비를 지원해주겠다는 연락이 왔다.

'아! 너무 고민스럽다. 수술을 하려면 원래 눈은 제거하고 플라스틱 눈을 넣어줘야 하는데 앞으로 획기적인 의학 기술이 나오면 어쩌지. 그동안 많은 수술과 검사로 병원 가는 것을 제일 무서워하는데 외관상 보기 좋게 하려고 다시 승욱이를 수술실에 보내고 싶지가 않다. 승욱이가 직접 자신의 의사를 결정할 수 있을 때까지 기다리련다.'

오늘도 우리 집에 오신 할머니는 승욱이를 향해 소리를 지르신다.

"눈 뜨라우! 눈 감고 다니면 다친다야!"

"네, 할머니. 저도 우리 승욱이 눈이 확 떠졌으면 좋겠어요. 그것이 저희 가정의 소망입니다."

제발 머리 좀 깎자

오늘도 역시 실패다. 승욱이의 머리를 깎는 좋은 방법이 없을까. 지금껏 머리를 제대로 깎아본 적이 없다. 한국에 있을 때는 워낙 승욱이가 어렸기 때문에 잠잘 때 살짝 가서 깎고 왔는데 미국에 와서는 어림도 없다. 미국에 와서 2년 가까이 승욱이는 머리가 삐뚤빼뚤이거나 깎다 만 상태로 지냈다.

머리 깎는 기계가 윙~ 하고 돌아가는 순간부터 괴력이 발생하는 승욱이. 차라리 머리카락을 깎기 전이면 다행이다. 한번 쓰윽 기계를 댄 후 난리를 피우면 더 깎지도 못하고 그대로 집으로 철수해야 한다. 화가 난 승욱이를 일단 진정시키고 부모님과 내가 한 조가 되어 다시 미장원으로 간다. 그래도 우리는 승욱이 하나를 당해내지 못하고 번번이 돌아오곤 했다. 언제나 머리를 깎다 말고 집으로 온 날이면 속도 상하지만 땡칠이 머리를 하고 돌아다니는 승욱이 때문에 웃음이 터져 나온다.

동네의 미장원을 다 다녀봐도 승욱이 머리를 깎아줄 사람을 찾지 못하자 아버지께서 도저히 안 되겠는지 머리 깎는 기계를 하나 사 오셨다.

"민아야, 이거 하나 사왔다. 니가 한번 깎아봐라. 어쩌겠니. 야 머리가 저 모양으로 어떻게 학교를 가겠니. 잘 깎을 수 있지? 쉽다고 하더라. 해봐라."

내 앞머리도 한번 깎아보지 않았는데 어떻게 아이 머리를 깎는단 말인가. 그래도 지금의 땡칠이 머리보다는 낫겠지 싶어 승욱이가 깊이 잠든 틈을 이용해 거실에 신문지를 깔고 조심조심 머리를 깎기 시작했다. 긴 머리카락을 손으로 잡고 가위로 싹둑싹둑 자르니 생각보다 쉬웠다. 자는 승욱이를 이리저리 돌리면서 깎다가 마무리를 위해 아버지가 사오신 기계를 탁 켜는 순간 승욱이가 깜짝 놀라 벌떡 일어났다.

"헉! 욱아~ 아직 안 됐는데…… 그런데 너, 욱이 맞니?"

이 일을 어쩐다. 승욱이 머리가 온통 쥐 파먹은 것 같다. 승욱이가 마구 울어대는 바람에 더 이상 손도 못 대고 그 상태로 저녁이 되었다. 저녁에 아버지가 승욱이를 보시더니 할 말을 잃으셨다.

"마! 니 마마마!"(경상도에서는 어이가 없고 화가 날 때 '마' 라는 단어를 자주 쓴다.)

"니가 저렇게 만들었니? 응? 아를 완전히 땡칠이를 만들어놨네. 내일 다시 미장원에 가자."

"하나도 안 쉽던데요. 제가 그리 머리를 잘 깎으면 미용사 언니들 다 굶게요."

그러던 어느 날, 아버지께서 좋은 미장원을 찾아냈다며 꼭 가보자고 하셨다. 한국 사람이 운영하는 미장원인데 주인 언니가 성격이 호탕하고 머리도 잘 깎는데다가 가격도 저렴하다는 것이다. 내 머리도 자를 겸 바로 답사에 들어갔다. 아버지 말씀대로 머리를 깎는 모습이 성격만큼이나 시원시원했다. 머리를 다 자른 뒤에 주인 언니에게 조심스럽게 말을 꺼냈다.

"저…… 할 말이 있는데요. 그러니까 우리 애가요. 머리 깎는 것을 너무 싫어하는데 언니가 좀 깎아주시면 안 될까요?"

주인 언니가 호탕하게 걱정 말고 데려오라고 한다.

"정말요? 그런데 애가요, 좀 난리를 많이 피워요. 그래도 괜찮겠어요?"

"아이들 머리 깎는 게 다 그렇죠. 걱정 말고 꼭 데려오세요."

그 주에 승욱이를 데리고 미장원에 갔다. 문 안을 빼꼼 들여다보며 주인 언니에게 말했다.

"언니, 우리 애 데리고 왔는데요. 오늘 머리 좀 깎아주세요."

어서 들어오라며 반갑게 맞아준다. 일단 승욱이를 의자에 앉혔다. 땡칠이 머리를 한 승욱이가 미장원 특유의 냄새에 또 발동이 걸리기 시작했다.

"애가 졸린가보네?"

주인 언니는 여느 애들처럼 승욱이가 졸려서 떼를 부리는 줄 알았나보다.

"아니요. 사실은 애가 장애가 있어요. 그래서 머리 깎는 걸 너무 무서워해요."

주인 언니가 오히려 미안해하며 말했다.

"그랬구나. 가만히 있어봐. 그럼 이렇게 하자."

승욱이가 발버둥을 치지 못하도록 주인 언니가 승욱이를 안고 자리에 앉으면 내가 승욱이의 손목을 잡는다. 그사이에 다른 언니가 빨리 머리를 깎는 것으로 작전을 짰다. 각자 자기 위치에서 승욱이를 안고 잡고 깎았다. 주인 언니가 체격이 만만찮기 때문에 승욱이가 꼼짝도 못하고 안겨 있다. 꽉 안겨 있으면서도 어찌나 용을 쓰는지 땀벅벅이 되어 얼굴과 목에 온통 머리카락이 붙었다. 그렇게 6개월을 그 미장원에서 다들 땀범벅이 되어 승욱이의 머리를 깎았다.

그러다 하루는 내가 머리를 깎으러 미장원에 갔더니 주인이 바뀌었다. 실망하여 전 주인 언니는 어디로 갔냐고 물었더니 가게를 팔고 다른 곳으로 갔단다.

"아! 이걸 어쩌나. 이제야 겨우 승욱이 머리를 좀 깎아보나 했더니……"

내가 구시렁구시렁대니 새 주인 언니가 왜 꼭 전에 있던 분에게 깎아야 하냐고 물었다. 자초지종 승욱이 얘기를 하니 한번 데려오란다.

승욱이 녀석 다시 머리 깎을 때가 되어 주인이 바뀐 미장원에 데리고 갔다. 미장원 언니는 승욱이에게 보자기를 씌우고 자리에 앉히더니 머리를 예쁘게 쓰다듬는다.

"아이 참 착하다. 오늘 우리 예쁘게 머리 깎자."

그러더니 가위로 싹둑싹둑 머리를 자르기 시작했다. 승욱이가 순한 양처럼 얌전히 앉아 있다. 참 별일이다. 새 주인 언니는, 이렇게 착한데 무슨 난리를 피운다고 그러냐며 이해가 되지 않는다는 것이다.

어느새 머리를 다 깎았다. 승욱이가 태어나서 제일 예쁘게 머리를 깎은 날이다. 그동안 웃기는 땡칠이 머리만 보다 단정하게 깎은 머리를 보니 승욱이 얼굴이 달라 보였다. 나조차도 생소한 승욱이의 얼굴이었다. 우리 아들 얼굴 속에 저런 귀공자의 모습이 있었다니, 미운 오리 새끼에서 백조로 거듭난 순간이다.

그후로 일 년 반 넘게 그 미장원의 '애나' 언니는 승욱이를 귀공자로 변신시켜주었다. 도대체 승욱이는 그 언니에게 무엇을 느낀 걸까. 머리 깎기를 죽도록 싫어하더니 순한 양처럼 앉아 있던 승욱이. 아직도 나는 의문이다. 나중에 승욱이가 말을 하게 되면 꼭 물어보고 싶다.

한밤의 가출 소동

"민아야~ 일어나봐라. 승욱이가 없어졌다!"

새벽 5시에 새벽기도를 가시려던 엄마. 승욱이가 보이지 않자 황급히 나를 깨우셨다. 새벽 2시까지 신나게 노는 승욱이를 지켜보다가 깜빡 잠이 들었나보다. 승욱이가 없어졌다는 말에 눈이 번쩍 뜨였다.

엄마와 온 집안을 헤매며 승욱이를 찾고 있는데 초인종이 딩동 하고 울렸다. 아니 그런데 이게 웬일인가. 현관문이 열려 있었다. 그리고 그곳에 백인 경찰이 떡하니 서 있었다. 경찰을 본 순간 긴장이 되었다.

"혹시 아이가 없어지지 않았나요?"

나는 간신히 "네" 하고 대답했다. 경찰이 자기를 따라오라며 손짓을 했다. 경찰은 길에서 울고 있는 아이를 어떤 사람이 발견해 신고를 했고, 2시간 넘게 아이의 집을 찾던 중이라고 했다.

경찰을 따라가면서 여러 생각들이 밀려들었다. 미국은 아동보호법이 엄하다는데 처벌을 받는 것은 아닌지 걱정되었다. 그때 솔직하게 말하자는 생각이 들었다. 걸어가면서 경찰에게 승욱이 얘기를 했다.

여섯 살이고 시청각장애에 말을 못하는데다 밤낮을 전혀 구분하지 못한다. 여기에 이사 온 지 3주 정도 되었고 현관문을 어떻게 열고 나갔는지 모르겠다. 2시까지 아이를 지키고 있었는데 깜빡 잠이 들었다.

경찰은 아무 말 없이 나의 얘기를 들으며 승욱이가 있는 곳으로 걸어갔다. '짜식, 멀리도 왔네.' 도착해서 보니 우리 동네의 경찰차란 경찰차는 다 출동해 있었다. 번쩍거리며 경찰차가 헤드라이트를 켜고 있으니 대낮 같았다. 경찰차 6대에 경찰관 13명 출동. 내가 나타나자 경찰들이 나를 둥그렇게 둘러싸며 모여들었다. 승욱이는 내 품에 안기자 서럽게 울어댔다.

사건의 요지는 이랬다. 내가 잠이 들자마자 승욱이는 위층으로 올라갔고, 더듬거리며 걸어간 곳이 현관문이었다. 잠겨 있는 현관문을 요리조리 돌리다 우연히 문이 덜컥 열렸고 밖으로 나가게 된 것이다. 새벽 찬바람을 맞으며 걷다보니 너무 멀리 가게 되었고, 무서운 생각이 들어 남의 집 잔디밭에 누워 우는 것을 그 집 주인인 중국 여자가 보고 경찰에 신고했다. 중국 여자가 소란 피우는 소리를 옆집 사는 한국인 부부가 듣고 나와 그때부터 2시간 동안 승욱이를 담요에 싸서 안고 있었다고 한다. 신고를 받고 출동한 경찰차가 아이의 집을 찾느라 한 집 한 집 방문하다보니 시간이 오래 걸렸다. 그래서 출동한 경찰차가 6대가 되었다고 한다.

나는 한국인 부부에게 연신 머리를 조아리며 감사하다고 인사를 했다. 그런데 경찰에 신고했다는 중국 여자가 기가 막히다는 듯 말을 멈추지 않는다. 아이가 수영장으로 걸어갔으면 어쩔 뻔했냐, 손목에 이름표를 붙여줬어야 했다, 몇 시간을 잠도 못 자고 경찰들이랑 우리가 이게 뭐냐, 애가 없어진지도 모르고 있었던 게 사실이냐. 끊임없이 말을 쏟아낸다. 혼내는 시어머니보다 말리는 시누이가 더 밉다고 했던가. 경찰들과 한국인 부부는 가만히 있는데 혼자서 난리다. 나는 엄마인 죄로 무조건 "미안합니다, 죄송합니다, 잘못했습니다" 하며 머리를 조아렸다. 엄마도 덩달아 머리를 숙이셨다.

나는 경찰의 처분만 기다렸다. 우리 집 초인종을 눌렀던 경찰이 서열이 제일 높은 사람이었는지 간단히 나의 이름과 생년월일만 묻고 철수를 시켰다. 앞으로 이런 일 생기지 않도록 애 잘 보고 잘 키우라고 하고는 다들 뿔뿔이 흩어졌다.

승욱이를 무사히 찾은 것만으로도 감사해야 하는데 오늘따라 유난히 이런 상황들이 버겁게 느껴졌다. 승욱이를 안고 집으로 오는데 이 상황을 전혀 이해하지 못하는 녀석이 까르르 웃었다. 집 안이 소란스럽자 아버지께서 일어나셨다. 아버지는 양 미간을 찌푸리시며 말씀하셨다.

"어이구, 저 녀석이 언제까지 저럴 거냐. 저러다 어미 잡겠다, 잡겠어! 이 녀석아, 언제쯤 밤에 잠 좀 잘래. 으이?"

손자보다 딸 걱정이 먼저 되시나보다. 계속 내 앞을 떠나지 못하신다. 아버지는 수심에 가득 찬 내 얼굴을 보고 계시고, 나는 천진난만하게 아무 일도 없었다는 듯이 웃고 있는 승욱이를 바라보고 있다.

그러나 저러나 이 문제를 어떻게 해결해나갈지 난감하기만 하다. 앞으로 이런 일이 또 없으리란 법도 없다. 녀석이 잠자는 시간은 언제나 들쭉날쭉이라서 나는 거의 매일 밤을 승욱이와 같이 지샌다. 앞으로 성장하면서 고집도 더 세지고 사고를 치는 강도도 더할 텐데 앞이 막막해진다. 오늘 새벽녘에 있었던 일을 생각하면 놀란 가슴이 아직도 뚝딱거린다.

아침에 승욱이를 학교에 보내면서 사랑의 노트*에 새벽에 있었던 일을 적어 보냈다. 그리고 어떻게 하면 승욱이가 밤낮을 구분할 수 있는지도 알려달라고 했다. 경험 많은 선생님들은 왠지 방법을 알고 있을 것 같았다. 답장을 받아보니 그래도 승욱이는 양호한 편이라고 한다. 보통 시각장애 아동들의 행동은 밤에 집 나가기, 달리는 차에서 차 문 열기, 뜨거운 곳에 마구 달려들기, 밤낮 구분 못하고 잠 안자기, 괴성지르기, 벽 두드리기 등 이루 말할 수가 없다고 한다.

승욱이와 같은 반에 있는 J도 밤에 몇 번이나 집 밖으로 나가는 통에 아예 현관문에 안전장치를 3개나 달았다고 했다. 또 어떤 아이는 밤에 잠자는 것 때문에 몇 년째 약을 먹는다고 했다.

엄마가 힘들더라도 언제나 규칙적인 생활을 항상 유지해주는 게 중요하단다. 걱정이다. 암이 악화되어 아버지가 항암제를 맞으시는 날에는 새벽같이 아버지를 병원에 모셔다 드리고 회사로 출근했다가 오후에 다시 아버지를 모셔온다. 때마침 영주권 인터뷰 날짜가 잡혀 서류를 준비하느라 변호사 사무실로 틈틈이 뛰어다니고 집에서는 밤새 승욱이와 씨름하다보니 내 몸이 내 몸이 아니었다. 이렇게 일이 몰아닥칠 때는 어떻게 해야 하나, 아직도 갈 길이 멀었다.

●[사랑의 노트] 내가 직접 학교에 승욱이를 데려다 줄 때는 하루도 빠짐없이 선생님들과 직접 많은 대화를 나누는 편이었다. 그런데 승욱이가 스쿨버스를 타고 다닌 후부터는 학교에서 무슨 일이 있었는지, 밥은 제대로 먹었는지, 낮잠은 얼마나 잤는지 알 수가 없어 답답했다.

그때 트리샤 선생님의 아이디어로 선생님들과 나는 '사랑의 노트'를 쓰기 시작했다. 거의 매일 노트에는 승욱이에 관한 내용들이 채워져 학교와 집을 오갔다. 나는 집에서 있었던 일들과 승욱이의 학교생활에 대해 궁금한 점들을 써서 보냈다. 선생님들은 질문에 대한 답변은 물론 관련된 정보까지 알아내서 노트에 적어 보내주곤 했다.

2003년 크리스마스가 코앞으로 다가왔을 때 엄마가 아프셔서 승욱이를 학교의 크리스마스 행사에 참석시키지 못했다. 그랬더니 학교 선생님들이 무슨 일이 있느냐고 노트 가득 메모를 보내왔다.

또 승욱이가 와우이식 수술을 준비할 때는 일의 진행 과정을 자세하게 써서 보내주었다. 지금 선생님들이 알아보고 있는 것이 무엇이며 준비할 것을 알려주면, 나는 그것을 보고 필요한 것들을 준비했다.

노트가 생긴 이후로 여러 가지 면에서 유용했다. 그중에서도 쑥스러워 얼굴 맞대고 말로 하기 힘든 사랑의 표현이나 고맙다는 인사를 서슴없이 그때그때 할 수 있어서 좋았다. 그리고 사랑의 노트에 적힌 선생님들의 사랑 가득한 메시지들은 내가 힘들고 지칠 때마다 나를 다시 일어서게 해준 또 하나의 힘이었다.

포기하는 법도 배워야 해

월급날이면 나는 제일 먼저 아이들에게 필요한 옷과 물건들을 산다. 매주 바지에 구멍을 내서 오는 승혁이에게 바지도 몇 벌 사주고, 하루가 다르게 쑥쑥 크는 아이들의 티셔츠도 월중행사로 구입한다.

며칠 후면 승욱이 생일이라 장난감을 사주기 위해 아이들을 데리고 장난감 가게에 갔다. 주차장에서 얌전히 카트에 앉아 있던 승욱이가 안으로 들어서자마자 슬그머니 내리더니 자기가 카트를 민다. 마치 앞을 보는 아이처럼 너무나 능숙하게 카트를 몰고 간다. 그러다 어디선가 들려오는 장난감 소리에 고개를 획 돌리더니 손에 잡히는 장난감 하나를 집어 든다.

"욱아, 이게 갖고 싶어? 엄마는 별로인데."

말이 떨어지기 무섭게 손을 뻗어 다른 장난감을 집는다.

"어? 두 개씩이나 가지려고?"

장난감 두 개를 들고 몇 발짝 걸어가더니 진열대에 매달려서 더듬더

소리나는 장난감을 좋아하는 승욱이

듬 뭔가를 찾는다. 퍼즐 코너인 것을 알아챈 승욱이가 다른 진열대로 가서 매달린다. 다른 날 같으면 얼른 계산을 하고 나왔겠지만 오늘은 승욱이가 하는 대로 지켜보는 중이다.

가만히 보니 자기가 좋아하는 장난감을 고르고 있는 것 같다. 부드러운 인형부터 피아노 건반을 누르면 다양한 연주가 나오는 장난감까지 욕심내어 한 아름 안더니 걷지도 못하고 있다. 다섯 개나 되는 장난감을 다 가져가야겠는데 혼자서는 들지 못하니 바닥에 드러누웠다.

"욱아, 다섯 개 다 사줄 수는 없어. 하나만 골라. 네 개는 여기서만 만져보고 다음에 와서 사자."

뺏으려 했더니 바닥에 뒹굴고 괴성을 지르기 시작한다. 아이를 학대하는 줄 알았는지 나를 쳐다보는 사람들의 시선이 곱지가 않다.

"아유, 욱아! 다섯 개 다 못 사줘. 이건 엄마한테 줘. 갖다놔야 해."

그럴수록 승욱이는 더 발버둥을 친다. 미국 사람들이 나를 나무라는 눈빛으로 쳐다본다. 정상 아이가 떼를 쓰는 것과 장애 아이가 떼를 쓰는 것이 이렇게 다를 줄이야. 장난감을 가지고 밀고 당기고 있으니 옆에서 승혁이가 그런다.

"엄마, 창피해. 사람들이 자꾸 쳐다봐. 내가 장난감 싼 거 살 테니까 욱이 그거 다 사주면 안 돼?"

승혁이의 말에 나는 승욱이에게 포기하는 법을 가르쳐야겠다는 생각이 들었다.

"승욱! 너, 포기하는 법도 배워야 해. 고집불통 너 때문에 형아가 항상 양보하잖아. 이번에는 니가 포기해!"

데굴데굴 구르면서 우는 승욱이를 나 역시도 감당하기 어렵다. 다섯 개 중에 세 개를 뺏었다. 겨우 장난감 두 개를 가진 승욱이는 분한 얼굴로 장난감을 꼭 껴안는다. 계산을 하려면 스캔을 해야 하는데 이것마저 뺏길 수 없다는 생각이 들었는지 승욱이가 계산대 앞에 엎드렸다. 하는 수 없이 장난감 두 개를 안고 있는 승욱이를 계산대 롤러 위에 올려놓았다. 직원이 '뭐 이런 엄마가 있나' 하는 얼굴로 쳐다보다가 승욱이를 보고는 이내 표정을 누그러뜨린다.

어떻게 계산을 마쳤는지도 모르겠다. 승욱이는 회심의 미소를 짓고 나는 쓴웃음을 지으며 주차장을 걸어 나왔다.

"이 고집불통! 어떻게 너는 너 하고 싶은 대로만 하고 사니? 너 이번에 장난감 두 개 샀으니까 다음 달에는 국물도 없어!"

엄마가 화가 났는지 어떤지 도무지 관심도 없는 승욱이. 그저 새 장난감이 생긴 것에 기분이 좋아 집으로 오는 내내 까르르 웃어댔다.

승욱이가 점점 크고 있나보다. 사람은 성장과 함께 그만큼 소유욕도 생기고 자아도 형성된다. 승욱이도 이제 무언가를 스스로 결정하려고 한다. 그런데 나는 아직도 승욱이를 아기로 생각하고 있다. 승욱이가 좋아하는 것을 스스로 선택할 수 있도록 선택권을 줘야 하는데 오늘도 엄마는 엄마 맘대로 하지 않았나 싶다. 이런 엄마가 승욱이는 얼마나 답답했을까. 그러고 보니 승욱이가 고집불통이 아니고 내가 고집불통 일세.

승욱아, 이가 아프니?

승욱이가 며칠째 밥을 먹지 않는다. 할머니가 정성을 들여 이것저것 챙겨 먹이려 해도 입을 열지 않는다. 목이 마를 때만 간간이 주스를 마실 뿐, 씹어서 먹는 음식은 도통 먹을 생각을 하지 않는다. 이를 닦아주려 해도 입을 꽉 다물고 벌리지 않으니 몇십 분 동안 실랑이를 벌여야 한다. 일주일이 지났는데도 밥을 먹지 않고 있으니 가족들 걱정이 태산이다.

하루는 억지로 볼을 눌러서 입을 벌려보니 잇몸은 퉁퉁 부어 있고 이가 많이 썩어 있다. 빨리 치과에 가야 할 것 같다. 그동안 얼마나 힘들었을까. 메디칼이 중단되어 있는 상태라 급한 마음에 메디칼 사무실로 전화하니 가까운 사무실에 가서 신청을 하란다. 재발급 받으려면 시간이 한참 걸리는데……

수소문을 해보니 헬스패밀리 프로그램에 신청하면 지정 치과에서 치료를 받을 수 있다고 하여 수속을 밟는데 한 달 보름이 걸렸다. 치과에 승욱이를 데리고 가니 아이의 상태가 심각하다고 UCLA 병원으로 데리고 가라며 보험회사로 소견서를 보내주겠다고 한다. 보험회사에서 UCLA로 갈 수 있는 승인서를 받기까지 또 한 달 보름이 지났다. 총 석 달이 걸려 UCLA 치과에 갈 수 있었다.

느려 터진 미국 행정에 속이 까맣게 타는 동안 우리 승욱이 이는 다 썩어 내려앉았다. 승인서를 받자마자 바로 UCLA에 전화를 했다. 아주 급하다고 몇 번을 설득하고 사정한 끝에 2주 후에 겨우 예약을 잡았다.

여전히 아무것도 먹지 못하는 승욱이는 계속해서 내 손을 자기 입술에 갖다 대고 아프다는 표현을 한다. 저 정도 아프면 어른도 참기 힘들텐데 역시 우리 승욱이다.

예약 날 아침에 서둘러 병원에 도착했다. 내가 한국 사람인 것을 알고 한국 의사가 지정되어 있었다. 의사는 먼저 승욱이를 보자고 했다. 역시나 오늘도 의사가 승욱이 손을 잡으려고 하자 특기가 발동되었다. 젊은 의사들이 붙어도 제압이 되지 않자 최후의 수단으로 널빤지에 승욱이를 꽁꽁 묶어놓고 진료를 했다.

그러게 조금만 참지, 녀석아. 주사 맞는 것도 아니고 그냥 이만 보려는 건데 뭐가 무섭다고 그래. 아픈 것은 잘 참으면서 검사하는 것은 절대 못 참는 우리 아들. 늘 겪는 일이면서도 안쓰럽기는 매한가지다.

의사가 나에게 아이의 치아가 이 정도 될 때까지 몰랐냐면서,

"승욱이 어머님, 승욱이는 이 전체를 치료해야 하는데 전신마취를 해야 합니다. 그런데 소아치과의 마취 치료는 매주 수요일에만 하니까 다

시 예약을 하고 오세요. 그때 한꺼번에 치료를 하는 게 좋을 것 같습니다."

그 말을 듣는 순간 내 눈에서 눈물이 뚝 떨어졌다.

"석 달하고도 2주를 기다려 오늘 여기 왔다고요. 무슨 승인서 받기가 그리 어려운지, 병원 예약하고 치료 받는 게 왜 이렇게 어려운지…… 애가 아픈데도 말도 못하고 밥도 못 먹는데 예약해서 다시 오라고요? 오늘 그냥 치료해주시면 안 돼요?"

덩치 커다란 엄마가 엉엉 울며 얘기하자 의사가 더 당황해한다.

"오늘은 마취과 의사도 없어요. 제가 예약 부서에 가장 빠른 날짜를 잡아달라고 부탁할게요. 울지 마세요."

울지 말라고 하니 더 눈물이 나왔다. 울고 또 울고 내 품에 안겨 있는 승욱이도 덩달아 울고, 그곳에서 우리는 영화 한 편을 찍었다.

"제가 이 병원에서 수많은 환자를 만나봤지만 승욱이 어머니 같은 분은 처음이에요. 오늘 제가 이 병원에서 마지막 근무하는 날인데요, 가장 빠른 날짜로 예약을 잡아드릴게요."

"저도 처음입니다. 이렇게 슬픈 날은요."

의사 선생님이 가장 빠른 날짜로 예약을 잡아줬지만 그래도 2주를 기다려야 한다. 정상적으로 하면 두 달을 기다려야 한다는데 그나마 다행이라고 생각해야지. 마음이 급하면 날짜는 왜 이리 더디 가는지 모르겠다. 2주가 꼭 2년처럼 느껴졌다.

드디어 병원에 가는 날, 새벽 6시에 집에서 출발했다. 그런데 고속도로가 주차장이다. 8시까지 병원에 도착하기는커녕 병원에서 왜 안 오냐는 전화를 받을 때까지 병원 입구에도 도착하지 못했다. 겨우겨우 병원 접수처에 도착하니 8시 45분이다. 최대한 미안한 얼굴을 하고 안내원에게 말했다.

"차가 너무 많이 밀려서 늦었어요. 미안해요. 접수는……"

안내원은 나보다 더 미안한 얼굴로 말했다.

"기다리다가 미리 온 환자부터 치료 들어갔어요. 한참을 기다려야 할 텐데……"

그래도 진료 못해준다는 것보다는 낫다. 잠에서 덜 깬 승욱이는 나에게 기대어 계속 자고 있다. 로비 의자에 앉아 차례를 기다리고 있는데 '어? 저 사람, 그 사람 아닌가? 지난번 우리를 도와줬던 그 의사 선생님. 분명 지난번이 마지막 진료라고 했는데……' 그때 눈물 콧물을 흘리며 울던 내 모습이 떠올라 창피한 마음에 몸을 살짝 돌려서 일부러 다른 쪽을 쳐다봤다. 그때였다.

"오셨군요. 아침에 확인해보니 안 오셨길래 간호사에게 전화 걸어보라고 했었어요. 무슨 일 있는 줄 알고요. 승욱이 저에게 주세요. 간밤에 먹은 거 없죠? 아침에는 환자가 많이 밀려요. 제가 데리고 들어갈게요."

커다란 의사에게 넙죽 안긴 승욱이는 누가 자신을 데리고 가는지도 모르는가보다. 분명 소독약 냄새를 느낄 텐데 의외로 얌전하다. 진료실 안으로 들어간 후 갑자기 괴성이 들리기 시작했다. 잠시 후 마취가 되었는지 승욱이 소리가 잠잠해졌다. 그리고 3시간이 넘도록 감감무소식이다.

진료실 안을 기웃거리니 간호사가 들어오라고 손짓을 한다. 승욱이는 입 안 가득 솜을 물고 있었다. 치료를 맡은 미국 의사에게 도대체 이를 몇 개 뽑은 거냐고 물었더니 8개나 뽑았단다. 세상에! 애가 아직 어린데 어떻게 8개씩이나 뽑을 수 있냐고 했더니, 지금 유치를 제대로 뽑지 않으면 나중에 영구치도 썩어서 나올 수 있기 때문에 한 번에 다 치료를 했다는 것이다. 아이에게 무리가 가지 않으니 걱정 말라고 한다.

승욱이가 마취에서 깨려는지 뒤척였다. 마지막 환자이기 때문에 의사와 간호사들이 서둘러 마무리를 하는 것 같았다. 나는 침통한 얼굴로 수술실을 나가려고 하는 의사에게 말했다.

"애 입에서 피가 계속 나오는데 이렇게 두고 나갈 수 있어요? 뭔가 조치를 취해줘야죠?"

그때 한국 의사가 언제부터 있었는지 내 뒤편에서 말을 걸었다.

"어? 승욱이 어머니 영어 잘하시네요. 저는 전혀 못하시는 줄 알았어요."

"네, 영어요? 병원 영어는 좀 해요."

"아! 그러시구나. 저는 영어를 전혀 못하시는 줄 알고 오늘 일부러 여기 왔어요."

"네? 일부러요?"

"네. 실은 제 둘째도 한쪽 귀를 전혀 못 들어요. 승욱이를 보니 우리 아이가 생각났어요. 또 한국 아이인데다 장애가 있는 것을 보니 그냥 마음이 쓰였어요. 혹시 오늘 도움이 필요하지 않을까 싶어 왔어요."

그 선생님은 오늘 승욱이와 나를 위해 이곳에 일부러 와주었다. 승욱이가 마취에서 깨어나고 건강한 모습을 확인한 선생님은 퇴원수속을 밟아주고 집으로 가는 것을 도와주었다. 만약 집에 가서 갑자기 아프면 연락하라며 자신의 비상연락처까지 적어주셨다.

어디를 가나 곳곳에 좋은 분들이 계신다. 승욱이의 앓던 이를 뽑고 집으로 갈 때는 병원으로 올 때와 달리 고속도로가 뻥 뚫렸다. 그 길을 달리며 승욱이에게 말했다.

"승욱아! 세상에 좋은 분들이 참 많지? 너도 커서 저렇게 남을 배려할 줄 아는 따뜻한 심장을 갖기 바래."

엄마와 도토리

가을이다. 아버지의 음성이 문득문득 생각나 나도 모르게 눈물이 흐른다. '민아야, 차 조심해서 타고 다녀라. 큰 차 옆에 딱 붙어 가지 말고, 신호등 잘 보고. 특히 후진할 때는 더 조심하고' 낙엽이 하나둘 도로가에 떨어진다. 아버지가 계셨으면 지금쯤 낙엽 때문에 고생하셨을 텐데…… 수영장 청소를 하셨던 아버지는 가을이면 수영장 안으로 날아드는 낙엽 때문에 너무 힘들어 하셨다.

난 회사일로 언제나 바쁘다. 집에 와도 아이들 챙기는 일 때문에 정신이 없다. 매일 오는 우편물도 정리해야 하고 교회일도 해야 하고 하루 24시간을 쪼개고 쪼개도 언제나 모자라다. 그런 반면 엄마는 언제나 집에 우두커니 계시는 날이 많다. 밖에도 거의 나가지 않으시고 소파에 고개를 떨구고 앉아 계시는 모습이 부쩍 늘었다. 아버지를 먼저 보낸 슬픔에서 벗어나지 못하고 계시다.

그러던 어느 날 엄마가 도토리를 주워오셨다. 두 블럭 떨어져 사는 외삼촌댁에 가셨다가 숙모가 집 근처 도토리나무에서 떨어진 도토리를 주워 바구니에 담아 두셨던 것을 보신 모양이다. 그날부터 엄마는 숙모를 따라 도토리 줍기에 나섰다. 처음에는 한두 시간 주워 비닐 봉투에 반 정도 채워 오시더니, 점점 도토리의 숫자가 기하급수적으로 늘어나기 시작했다.

주차를 하려고 차고 문을 열었더니 차고 안 바닥이 온통 도토리다. 들통마다 도토리가 가득이다.

"엄마, 이거 다 엄마가 주워오셨어요?"

엄만 신이 나셨다.

"응, 이거 엄마가 다 주워온 거야. 내일은 다른 데로 갈 거야. 도토리나무가 더 많은 데를 알아뒀거든. 새벽기도 마치고 바로 가야지."

일단 도토리를 주워오면 고무망치로 쪼개서 쓴물을 빼기 위해 이틀 정도 물에 담가놓는다. 이걸 믹서에 갈아서 곱게 만든 후에 보자기에 넣어 물기를 짜내고 쟁반에 펼쳐서 말리면 도토리 가루가 된다. 말은 쉬운데 얼마나 손이 많이 가는 작업인지 모른다.

엄마는 이렇게 만든 도토리 가루로 묵을 쑤었다. 도토리묵, 고향의 정취가 물신 나는 도토리묵! 어쩌다 한 번 먹으면 얼마나 별미인가. 그런데 하루 세끼 도토리묵이 식탁에 올라온다고 생각을 해보라. 게다가 엄마가 도토리 반죽의 정확한 농도를 모르는 탓에 완전히 난 실험대상이다. 도토리 가루 한 컵에 물을 몇 컵 넣어야 할까? 연습용으로 만든 묵의 시식은 언제나 나의 몫이다. '이건 떫어, 이건 묽어, 이건 뻑뻑

해……'

그랬던 엄마가 드디어 정확한 농도를 맞추셨다. 맛과 모양에 자신이 생긴 엄마는 이번엔 묵을 만들어 가까운 분들께 선물하기 시작하셨다. 아버지 돌아가시고 처음으로 엄마가 활기를 찾으셨다. 많은 분들께 고마움의 표시를 못해서 미안해 하셨는데 묵으로 보답하고 있다. 엄마의 묵은 예술이고 감동이다. 이 도토리묵을 맛보신 분들은 모두 감동을 받으신다. 왜냐하면 엄마의 눈물로 만든 것이기 때문이다. 한 알 한 알 도토리 껍질을 벗길 때마다 아버지 생각에 한 방울, 한 방울 눈물을 흘리면서 만드신 작품인 것이다.

엄마가 무엇인가에 집중하고 보람을 느끼니 비로소 안심이 되었다. 그런데 아침에 차고 문을 열면 다람쥐 두 마리가 언제나 아쉬운 듯 우리 차고 문을 바라보고 있는 것이 좀 미안하기는 하다. 다람쥐들이 도토리 냄새를 맡았는지 아침마다 우리집 차고 문 앞을 서성이고 있다. 겨울 준비를 위해 도토리를 비축해둬야 하는데 엄마가 워낙 많이 주워온 탓에 다람쥐들이 매일 아침 시위를 하고 있는 듯하다. '내 도토리 돌리도~~ 돌리도~' 라고……

스티비 원더를 만나다

"승욱이를 금요일 저녁 말고 토요일 오후에 데려가면 안 될까요?"

승욱이 기숙사에서 전화가 걸려왔다.

"아이가 많이 기다릴 텐데…… 그래도 녀석이 주말을 알아요."

"내일 기숙사에 중요한 행사가 있는데…… 가수 중에 스티비 원더(Stevie Wonder)라고 알죠? 내일 기숙사에 스티비 원더가 와서 행사를 해요."

뭐라고? 그 유명한 시각장애 흑인 가수를 만날 수 있다니, 이게 꿈이야 생시야.

"행사가 토요일 몇 시예요? 저도 참석할게요."

토요일, 기숙사에 도착하니 입구부터 사람들로 붐볐다. 승욱이 기숙사에 있는 아이들은 모두 시각장애 아동들이다. 스티비 원더가 기숙사에 기금을 전달해주기 위해 오는 거라고 했다.

승욱이를 데리고 강당으로 들어갔다. 순서들이 모두 끝나고 드디어 스티비 원더가 등장했다. 특유의 유머 감각과 당당함 그리고 청중을 사로잡는 매력으로 피아노를 치며 노래를 부르는데 눈을 뗄 수가 없었다. 기숙사 디렉터가 오더니 잠깐 승욱이를 데리고 가서 사진을 찍자고 했다. 스티비 원더가 아이들과 함께 사진을 찍고 싶어 해서 승욱이를 비롯해서 세 명을 뽑았다는 것이다. 마지막 곡이 끝나면 자신을 따라오라고 했다.

"승욱, 너 태어나서 제일 유명한 사람을 만나는 거 아니? 스티비 원더 아저씨라고, 우리 가문의 영광이다. 하하하."

승욱이를 데리고 디렉터를 따라갔다. 스티비 원더와 스태프들이 사진 찍을 준비로 한창이다. 엄마는 좀 떨어져서 기다리라며 승욱이만 데려가려고 하자 승욱이가 괴성을 지르며 울기 시작했다. 일주일 동안 엄마를 기다렸는데 낯선 손이 자기를 잡고 데려가려고 하니 놀란 것이다.

"승욱아, 사진만 찍고 와. 엄마 여기서 기다릴게."

내 말을 알아들을 리 없는 승욱이가 더 크게 울고 뒹굴기 시작했다. 디렉터가 겨우 스티비 원더 옆에 승욱이를 앉히기는 했는데 너무 울어대니 스태프들이 다른 아이로 교체하자고 했다. 스티비 원더가 유머 있는 말로 승욱이를 달래주려고 했지만 승욱이는 알 바 아니라는 듯 더 크게 울고 발을 굴렀다.

결국 승욱이 퇴장. 스태프의 손에 이끌려 나온 승욱이는 내 손을 잡고 언제 울었냐는 듯 헤헤거렸다. 스태프에게 내가 가지고 온 카메라로 사진 한 장만 찍으면 안 되냐고 했더니 일언지하에 거절한다. 승욱이 손을 잡고 기숙사를 나오면서 괜히 속상한 마음에 승욱이 머리를 한 대 꽁 쥐어박았다.

"사진 찍는 게 뭐가 그리 어렵니? 엄마가 옆에 있다고 그리 안심을 시켰는데 뭐가 그리 분해서 울고 난리야. 응? 이런 기회가 또 오는 줄 알아? 이 울보야. 저 아저씨가 얼마나 유명한 사람인데……"

승욱이가 입을 삐죽거리며 걸음을 멈췄다. 마치 나에게 '그렇지만 엄마, 유명한 사람하고 사진 찍는 게 뭐가 그렇게 중요해. 장애인이지만 나도 저렇게 훌륭하게 성장하는 게 중요하지' 라고 나에게 말하는 것 같았다.

비행기를 처음 타다

비행기 시간을 맞추기 위해 아침 일찍 승욱이와 집을 나섰다.

'승욱아, 제발 얌전히 비행기 타고 가자.'

북가주 밀알선교회의 초대로 산호세의 장애아 부모님들을 만나러 가는 길이다. 승욱이가 과연 비행기를 잘 탈 수 있을까. 걱정이 되었다.

문제가 시작되었다. 탑승구 안으로 들어가려면 검색대를 통과해야 하는데 승욱이가 신발 벗기를 거부한 것이다. 신발을 벗기려는 나와 승욱이의 실랑이가 시작되었다. 승욱이가 신발을 벗는 경우는 딱 두 가지이다. 집에 들어왔을 때와 화가 났을 때. 그 외에는 절대 신발을 벗지 않는다. 억지로 신발을 벗기니 발을 구르고 울기 시작했다. 거기다 와우이식을 한 머릿속의 금속 때문에 빨간 불이 번쩍이고 삑삑거렸다. 또 내가 깜빡하고 승욱이 주스를 갖고 타는 바람에 모두 빼앗기는 어처구니없는 일이 발생했다.

검색대를 통과하여 신발을 신겨주니 그제야 승욱이가 진정했다. 공항 직원에게 와우이식 때문에 금속탐지기에서 소리가 난 것이라고 설명해주고 증명서를 보여주었다. 뺏긴 주스를 다시 사기 위해 공항 스낵바에서 주스를 샀다.

'어유, 내가 왜 고생을 사서 하는지 모르겠다. 다시는 너를 데리고 비행기를 타나봐라.'

땀을 뻘뻘 흘리며 한 손으로는 승욱이를 잡고 한 손으로는 짐가방을 들고 씩씩거리며 탑승했다. 승욱이와 나는 제일 앞자리 창가에 앉았다. 집에서 나와 비행기를 타는 내내 화난 얼굴을 하던 승욱이가 비행기 안의 안내방송을 듣고 웃기 시작했다.

"신사숙녀 여러분, 이 비행기의 목적지는……"

깔깔깔, 히히히, 뭐가 그리 웃긴지 방송 소리만 나오면 자지러지게 웃는다. 안내방송 소리가 굉장히 재밌게 들리나보다. 하긴 난생 처음 듣는 소리지.

비행기가 이륙을 하려고 서서히 움직이자 승욱이가 창문을 붙잡고 신이 났다. 비행기가 서서히 속력을 내더니 하늘로 날기 시작했다.

"우악~~"

승욱이의 괴성에 직원이 달려왔다.

"무슨 일 있어요? 도와드릴까요?"

"아니에요, 애가 너무 신이 나서요. 롤러코스터 탄 줄 알거든요. 소리 질러서 죄송합니다."

아무리 승욱이의 입을 막아도 웃음소리와 괴성을 막을 수가 없다.

"야! 너 왜 이리 촌스럽게 구냐. 시골아이가 서울 상경해서 난생 처음 청룡열차 탄 줄 알겠다."

다행히도 주변 사람들이 승욱이를 이해해주었다. 한 시간 뒤, 비행기가 착륙을 하려고 하자 또다시 "우악~~"거리며 신이 난 승욱이. 얼굴에 행복이 가득하다.

'우리 아들이 비행기 타는 것을 이렇게 좋아할 줄 몰랐네.'

비행기가 산호세에 도착했다.

"승욱아, 내리자."

안전벨트를 풀어주고 일어나라고 하니 자리에서 꿈쩍도 하지 않는다. 비행기를 더 타고 싶은지 의자를 부여잡고 엎드려서 내리자는 나의 말을 못 들은 척했다.

"승욱아, 집에 갈 때 다시 타는 거야. 오케이?"

그제야 승욱이 자리에서 일어난다. 산호세 장애아 부모님들과의 특별한 만남을 마치고 집으로 돌아가는 길, LA를 출발할 때와 똑같은 과정을 거쳤다. 신발 벗기기, 검색대 통과하기, 주스 다시 사기, 승욱이의 괴성 등.

비행기 타는 것이 어려울 거라는 나의 생각을 완전히 뒤엎고 승욱이는 6년 만에 제일 먼 곳으로 여행했다. 세상에서 제일 큰 롤러코스터를 타고서 말이다. 앞으로 더 넓고 큰 세상으로 승욱이가 나갈 기회가 많이 생기면 좋겠다.

사랑하는 형, 승혁이

승욱이가 가장 좋아하는 것 중에 하나가 형과 목욕하는 거다. 태어나 중심을 잡고 앉을 때부터 승욱이는 언제나 형과 같이 목욕을 했다. 이제는 습관이 되어 형 승혁이가 없으면 욕조에서 울고불고 난리다.

아이들을 함께 목욕시키는 이유는 한 가지다. 형제 사랑. 승혁이와 승욱이는 같은 공간에 있어도 함께 하는 놀이에 한계가 있다. 큰아이가 전에는 제법 승욱이랑 놀아주더니, 학교에 들어가면서부터는 게임기를 갖고 놀거나 혼자 책을 본다. 그래도 목욕만큼은 꼭 같이 하려고 한다.

작은 욕조에 둘이 들어가 바가지로 서로 물을 퍼주고 물장난을 하며 웃고 까불면서 노래를 흥얼거린다. 두 녀석만의 끈끈한 정이 있나보다. 승욱이가 감기 기운이 있어 승혁이만 목욕하라고 해도 꼭 승욱이랑 함께 해야 한다며 고집을 부린다. 그럼 할 수 없이 둘을 데리고 욕실로 간다.

목욕을 할 때 장난꾸러기 이승욱의 몇 가지 주특기가 있다. 욕조에 물이 어느 정도 차면 바디샴푸를 온통 풀어놓거나 슬며시 욕조에서 빠

형과함께

져나와 변기에 손을 집어넣고 휘휘 내젓는다. 아니면 화장실 두루마리 휴지를 죄다 풀어놓는다. 그럴 때면 어김없이 승혁이는 숨 넘어가는 소리로 나를 부른다.

"엄마~ 승욱이 좀 봐! 휴지 또 다 풀고 있어! 또 변기에 손 넣었어!"

내가 욕실에 들어가면 승욱이는 장난스런 얼굴로 씨익 한번 웃어준다. 자기가 장난치는 것을 승욱이도 다 알고 있는 것 같다.

승욱이는 또 형의 웃음소리를 가장 좋아한다. 아무리 화가 나 있어도 형이 옆에 가서 까르르 하고 한번만 웃어주면 으흐흐 따라 웃는다. 주변에 사촌들이 있어도 유독 형의 소리에 더 반응하는 것을 보면 정말 형을 사랑하는 것 같다. 사람들이 볼 때는 완전히 다르게 보이는 형제지만 둘은 서로 떨어지려야 떨어질 수 없는 관계임을 아는 것 같다. 승혁이와 승욱이. 사랑하는 나의 아들들의 형제 사랑이 언제나 변함없기를 이 시간 기도한다.

큰 아들, 승혁이

[엄마, 울지 마]

승욱이가 듣지도 못한다는 말을 처음 들었을 때 하늘이 무너지는 것 같았다. 나의 인간적 욕심과 사람들이 나를 바라보는 시선은 나를 더욱 괴롭게 했고 초라하게 만들었다. 그날도 저녁에 혼자 방에 앉아 이 생각 저 생각에 잠겨 있다가 나도 모르게 울고 있었나보다. 승혁이가 주춤거리며 내 방으로 들어왔다.

"엄마, 엄마~ 엄마아~"

대답이 없자 승혁이의 목소리가 점점 커졌다. 승혁이가 나의 안색을 살피며 아주 조심스러운 말투로 말했다.

"엄마, 왜 자꾸 울어? 나 때문에 그래? 내가 매일 파워레인저 장난감 사달라고 해서 엄마 속상해서 우는 거야? 엄마, 돈 없지? 나 장난감 안 갖고 싶어. 엄마, 울지 마."

"……"

"엄마, 왜 자꾸 방에만 있어. 아래층에 내려가서 나랑 과일도 먹고 나하고 놀자. 응?"

그제서야 나는 고개를 들어 승혁이 얼굴을 봤다. 아마도 승욱이 낳고 거의 처음으로 진지하게 쳐다보는 것 같았다.

"어이구 우리 새끼, 언제 이렇게 컸지? 많이 컸네."

생각해보니 승혁이 낳고 22개월 만에 승욱이가 태어났다. 어느새 승혁이는 어른이 되어 있었다. 모습은 아이인데 머리와 가슴은 너무 커버렸다. 따뜻하게 안아준 지가 언젠지 기억이 안 난다.

승욱이 낳고부터 승혁이는 새벽에 선교원으로 보내졌다가 늦게야 돌아왔다. 그래도 나에게 불평 한번 없던 승혁이다. 나는 엄마 자격도 없는 사람인지도 모른다. 옆에서 나가지도 못하고 내 얼굴을 힐끔힐끔 쳐다보는 우리 큰아들 승혁이.

'그래, 승욱이만 자식이 아닌데 내가 왜 이렇게 청승을 떨고 있는 거지. 그러고 보면 우리 중에서 제일 불쌍한 녀석은 승혁이인데 내가 이러면 안 되지.'

"승혁아! 너 지금 뭐가 제일 하고 싶어?"

미안한 마음에 승혁이에게 물었다.

"엄마가 울지 않고 나랑 놀아주는 거!"

승혁이는 내가 우는 모습이 싫었나 보다. 그동안 한 번도 나에게 울지 말라고 한 적이 없었는데……

"그래? 그럼 엄마랑 놀자. 이제 승욱이하고 안 놀고 승혁이랑만 놀아줄게."

"진짜? 진짜 나하고만 놀아줄 거야? 그럼 승욱이는 어떻게 해? 승욱이는 엄마만 좋아하는데. 엄마, 승욱이도 같이 놀아줘."

"그래, 승혁아. 엄마보다 승혁이가 더 낫구나. 엄마가 오늘 참 많이 부끄럽다. 엄마, 이제부터 울지 않을게."

[엄만 아무것도 몰라]

승혁이가 다섯 살 때의 일이다. 교회 유치부 아이들이 예쁜 옷을 똑같이 맞춰 입고 발표회 리허설을 하고 있었다. 내가 승혁이를 발견하고 반갑게 말했다.

"승혁아, 오늘 본당에서 찬양도 하고 율동도 하는 거야? 연습은 잘했어? 잘해 우리 아들!"

승욱이를 안고 승혁이 근처에 서 있으니 한 아이가 승혁이에게 말을 걸었다.

"야! 쟤 니 동생이야? 근데 눈이 왜 저래?"

그 아이가 크게 말하는 바람에 줄지어 있던 아이들이 일제히 승혁이를 쳐다봤다. 승혁이는 난감한 표정으로 딴 곳을 바라봤다. 갑자기 아이들이 너도나도 승욱이를 쳐다보며 한마디씩 했다.

"눈이 디지몬 같다."

"아니야, 재 눈 없어."

"승혁아, 니 동생 눈 안 보이는 거야?"

잠시 후 아이들은 줄을 맞춰 본당으로 들어갔고 찬양과 율동이 시작되었다. 앞에서 지도하는 선생님을 따라 아이들이 크게 찬양을 부르며 율동을 따라했다. 그런데 승혁이는 입도 뻥긋하지 않고 손도 하나 까딱하지 않는다. 노래 세 곡이 끝날 때까지 표정 하나 변하지 않고 꼿꼿하게 서 있던 승혁이.

맨 뒤에 서서 지켜보던 나는 너무 어이가 없고 화가 나서 모든 순서가 끝나자마자 승혁이와 승욱이를 데리고 무작정 집으로 왔다. 집에 들어서면서 승혁이의 엉덩이를 세게 한 대 때렸다.

"야, 이승혁! 너 도대체 그 태도가 뭐야? 누가 너보고 제일 잘하라고 그랬어? 할 수 있는 만큼은 최선을 다해서 해야지. 왜 그랬어? 입이 있으면 말 좀 해봐!"

승혁이와 나의 신경전이 계속됐다. 저녁식사 때 아버지께서도 승혁이를 나무라셨다.

"승혁아! 니 오늘 발표 때 그게 뭐꼬? 우째 손 한번 안 올렸노? 할아버지 니 다 봤데이. 니가 혹시나 노래 부르나, 율동하나 계속 쳐다봤는데 니 하나도 안 하드라. 우쩐 일이고? 선생님이 니만 안 갈켜주드나, 으이?"

승혁이는 아무 말이 없다. 얼굴에는 오기가 가득하다.

승욱이네 가족

밤에 자려고 누웠는데 아무래도 낮에 있었던 일이 마음에 걸려 승혁이를 내 옆에 뉘었다. 이런저런 말을 하며 승혁이의 기분을 맞춰주니 저도 말을 하고 싶은 게 있는 것 같았다.

"승혁아, 오늘 너 왜 화났어? 엄마 때문이야?"

그랬더니 입을 삐죽거리다 으앙~ 하고 울음을 터뜨린다.

"엄만 아무것도 몰라. 애들이 자꾸 승욱이 놀려서 내가 화가 났단 말이야. 친구들 나빠. 나 이제부터 교회 안 갈래."

이제 겨우 다섯 살인 아이가 동생 때문에 속이 상했던 거다. 친구들이 동생을 놀려대니 어린 마음에도 상처가 되었나보다. 어려서부터 승혁이는 동생 때문에 일찍 성숙했다. 전에는 아무것도 모르던 승혁이가 크긴 컸나보다. 어떻게 설명을 해줘야 하나.

잘 알지도 못하면서 엉덩이를 때려 미안하다고 아이에게 사과부터 했다. 그리고 아직 친구들이 승욱이에 대해 잘 몰라서 그런 거지 승욱이가 미워서 그런 게 아니라고 설명을 해줬다. 승욱이를 처음 보는 사람들은 승욱이 눈이 예쁘지 않게 생겨서 그렇게 말하는 것이라고. 또 승욱이에게 승혁이는 하나뿐인 형이니까 앞으로 누가 놀려도 화를 내지 않고, 어떤 일이 있어도 승욱이 편이 되어주기로 손가락 걸고 약속했다.

'승혁아, 앞으로 살다보면 이보다 더 심한 말을 들을 수도 있고 더 큰 어려움도 만날 수 있어. 빨리 몸도 마음도 신앙도 자라서 이 모든 것을 잘 이겨내고 이해하게 될 날이 왔으면 좋겠다. 엄마의 지나친 욕심일까?'

내 옆에서 세상 근심 모르고 두 아들이 자고 있다.

[엄마, 다음부터 어디 가지 말자]

나는 한동안 거의 살인적인 스케줄을 감당해야 했다. 아버지 병원에, 승욱이 UCLA 병원 진료에, 직장일과 집안일, 그리고 밀알의 밤까지 겹쳐서 정신을 차릴 수가 없었다. 그러다보니 제대로 하는 일이 없었다. 하루에도 여러 번 실수가 생기고 끝이 보이지 않는 일에 스트레스는 쌓여갔다. 주말이면 아이들과 함께 영화도 보고 싶고 친구 생일파티도 함께 가주고 싶지만, 그 당시에 나는 도저히 시간을 낼 수가 없는 상황이었다. 그런 나를 이해하고 먼저 마음을 접는 승혁이에게 늘 미안했다.

하루는 승혁이를 학교에 데려다주러 가는 길이었다.

"엄마, 많이 바쁘지? 우리 엄마는 너무 바빠."

승혁이가 뭔가 하고 싶은 말이 있구나 싶었다. 그래서 크게 마음을 먹고 그 주에 아이들을 데리고 공원에 놀러 갔다. 오랜만의 외출에 두 아이들은 신이 났다. 승혁이는 그 와중에도 내 걱정을 했다.

"엄마, 진짜 바쁜데 그치?"

공원에서 아이들과 즐겁게 시간을 보내고 집으로 돌아와 승욱이를 차에서 내리려는데 승욱이 귀가 허전했다. 항상 달려 있어야 하는 오른쪽 귀 뒤편의 동그란 자석이 보이지 않았다.

"승욱아! 귀에 붙어 있던 자석 어딨어? 응? 어디다 떨어뜨린 거야?"

부속이 하나라도 없으면 들을 수가 없는데 제일 비싸고 여유분도 없는 자석이 없어진 것이다. 다시 아이들을 차에 태우고 공원으로 달렸다. 벌써 해는 뉘엿뉘엿 넘어가서 어두컴컴해졌다.

잘 보이지도 않는 공원 구석구석 승욱이가 다녔던 길을 찾아 헤맸다. 혹시 잔디밭에 떨어졌나 싶어 엉금엉금 기면서 바닥을 샅샅이 뒤졌다. 그네를 타다가 모래에 떨어졌나 싶어 모래를 파헤치며 찾아봐도 나오지 않았다. 하도 기어 다녀서 바지는 엉망이고 여기저기를 파헤쳤더니 손은 흙투성이가 되었다.

'도대체 어디에다 흘린 거야. 눈이라도 볼 수 있으면 어디에 떨어뜨렸는지 손짓이라도 해줄 텐데, 말이라도 떠듬거리며 할 수 있으면 얼마나 좋을까.'

그 순간 왜 그렇게 화가 치밀어 오르는지……

귀에 붙이는 것이 자석이다보니 집에서는 오히려 찾기가 쉽다. 승욱이가 냉장고 옆을 지날 때면 어김없이 자석이 냉장고에 붙어버린다. 잃어버려도 쇠붙이 있는 곳을 중심으로 찾으면 어렵지 않게 찾고는 했다. 그런데 이번처럼 밖에서 잃어버리면 영락없다.

'승욱이 학교는 내일 어떻게 보내지? 이거 주문해서 언제 받지?'

내가 잘 챙기지 못해서 생긴 일인데 짜증이 밀려왔다. 옆에서 승혁이가 안절부절못하며 말했다.

"엄마, 내가 찾아볼게. 동그랗게 생긴 거 브라운색 말하는 거지?"

"됐어! 이렇게 깜깜한데 어떻게 찾아! 엄마가 다 찾아봤잖아. 빨리 집에나 가자!"

차를 타고 오는데 후회가 밀려왔다.

'오늘 나오지를 말았어야 했어. 이게 도대체 몇 번째야. 아! 너무 힘들다.'

속상한 마음을 감추지 못하고 컴퓨터 앞에 앉아 잃어버린 부속을 주문했다. 항상 여유분으로 모든 부속을 두 개씩 준비했었다. 그렇게 해도 부서뜨리고 잃어버리는 통에 감당이 되지 않는다. 부속이 도착할 때까지 일주일 동안 승욱이는 아무런 소리도 듣지 못한다. 그때 승혁이가 내 뒤로 왔다.

"엄마, 다음부터 승욱이랑 밖에 나가면 내가 승욱이 귀 잘 보고 있을게. 엄마 그거 잃어버려서 너무 화나지. 그거 비싼 거라고 했잖아. 다음부터 어디 가지 말자. 집에서 그냥 TV 보고 놀자 엄마."

순간 승혁이에게 미안한 생각이 들었다. 늘 그랬다. 항상 동생에게 양보만 하고 엄마의 사랑도 빼앗긴 승혁이인데 나는 자꾸만 승혁이의 마음을 놓친다. 잃어버린 부속은 다시 사면 된다. 하지만 승혁이의 상한 마음은 다시 살 수 없다.

승혁아, 미안해. 장애가 있는 아들이나 장애가 없는 아들이나 나에게는 똑같이 소중한데……

[예삐는 내 친구란 말이야]

우리 집에 '예삐'라는 치와와 한 마리가 식구로 왔다. 집에서 키운 지 5개월밖에 안 되는데 어찌나 잘 자라는지, 치와와라고 하는데 아무도 인정하지 않는 치와와다. 예삐의 특기는 승욱이 음식 빼앗아 먹기, 집에서 신는 실내화 물어뜯기, 대소변용 신문지 갈기갈기 찢어놓기, 물그릇 엎질러서 마룻바닥에 발자국 내기, 빨래 여기저기 감춰두기, 카펫 끝자락 실 뽑기, 가죽 소파 발톱으로 긁어놓기, 내가 구박하면 내가 앉는 식탁 의자 밑에 용변 보기 등이다. 가뜩이나 내 눈 밖에 난 예삐가 기어코 나의 심기를 건드렸다.

승욱이는 공룡치킨을 아침으로 먹는다. 최소한 8조각을 먹는데 전날 사 오는 것을 깜빡해서 오늘은 4조각뿐이다.

"승욱아, 엄마가 어제 비가 와서 마켓을 못 갔어. 오늘 치킨 4조각밖에 없거든? 그냥 요기만 하고 학교 가. 알았지?"

치킨 4조각을 구워주고 돌아서서 승혁이 학교 갈 준비를 도와주고 있는데 승욱이가 울었다.

"승욱아～ 잠깐 기다려. 형아 옷 좀 챙겨주고 갈게."

승욱이의 울음소리가 점점 커졌다. 게다가 발까지 구르고 난리다. 뛰어가보니 승욱이가 벌써 치킨을 다 먹고 빈 그릇으로 앉아 있었다.

"어? 승욱아 벌써 다 먹은 거야? 더 먹고 싶어서 그런 거지? 미안해. 엄마가 오늘 꼭 사다놓을게. 주스를 마시고 오늘만 학교에 가. 알았지?"

뭐가 그리 화가 났는지 심통을 부리고 걷지도 않으려 해서 계속 안아주었다. 아침에 승혁이는 학교에 갈 때 꼭 예삐를 함께 차에 태워 간다. 아이 두 명과 개 한 마리를 차에 태우고 각자 내려줄 곳에 내려주고 집에 돌아오니 집 안이 폭탄 맞은 것 같다. 아이들이 벗어놓은 옷가지며 흐트러진 승욱이 장난감을 치우고 있는데 식탁 아래 구석에서 쩝쩝쩝 소리가 들렸다. 식탁 아래를 들여다보고 나는 깜짝 놀랐다.

"야! 이 나쁜 놈아! 이 녀석, 너 거기 안 서! 너 오늘 잡히면 가만 안 둘 거야."

예삐 이놈이 승욱이 아침인 공룡치킨 4조각 중 3조각이나 훔쳐다가 식탁 밑에 숨겨두고 아이들이 학교 간 뒤 혼자 유유자적 먹고 있는 것이 아닌가. 오늘 아침에 승욱이가 왜 화가 났는지 이제야 사태 파악이 되었다. 도저히 그냥 놔둘 수가 없었다. 잡히지 않으려고 요리조리 도망 다니다 예삐는 결국 내 손에 붙잡혔다.

"너, 오늘 딱 걸렸어. 이 나쁜 놈아! 승욱이 아침밥을 빼앗아 먹어? 너 이번이 처음 아니지? 어쩐지 아침마다 승욱이가 치킨을 빨리 먹어 치운다 했어. 그 뜨거운 것을 말이야. 요놈, 이 나쁜 놈!"

당장 개 줄을 사다가 집 계단 기둥에 예삐를 묶어놓았다. 그랬더니 불쌍한 눈을 하고서 세상에서 가장 서러운 소리로 낑낑거린다. 자유를 달라는 거다.

언제부터 승욱이 밥그릇에 있는 것을 훔쳐 먹었는지 알 수 없다. 승욱이가 말이라도 할 줄 알면 나에게 쫑알쫑알 일렀을 텐데, 눈이라도 보이면 자기 것 가져가지 못하게 막고 있었을 텐데. 그동안 예삐 녀석이 승욱이 과자며 간식을 계속 훔쳐 먹었던 것이다.

이러니 내가 예뻐할 수가 있겠는가. 누구를 주고 싶어도 예삐를 끔찍이도 아끼는 승혁이 때문에 이러지도 저러지도 못한다. 그러다 승혁이에게 마지막으로 경고장을 날렸다.

"야, 이승혁! 너 예삐 이렇게 질서 없이 키우면 엄마가 내일이라도 당장 남의 집에 갖다줄 거야. 엄마하고 강아지하고 다 같이 살려면 예삐 묶어놔. 알았어?"

승혁이는 매일같이 나와 약속을 하지만 슬픈 눈을 하고 바라보는 예삐에게 번번이 넘어가 줄을 풀어주고 만다. 예삐를 사이에 두고 나와 승혁이의 신경전이 계속되었다.

그즈음 한국에 잠시 나가셨던 엄마가 돌아오셨다. 온통 개털 천지에 엉망이 되어 있는 집을 보고 화가 나신 엄마는 개털이 승욱이 입에라도 들어가면 어떻게 하냐며 승혁이가 오기 전에 빨리 언니 편에 예삐를 보내라고 하셨다. 호시탐탐 기회를 엿보던 나는 이때다 싶었다.

주섬주섬 예삐의 물건을 챙기는데 미안하기도 하고 불쌍한 생각도 들었지만 아직 우리 집에서 개를 키우는 건 역부족이란 생각이 들었다. 언니 편에 다시 예삐를 데리고 왔던 집으로 돌려보냈다. 승혁이가 학교에서 돌아오면 분명히 예삐를 찾을 텐데…… 걱정이 되었다.

역시 예상했던 대로 승혁이는 학교에서 오자마자 예삐를 찾았다. 알아듣게 설명을 하고 설득을 했지만 당장 가서 예삐를 찾아오라고 막무가내로 울었다. 몇 시간째 꺼이꺼이 울던 승혁이가 나에게 그런다.

"엄마, 엄마 진짜 나쁜 사람인 거 같아. 엄마 크리스천이잖아. 크리스천이면서 엄마는 친구를 갖다 버려? 예삐는 내 친구란 말야. 엄마는 친구가 귀찮다고 더럽다고 갖다버려?"

"니가 왜 친구가 없어. 승욱이랑 놀면 되잖아."

"승욱이는 말도 못하고, 나하고 공놀이도 못하고, 같이 뛰어나가 놀지도 못하잖아. 조이스 누나는 조셉하고 놀고, 친구들도 다 동생하고 형하고 논단 말이야. 난 예삐가 친구였는데 왜 엄마가 내 허락도 없이 갖다 줘. 응?"

다음 날도 그 다음 날도 승혁이의 화는 풀리지 않았다. 다음에 마당이 있는 집에 이사 가면 밖에서 키울 수 있는 큰 개를 사주겠다고 약속

또 약속을 하고서야 승혁이의 마음이 겨우 풀렸다.

하긴 여덟 살, 여섯 살 평범한 집의 형제 같으면 함께 게임도 하고 밖에서 자전거도 타며 신나게 놀 것이다. 한 번도 다른 아이들과 동생을 비교한 적이 없던 승혁이가 속도 상하고 외로웠나보다. 할아버지가 계실 때는 할아버지 따라 여기저기 다니곤 했는데 이제 할아버지도 계시지 않고 엄마와 할머니는 동생만 봐주니 외톨이 같았나보다. 지금도 잊을 만하면 묻는다.

"엄마, 예삐는 얼마나 컸을까? 새끼 낳으면 우리 한 마리 달라고 하자. 잘 있겠지?"

지금 예삐는 다른 집에서 귀여움 받으며 잘 크고 있다. 5개월 동안 나에게 구박만 받고 떠난 예삐, 우리 승혁이가 사랑하던 강아지 예삐. 부디 우리 집에서 다 못 받은 사랑을 듬뿍 받으며 건강하게 잘 자라길……

형부의 마지막 부탁, 아이들

형부가 돌아가시기 3주 전에 한국을 다녀왔다. 미국 온 지 7년 만에 시아버님이 위독하시다는 연락을 받고 다녀온 길이다. 시아버님과 좋은 시간을 갖고 돌아오는 비행기 안에서 15년 전에 했던 기도가 생각났다.

그때 나는 집 근처에 있는 성로원이라는 고아원에 봉사를 다녔었다. 대학 시절의 긴 방학에 두 번씩 시간을 정해 놓고 갔다. 내가 주로 했던 일은 아이들을 씻기고 밥을 먹이고 재우는 일이었다. 아이들이 어찌나 예쁜지 봉사를 마치고 집에 돌아오면 또 보고 싶어서 눈앞에 아른거렸다. 성로원에는 갓난아이부터 다섯 살까지의 아이들이 있었는데 다섯 살이 될 때까지 입양이 되지 않은 아이들은 전국의 고아원으로 보내졌다.

아이들을 만나고 오는 날이면 알 수 없이 마음이 괴로웠다.

'왜 저렇게 예쁜 아기를 버렸을까. 그 부모의 마음은 어떨까. 도대체 어떤 사정이 있기에 아이를 버려야만 했을까. 저 아이들이 무슨 죄가 있다고…… 하나님, 이 다음에 제게 기회를 주시면 아이 하나를 입양해

서 키우겠습니다.'

세상 물정을 까맣게 몰랐던 나는 아이를 버린 부모를 원망하며 나중에라도 형편이 좋아지면 부모가 꼭 아이를 찾아가면 좋겠다는 기도와 함께 입양에 대한 기도를 하곤 했다.

그 후 나는 학교를 졸업함과 동시에 지금의 남편과 결혼을 했다. 성로원에서의 기도는 내 삶에서 점점 잊혀져 갔고 승욱이를 낳고서는 기억도 하지 못했다. 까마득하게 그 기도를 잊고 살았다. 비행기 안에서 미국으로 입양되어 오는 아기를 보면서 15년 전의 기도가 떠오른 것이다. 내 마음에 다시 동요가 일어나기 시작했다.

'아! 그래. 내가 그때 그런 기도를 했었지. 승욱이도 이제 많이 컸으니 미국에 도착하면 입양에 대해 한번 알아봐야지.'

미국에 돌아온 지 며칠 후의 일이었다. 일을 하면서 기독교 방송을 들었는데 그날따라 입양에 대한 말씀을 나누는 것이다. 나는 입양기관의 전화번호를 받아 적어놓고 그날 밤에 엄마에게 넌지시 여쭤 보았다.

"엄마, 예쁜 딸 하나 입양했으면 좋겠어요."

엄마는 깜짝 놀라서 반사적으로 말씀하셨다.

"승욱이는?"

"지금 당장 말고 승욱이 조금 더 크면요."

"니가 애기 하나 더 낳는게 낫지. 입양이 그리 쉬운 줄 알아? 자기 새끼 키우면서도 속을 끓이는데 어떻게 남의 자식을 키워? 거기다 승욱이가 좀 힘들게 하니?"

"그러니까 엄마가 기도해주세요. 다 잘 키울 수 있게요."

"왜 고생을 사서 하려는지. 쯧쯧쯧."

그리고 며칠 후 형부가 천국으로 갔다. 형부의 장례식을 앞두고 엄마와 이런저런 얘기를 나누게 되었다.

"민아야, 너 남의 애기도 입양한다고 그랬는데 조카를 키우는 것은 그보다 더 귀한 일인 것 같아. 예쁜 딸을 입양하고 싶다고 그러더니 예쁜 딸에 덤으로 아들까지 하나님이 주셨다고 생각해. 거기다 너 힘들까봐 다 키워서 너에게 보내셨으니 이 얼마나 확실한 기도응답이냐?"

"그러게요. 감사하죠. 남의 애도 데려다 키우려고 했는데 내 조카를 못 키우겠어요."

그렇게 해서 나는 갑자기 아이가 넷이 되었다. 자식복도 많지.

다시 또 전쟁이 시작됐다.

"애들아! 어서 일어나! 학교 늦겠다. 진영아, 승혁아, 태훈아!"

아침부터 출근 준비에 아이들 학교 준비에 정신이 없다. 20분만 일찍 일어나면 아침도 먹고 여유 있게 준비할 수 있는데, 단잠 20분의 유혹은 늘 아침을 전쟁터로 만들고는 했다.

바빠서 정신없는 나와는 대조적으로 아이들은 여유만만하다. 아침을 먹이려고 식탁에 앉혀놓으면 여기가 식당인줄 아는지 자기 취향대로 주문을 한다.

"밥 주세요."

"빵 주세요."

"시리얼하고 우유~"

이쯤되면 내 머리에서 김이 모락모락 나기 시작한다.

"차려주는 대로 먹어!"

겨우 아이들을 차에 태우고 학교로 가면서 내일부터는 좀더 일찍 자고 일찍 일어날 것을 주문한 후 한 명씩 학교 앞에 내려주고 나면 나는 아침부터 파김치가 되기 일쑤다. 승욱이가 기숙사로 간 후, 아침에 큰 아이 학교 보내는 일은 아주 여유로운 일이었는데 세 명을 보내려니 정신이 하나도 없다. 저녁에는 각자 다르게 가져오는 숙제와 스케줄로 챙겨서 보내줄 것들이 만만치가 않다. 회사 일은 둘째 치고 아이들 숙제가 나에게는 스트레스다.

그런데다가 주말에 승욱이까지 오면 넷이서 북적거려 점점 목소리가 커져 간다.

"애들아~ 뛰지 마. 지금 누가 싸우니? 서로 양보해야지. 텔레비전 소리 좀 낮춰."

작은 집에서 복닥거리며 이른 아침부터 저녁 늦게까지 난리를 피운다. 아이들도 모두 잠들고 나면 온 집안이 고요해진다. 자는 아이들의 얼굴을 보고 있으면 형부의 마지막 모습이 생각나 나도 모르게 코끝이 찡해온다.

"애들…… 애들……"

다른 아무 말도 하지 못하고 급작스럽게 천국으로 가신 형부의 마지막 말이 유언이 되었다.

응급실 간이침대에 비스듬히 누워 언니와 나를 애처로운 눈으로 바라보던 형부. 당신의 아이들을 마지막으로 부르며 손을 휘휘 내젓던 형부의 모습이 내 머릿속에 각인되어 있다.

나는 그저 아이들을 다음날 학교에 보내달라는 부탁의 말인 줄 알았는데 그것이 마지막이 될 줄이야…… 지금 생각해보면 형부는 알고 있었던 것 같다. 당신에게 엄청난 일이 곧 일어나리라는 것을 말이다. 그것을 아무도 몰랐다니……

'형부, 무슨 말씀하고 싶었는지 알아요. 진영이와 태훈이를 부탁한다고 말씀하고 싶었죠? 형부가 떠나는 마지막 그 자리에 제가 있었다는 건 우연이 아니었어요. 걱정 마세요. 형부의 마지막 부탁은 제가 꼭 지킬게요. 우리 아이들이 대학 가고 결혼해서 자녀를 낳는 것까지 다 보고 돌봐줄게요. 물론 지금은 다 힘들어요. 서로가 적응하는 시간을 지내고 있어요. 그렇지만 곧 좋아질 거예요. 열심히 아이들 키우고 최선을 다해서 살다보면 좋은 날이 오겠죠? 지금도 매일 좋은 날이긴 하지만요. 아이들과 재밌게 살게요. 그곳에서 지켜봐 주세요. 그리고 언제나 그렇듯 우리를 향해 웃어주세요. 많이 보고 싶습니다.'

네가 있어 산단다

승욱이 이후에

5월, 승욱이가 나에게 온 후 나는 5월이 싫어졌다. 그건 아마도 승욱이를 낳았을 때의 고통스런 감정 때문일 것이다. 깊은 좌절과 두려움은 삶에 대한 절망감으로 이어졌다. 그랬다. 나는 그때 너무 무서웠다. 승욱이를 잘 키울 자신도 없었을뿐더러 감당할 능력도 없었다. 승욱이를 바라보는 것만으로도 부담스러워 내가 처한 현실에서 도망갈 수만 있다면 도망가고 싶었다. 그래도 다행인 것은 해가 갈수록 그 슬픔과 고통의 강도가 점점 줄어들었다는 것이다.

세상 사람들은 승욱이가 나의 인생에 '오점'을 남긴 아이라고 말하지만 그건 절대 아니다. 승욱이는 나의 인생에 '전환점'을 만들어준, 사랑하는 나의 아들이다. 오점과 전환점의 차이는 뭘가. 오점의 의미는 승욱이를 부인하고 나의 치부로 생각하는 것이다. 반면 전환점의 의미는 승욱이를 받아들이고 감사하며 함께 나아간다는 것이다. 그렇다. 나는 승욱이를 부인하거나 부끄럽게 생각하지 않는다. 승욱이의 모든 것을 받아들였다. 그때부터 나는 변하기 시작했고 내 안에 기쁨이 생겼다.

세상을 향해 한 걸음씩 내걸을 때마다 우리와 함께 이 길을 걸어준 수많은 천사들을 만났다. 승욱이는 내가 알지 못한 세상과 사람들을 만나게 해준 통로였다. 또 내가 꿈꿔 보지도 못했던 일들과 상상도 못했던 곳을 승욱이를 통해 갈 수 있었다.

내가 승욱이를 나의 인생에 '전환점'으로 받아들인 그 순간부터.

도망가, 어디든 떠나 버려

우리 집은 항상 계단 불을 환하게 켜놓고 잔다. 언제 승욱이가 없어질지 모르기 때문이다. 그런데 하루는 계단 불이 들어오지 않는 것이었다. 아버지가 계실 때는 다 알아서 고쳐주셨는데 이제는 고스란히 나의 몫이 되었다.

그나저나 저 높은 곳에 있는 형광등을 어찌 갈아 끼워야 하나, 살짝 걱정이 되었다. 엎친 데 덮친 격으로 화장실 변기까지 막혀버렸다.

"저거 되게 쉬워요. 형광등은 갈아 끼면 되고, 변기는 뚫어뻥 사다 넣으면 돼요. 천장에 붙어 있는 전구는 의자 받치고 올라가서 갈면 되고, 오케이?"

엄마 앞에서는 걱정하지 말라고 큰소리를 쳤다.

다음 날 퇴근길에 백열등과 화장실 도구를 사고 주차장에 잠시 앉아 있었다. 문득 어깨에 짊어지고 있는 짐이 너무 버겁다는 생각이 들었다. 오히려 늘면 늘었지 조금도 줄지 않는 집안일과 회사 일, 아이들 양

육문제, 교회 일, 개인적인 일, 금전적인 부분까지…… 절로 한숨이 터져 나왔다.

이 길로 차를 몰고 10번 프리웨이 동쪽 끝으로 도망가버릴까. 5번 프리웨이 북쪽 끝으로 도망갈까. 모든 것을 버리고 어디든 훌훌 벗어나고 싶은 충동이 마음속에서 솟구쳤다.

'너 혼자 아무도 모르는 데 가서 살아. 넌 아무것도 할 수 없어. 도망가. 어디든 떠나버려.'

이렇게 외쳐대는 마음속 소리와 함께 한편에서는 또다른 갈등의 소리가 내 발목을 잡았다.

'너의 책임감은 어디 갔니? 그렇게 나약해서 어떻게 살겠어. 아이들과 엄마는 어떻게 하고? 네가 지금 도망간다면 너는 사람도 아니야. 나약하고 책임감 없는 것 같으니라고.'

한참을 그렇게 망설이고 있었다. 그때 전화벨이 울렸다.

"너 어디 있는 게냐? 왜 아직도 안 와. 밥 안 먹고 기다리고 있는데 빨리 들어와라!"

엄마의 전화에 깜짝 놀라 허겁지겁 집으로 들어갔다. 사 가지고 온 형광등을 갈고 막힌 변기도 뚫었다. 다시 부엌이 밝아지고 계단도 환해졌다. 변기 물도 잘 내려갔다.

'그럼 그렇지. 김민아! 도망가긴 어딜 도망가. 넌, 할 수 있어. 그래 다시 한번 해보는 거야.'

그날 밤도 나는 밤새 승욱이와 씨름을 했다.

하늘색 수술복을 버리던 날

하루는 퇴근해서 이삿짐을 싸다보니 옷방에서 하늘색의 작은 수술복 하나가 나왔다. 승욱이가 각막이식 수술을 하던 날을 잊지 않기 위해 고이 간직해두었던 것이다. 손바닥 위에 작고 귀여운 수술복을 펼쳐보았다. 아무것도 할 수 없을 줄 알았던 승욱이가 학교를 다닌다. 우리 가족의 걱정이었던 승욱이가 건강하게 지금까지 잘 자랐다. 내심 안심을 했는데 이제는 아버지가 폐암 말기라니. 하늘이 무너지는 것 같았다.

아버지의 눈물겨운 뒷받침이 없었다면 나는 벌써 한국으로 돌아갔을 거다. 아버지의 애틋한 잔소리가 없었다면 나는 굉장히 나태했을 거다. 아버지의 헌신적인 사랑이 없었다면 나조차도 승욱이를 별 볼일 없는 아이라고 생각했을 거다. 나에 대한 아버지의 사랑은 무조건적이고 무제한적이었다. 그 사랑의 힘으로 나는 승욱이를 안고 갈 수 있었다.

슬퍼지려는 마음을 눌렀다. 사랑하는 나의 가족을 위해 나는 과거에 집착하지 않기로 마음먹었다. 그리고 고이 간직하던 승욱이의 작고 귀여운 하늘색 수술복을 쓰레기통에 넣어 버렸다.

당신과 나 사이에

승욱이를 낳고 부부간에 갈등이 왜 없었겠는가. 누구 탓이라 할 순 없지만 난 모든 것에 섭섭했다. 아버지가 돌아가신 후에도 문제가 해결되지 않아 나름대로 고민도 많이 했다. 그러던 차에 시아버님이 위독하시다는 연락을 받고 7년 만에 한국에 다녀오게 되었다.

십년 전, 첫아이를 낳고 남편은 직장을 다니면서 유학을 계획했다. 남편은 열심히 공부했고, 우리 부부는 부지런히 저축을 하며 앞으로의 유학 생활을 준비하던 중 승욱이가 태어났다.

승욱이를 낳은 후 우리는 그런 계획이 있었는지조차 잊고 매주 병원을 찾아다니기에 바빴다. 승욱이가 앞을 못 본다는 것을 알게 되었고 미국으로 왔을 때 우린 한국에서 의사 선생님의 오진으로 승욱이의 눈이 많이 망가져 왔음을 알았다. 게다가 소리까지 못 듣는 것을 알고는 승욱이를 데리고 한국으로 돌아갈 수가 없었다.

기러기 아빠와 갈매기 엄마가 된 것이다. 혼자 한국에 남겨진 남편은 열심히 공부를 했고, 오래전 우리 부부가 계획했던 미국 유학을 올 수 있었다. 그런데 승욱이 눈 수술비로 그리고 내가 미국에 체류하게 되면서 돈이 없었다. 남편은 정부 기관으로부터 지원받았고, 미국 내의 좋은 대학에서 공부를 마치고 한국으로 돌아간 지금 의무 복무 기간을 채우고 있다.

인천 공항에 도착하자 비가 내리고 있었다. 묵은 때를 한 번에 씻어 버리려고 작정이나 한 듯 비가 퍼붓고 있었다. 차 안에서 남편과 이런 저런 이야기를 풀어나갔다. 남편에 대한 서운함과 오해 등을 마구 쏟아 내었다. 아버지 이야기가 나오자 남편은 울기 시작했다.

"아버지가 우리를 위해 얼마나 커다란 희생을 하셨는데, 왜 그러셔야 했는데…… 우리 승욱이를 승혁이를 얼마나 사랑하셨는데, 그걸 당신이 알아? 알기나 하냐고?"

나도 울고 남편도 울고 한참을 서럽게 울었다. 눈물에는 묘한 치유제가 숨어 있는지 차창 밖은 내리는 비에 묵은 때가 씻겨나가고, 차 안에는 눈물로 우리 부부의 앙금이 씻겨나갔다.

아이들의 눈높이

처음 미국에 왔을 때 우리 아이들은 세 살과 한 살, 언니네 아이들은 네 살과 두 살이었다. 다 고만고만하다보니 하루도 조용할 날이 없었다. 한 살부터 네 살까지 올망졸망 모여 매일 싸우고 울고 난리였다.

언니네 애들이 우리 큰아이에게 어찌나 텃세를 부리던지 승혁이는 매일 맞고 물리면서 지냈다. 친해졌다 싸웠다가, 적군이었다가 아군이었다가 아이들의 관계가 하루에 열두 번도 더 바뀌었다. 매일 넘버원의 자리를 두고 치열한 쟁탈전이 벌어졌다. 지금은 나이 순서대로 서열이 정해져 그나마 정리가 되었다.

언니와 나는 아이들의 싸움을 보면서도 절대로 끼어들지 않고 그 누구의 편도 들어주지 않았다. 잘못한 아이는 혼을 내고 내 아이라고 감싸고돌지 않았다. 그러다보니 서로 엄마가 편들어주길 기대하던 아이들이 그것이 부질없는 바람임을 알고 싸우고 난 후에는 자기네들끼리 화해하고 잘 논다.

사촌들과 함께

아이들이 노는 것을 가만히 들여다보면 참 재미있다. 위로 세 녀석은 작은 종잇조각 하나에도 자기가 먼저 맡았다고 실랑이를 벌이면서도 유독 승욱이에게는 관대하다. 승욱이가 장난감을 가지고 놀면 자기네가 아무리 아끼는 것이라도 뺏거나 달라고 하지 않는다. 승욱이가 웃으면 같이 웃어주고, 가지고 있는 마지막 사탕을 달라고 하면 잠시의 망설임도 없이 바로 승욱이에게 사탕을 건네준다. 누가 시킨 것도 아닌데 세 아이가 똑같다. 아이들의 눈높이로 본 승욱이는 어떨까? 아이들의 눈높이에서 보면 승욱이는 그냥 동생으로만 보이나보다. 어떤 편견이나 이상함도 느껴지지 않는 동생.

세상의 어떤 어른들은 아이들보다도 못한 시선을 갖고 있는 것 같다. 장애아들에 대한 고정관념과 편견으로 간혹 장애아들을 판단할 때가 있다. 조금만 우리의 눈높이를 낮추어 아이들의 눈높이에서 세상과 사람들을 바라볼 수는 없을까.

장애아 엄마들의 수다

[사랑의 교실]

선한청지기 교회에서는 매주 토요일마다 사랑의 교실을 연다. 장애 가정들의 커뮤니티인 사랑의 교실에서는 매주 아이들에게 유익한 교육을 제공해주고 부모들은 서로의 정보를 나눈다. 아이들이 수업을 하는 동안 엄마들은 밖의 벤치에 앉아 저마다 그동안 꺼내놓지 못했던 이야기 보따리를 풀어놓는다. 저마다 그 이야기가 얼마나 구구절절한지 각각 소설책 한 권은 족히 넘을 것이다.

아이들의 교육을 위해 미국으로 온 엄마부터 미국 안에서도 좋은 시설과 양질의 교육을 찾아 캘리포니아에 온 엄마까지 사연도 다양하다. 서로의 생김새와 나이, 성별, 장애의 정도는 다 다르지만 목적은 한 가지다. 그 목적은 아이의 교육 문제이다. 나 역시 승욱이의 수술 때문에 미국으로 왔지만, 승욱이의 미래와 교육을 생각해보면 결국은 미국행 비행기를 탔을 것 같다.

엄마들과 이야기를 하다보면 마음이 가벼워진다. 그건 아마도 우리들만의 공감대가 있기 때문에 그런 것 같다. 내가 '아' 라고 말하면 다른 엄마들도 그 '아' 속에 담긴 다양하고 깊은 속내를 이해한다. 모두가 장애아에 대한 공통된 관심사가 있어 이야기를 나누다보면 유용한 정보도 얻게 되고 서로 격려가 되기도 한다. 무엇보다도 아이들에 대한 얘기를 편하게 할 수 있어 다들 좋아한다.

장애 아이를 키운다는 것, 그것은 장애아 엄마가 아니면 절대 모른다. 대부분의 엄마들은 아이 때문에 가고 싶은 곳도 가지 못하고, 하고 싶은 일도 제대로 할 수가 없다. 만나고 싶은 사람들은 거의 포기를 해야 하며 먹고 싶은 음식도 마음 편하게 앉아서 먹을 수 없을 때가 많다. 이런 것들은 내가 포기하면 되는 부분이지만 가족들과의 갈등이나 사람들의 시선은 참으로 지치게 하고 절망스럽게 만든다.

나도 처음에 승욱이를 낳고 많이 힘들었다. 장애 아이를 낳은 것이 내 잘못만은 아닌데 무조건 여자의 책임인 양 바라보던 시선 때문에 어디를 가든지 곤혹을 치를 때가 많았다. 또 스스로 얼마나 정죄감을 가졌는지 그 고통은 이루 말할 수가 없었다. 그러다 미국에 와서 승욱이가 왜 시청각장애가 생기게 되었는지에 대한 검사를 받았다. 유전자 검사를 하면 대충 어디에 문제가 있어서 장애를 갖게 되었는지 알 수 있다는 것이다. 승욱이를 임신했을 때 약은 물론 드링크 종류도 먹지 않았는데 도대체 어디서부터 잘못된 것일까? 늘 나를 따라다니며 괴롭혔던 생각이었기에 흔쾌히 동의를 하고 유전자 검사를 받았다. 결과를 기다리면서 혹시나 나에게 문제가 있어서 승욱이가 장애아로 태어났다고 하면 어쩌나, 다른 문제라도 발견이 되면 어떻게 감당해야 하나. 괜한 걱정이 밀려와서 검사 받은 것을 후회하기도 했다. 그런데 두 달 뒤에 집으로 날아 온 검사지에는 '원인불명'이라고 선명하게 적혀 있었다. 가족력과 병력을 모두 조사한 후 피검사를 통해 염색체 검사까지 마쳤는데 어떤 이상한 점도 발견치 못했다며, 원인을 찾지 못해 미안하다는 전문가의 소견을 덧붙였다. 그 뒤로 나는 나를 옭아맸던 모든 굴레에서 벗어날 수가 있었다.

이곳에 모인 엄마들은 비슷한 경험을 한다. 그렇기에 우리들의 수다가 더욱 의미가 있다. 장애아 엄마들을 만나고 오는 날이면 기분이 좋아진다. 함께 만나 얘기를 나눌 수 있다는 자체만으로도 너무 감사하다.

[잔트레이시 클리닉의 부모 모임]

나는 이곳에서 장애아에 대한 많은 지식을 얻었다. 평범하면서도 특별한 삶을 사는 사람들과의 귀한 만남이 시작된 곳이다. 부모 모임에는 각기 다른 환경의 다양한 사람들이 참가한다. 의사 부부, 오페라 가수, 요리사, 주부, 일용직 근로자 등. 하지만 공통점이 있다. 모두 아이가 잘 듣지 못하거나 아예 듣지 못한다는 것이다.

이곳에서 나는 미야 아빠를 만났다. 미야는 입양된 아이다. 미야의 양

사랑의 교실에서

부모인 아빠는 미국 사람이고 엄마는 중국 사람이다. 결혼한 지 한참 지나도록 아이가 없자 중국 아이를 입양하게 되었다. 사진으로 아이를 본 뒤, 입양에 필요한 모든 수속을 마치고 아이를 데리러 중국으로 갔다.

호텔에서 처음으로 미야를 만났는데 어딘가 이상했다. 아이와 함께 놀다가 미야가 듣지 못한다는 것을 알게 되었다. 입양기관에서는 자신들의 실수라며 다른 아이를 연결해 주겠다며 미야를 데려갔다. 그날 밤, 겨우 몇 시간 만난 아이 때문에 이들은 뜬눈으로 밤을 새웠다.

미야 아빠가 솔직한 마음을 고백했다.

"처음에 미야를 어떻게 해야 할지 정말 고민이 됐어요. 입양한 지금도 끊임없이 고민하고 공부를 하고 있습니다. 친구들과 가족들은 저를 아주 특별한 부모로 생각하는데 절대 아니에요. 그저 평범한 소시민이고 아이를 어떻게 키울지 고민하는 일반 부모와 똑같아요. 그래서 오늘도 저는 이 부모 모임에 참석했습니다."

그렇구나. 미국 사람들도 장애가 어렵고 두렵구나. 하지만 한 양부모의 결정이 미야의 인생을 바꿔놓았다. 과연 나였다면 입양을 결정할 수 있었을까.

[COF(Circle of Friends)]

COF는 정신발달 장애학생들과 일반 고등학생들이 친구가 되는 모임이다. 핸드차임(Hand chime)을 통해 장애학생과 비장애학생이 일 대 일로 친구가 된다. 핸드차임 후에는 함께 농구를 하거나 숙제를 한다.

2002년 1월 몇몇 장애학생 가정이 모여 시작된 이곳은 해가 거듭될수록 장애학생과 봉사 학생의 수가 넘쳐나 지금은 번호표를 받아야 할 정도다. 이곳에는 순수한 사랑과 우정이 함께 뒤엉켜 원을 만들어나간다. 모가 나지 않은 원. 하나가 된다. 이곳의 정체성이다.

COF 친구들은 만나면 진심으로 반가워하고 헤어지면 보고파 하는 한인 2세들의 아름다운 만남공동체이다. 그렇기 때문에 COF는 비장애 학생이 장애 학생을 돌봐주는 차원이 아닌 것이다.

COF가 원만한 원을 그리며 굴러가는 데는 숨은 사람들의 선행이 있다. 장소를 기꺼이 빌려주신 선한목자 장로교회와 아이들의 간식을 매주 챙겨주시는 봉사자 어머님들, 총지휘를 맡고 계신 스테이시 선생님의 열정. 스테이시 선생님의 자녀도 장애아이다. 그 마음을 이곳에 오는 장애아들에게 온전히 쏟아놓으신다.

비장애 학생들은 장애 학생들과의 지속적인 만남을 통해 책임감과 헌신 그리고 감사와 사랑을 배운다. 비장애 학생들 중 이곳에서 인생의 진로를 결정한 학생이 많다. 또한 장애 학생들은 이곳에서 자신을 이해해주고 반가워해주는 또래 친구를 만나니 이 얼마나 귀한 장소인가.

[PALS for Health]

나의 통역사인 캐롤이 일하는 단체다. 이곳은 비영리 단체이다. 첫 시작은 에이즈 퇴치 홍보가 목적이었다. 홍보를 하다보니 영어를 알지 못하는 소수 민족이 많았다. 그래서 각 나라마다 통역사를 두게 되었다. 직접 에이즈 환자를 도와주는 과정에서 일반 환자 역시 통역사가 필요하다는 것을 알게 되었다. 따라서 자연스럽게 일반 병원 통역까지 영역이 확장되었다.

이곳 캘리포니아 병원에서 영어를 하지 못하면 병원 자체 내에서 환자를 위해 통역사를 준비해주거나 환자가 통역사를 데리고 오면 통역사비를 지불해주는 것이 법으로 되어 있다. 하지만 많은 한국 사람들이 이 법을 모를뿐더러 이런 단체가 있는지도 모른다. 캘리포니아 병원 어디를 가든지 2~3주 전에 전화만 걸면 통역사를 연결해준다. 물론 무료이다. 나 역시도 이런 곳이 있는지 몰랐기에 혼자 병원에 가서 어려움을 많이 겪었다. 또 삼자전화로 통역 서비스를 받았다. 많은 사람들이 이 단체를 이용해 좋은 서비스를 함께 누렸으면 좋겠다.

아픈 손가락들의 외침

옛말에 '열 손가락 깨물어 안 아픈 손가락 없다' 고 하지만 특별히 더 아픈 손가락이 있게 마련이다. 모든 자식들이 부모에게는 똑같지만 그 중에 몸이 약한 자녀는 건강한 자녀에 비해 더 신경이 쓰인다. 나의 경우에는 승욱이가 아픈 손가락이다.

신문에 '승욱이 이야기' 가 연재되면서 아픈 손가락을 가진 부모님들을 많이 만나게 되었다. 승욱이가 시청각과 언어, 3중장애가 있다보니 많은 분야의 장애 가정을 만났다. 장애아 부모님들과 모임을 갖게 되면서 특별히 감사했던 것이 있다. 그것은 장애아를 가진 부모님들이 예전과 다르게 자녀를 오픈하고 교육에 대한 대단한 열정으로 아이들에게 관심과 사랑을 쏟아 붓는다는 것이다.

미국이 우리나라보다 장애에 대한 편견이 없어서일까. 많은 장애아 가정이 미국으로 온다. 나도 8년 전에 미국으로 왔지만 그때보다도 부쩍 많아진 것 같다. 한국도 많이 변하지 않았을까 싶은데 왜 미국으로 오는 가정이 많아진 것일까. 최근에 한국에서 오신 부모님에게 물었다.

"왜 미국에 오셨나요? 미국 또한 만만치 않을 텐데요. 물설고 낯선 이곳에 오신 목적이 무엇인가요?"

그러면 부모님들의 대답은 한결같다.

"한국에서는 아이를 교육시키기가 힘들어요. 장애 아동 4명 중에 1명만 교육적 혜택을 받게 되죠. 그나마 그 1명도 고학년으로 올라갈수록 교육받기가 힘들어져요. 결국은 부모가 포기각서를 쓰고 자녀 교육을 포기할 수밖에 없어요."

이어 옆에 있던 다른 학부모가 말했다.

"통합교육을 시키고 있는 초등학교의 경우는요, 자폐 아동은 수업시간에 겉돌기만 할 뿐이에요. 개별학습을 제대로 받을 수가 없어 사비로 학원교육을 따로 시킬 수밖에 없어요. 이래저래 우리의 고통은 이루 말할 수가 없어요."

언어와 예체능을 비롯하여 학교에서 채워지지 않는 기타 과목들의 사교육을 시킬 수 있는 가정이 과연 얼마나 될까? 장애 아동은 조기교육이 중요하다. 조기교육을 어떻게 하느냐에 따라 사회 적응력이 달라지기 때문이다.

언어도 잘 통하지 않고 지리도 낯설고 직업도 불안정함에도 미국으로 오는 장애아 가정을 보면서 나는 많은 생각을 하게 되었다. 먼저 미국에 와서 장애 자녀를 교육시키고 있는 우리가 해야 할 일은 무엇일까. 우리 아이들이 이곳에서 교육 혜택을 받으며 잘 자라고 있다고 현실에 안주해야 할까. 아니다. 우리가 미국 시민권을 받고 이곳에서 100년을 살아도 우리는 한국 사람이다. 이 길은 서로가 돕고 이해하며 함께 가야 할 길인 것이다.

지금은 내가 처음 미국에 왔을 때보다 여러 장애 단체가 생겨났다. 남들이 하지 않는 일, 누구도 알아주지 않는 일, 열심히 일을 해도 표시가 나지 않는 일, 하면 할수록 힘든 일이 장애 단체의 일이다. 웬만한 사명감 없이는 이 일을 감당해내지 못한다. 장애가 있는 내 아들을 키우는 것도 힘든데 아무 상관 없는 장애아를 돌봐주는 것이 얼마나 힘든 일인지, 실제 해보지 않고는 그 수고를 말로 할 수가 없다.

밀알선교회, 샬롬선교회, 푸른초장의 집, 물댄동산, 작은예수회, 한미특수 교육센터, 희망의 날개, 그레이스 랜드, 비전시각 단체와 이외에도 많은 교회들이 장애아를 돕고 있다. 그동안 아픈 손가락을 가진 사람들을 물심양면으로 돌봐주신 모든 단체와 교회 그리고 자원봉사자분들께 장애아이를 둔 엄마로서 꼭 감사를 드리고 싶었다.

만약 그 누군가가 나의 손을 잡아주지 않았다면 여기까지 오는 것이 불가능했을 것이다. 그저 대가 없이 이름 없이 도와주신 분들이었다. 그분들이 계셨기에 승욱이와 내가 여기까지 올 수 있었다.

아름다운 세상은 우리가 함께 만들어가는 것이다. 크고 거창한 것을 해야만 아름다운 세상이 만들어지는 것은 아니다. 우리가 있는 자리에서 장애아들을 조금 더 따뜻한 눈길로 바라보고 조금만 더 다가가서 손을 잡아주는 것, 그것이면 충분하다.

저는 버스를 먼저 탄 사람입니다

"여보세요? 혹시 저에게 전화하신 분…… 저는 김민아라고 합니다."

"저, 승욱이 어머님이시죠? 저 기억하실지 모르겠는데 은별이 아빠예요. 일주일 전에 가족들 데리고 미국에 왔어요. 여기서 살려고요."

지난 가을, 친지 한 분이 전화를 하셔서 시각장애로 태어난 아기 때문에 한국에서 온 아빠가 있는데 한번 만나달라고 부탁했다. 남의 일 같지 않아 약속장소를 정하고 그 아빠를 만났다. 아기의 이름은 은별이라고 했다. 은별 아빠의 얼굴에는 수심이 가득했고 기운도 없어 보였다. 그런데 참 공교롭게도 한국에서 승욱이가 치료 받았던 병원의 같은 안과 선생님에게 은별이네도 다녔다고 했다. 근심이 가득한 은별 아빠의 얼굴을 보니 예전의 나와 남편의 얼굴을 보는 듯했다.

백문이 불여일견이라고 나는 바로 승욱이 학교로 데려갔다. 각 교실에서부터 치료실 그리고 이 학교에서 무엇을 배우며 어떤 프로그램이 있는지에 대해 자세하게 보여주고 설명해주었다. 함께 학교를 둘러보고 설명을 들은 은별 아빠는 그제야 얼굴에 화색이 돌았다.

며칠 후면 한국으로 돌아가 장애에 대한 사회의 벽과 보이지 않는 싸움을 해야 하는 은별 아빠에게 용기를 주고 싶었다.

"은별 아빠, 제가 지금까지 겪어보니까 당사자인 장애 아이는 걱정이 없어요. 항상 보면 우리 부모가 걱정이 많죠. 절대 좌절하지 마시고 소망을 가지세요. 앞으로 은별이 부모님도 저와 같은 길을 가셔야 하는데 맘 단단히 먹으세요. 아셨죠?"

그렇게 헤어지고 까마득하게 잊고 있던 은별이네 가족이 미국에 온 것이다. 한국으로 돌아간 은별 아빠는 돌아가자마자 곧바로 수속을 밟아 가족을 데리고 왔다. 나는 먼저 승욱이 학교의 교장 선생님에게 은별이를 받아달라고 부탁드렸다. 장애 아동의 조기교육을 교육철학으로 삼았던 교장 선생님은 장애 아동들이 조기교육만 잘 받으면 사회생활과 개인생활을 하는 데 거의 정상인처럼 살 수 있다고 강조하셨다.

은별이 가족을 만난 교장 선생님은 감사하게도 은별이를 받아주셨다. 그 다음 주부터 은별이는 학교를 다니게 되었다. 승욱이도 학교를 일찍 간 경우인데 은별이는 그보다도 빠르니 참 감사한 일이었다.

젊은 부부의 모습을 보니 내가 미국에 처음 왔을 때의 일이 생각났다. 승욱이가 눈 수술을 받으러 왔을 때 아낌없이 도와주신 분이 계셨다. 간호사이셨던 집사님은 통역부터 예약 그리고 병원을 데리고 오가며 모든 일을 도맡아 처리해주셨다. 그 당시 집사님의 도움은 내가 미국에 정착하는 데 큰 힘이 되었다. 고마운 마음을 전하고 싶어 적은 액

수지만 마음을 담아드리려 하자 그분이 나에게 이런 말씀을 해주셨다.

"승욱이 엄마, 난 미국이란 버스에 승욱이 엄마보다 조금 먼저 탄 사람일 뿐입니다. 그러기에 새로 버스에 타려는 사람이 길을 모르면 가르쳐주고, 차비가 없다면 조금 줄 수 있는 사람입니다. 승욱이 엄마도 앞으로 살면서 다음에 미국 버스 타는 사람을 만나면 내가 승욱이 엄마에게 했듯이 똑같이 해줘요. 그게 저에게 갚는 거예요."

나는 그분을 붙잡고 울면서 말했었다.

"저는 영어도 못하고, 길도 모르고, 아는 사람도 없는데 나에게도 그런 날이 올까요?"

그랬던 내가 이렇게 받은 것을 갚고 있다.

미국 의사 선생님이 승욱이 눈 수술이 실패했다고 슬픈 눈으로 날 바라볼 때도 무슨 말을 할지 몰라 배시시 웃고 앉아 있었던 나, 길을 몰라서 언제나 헤맸던 나, 아는 사람이 하나도 없었던 나, 장애에 관한 정보는 더욱더 몰랐던 나. 그런 내가 다음 버스를 탄 사람에게 길을 가르쳐주고 있으니 내 스스로도 놀랍다.

은별이 부모님에게 내가 말했다.

"은별이 부모님, 저는 미국이란 버스에 먼저 탄 사람일 뿐입니다. 장애인 우대석 제 옆자리에 타신 것을 환영해요. 제가 6년 먼저 버스에 탄 사람으로서 길을 가르쳐준 것뿐이에요. 다음에 누군가 은별이네 옆자리에 앉으려거든 언제든 자리도 비켜주고, 길도 가르쳐주고, 차비도 내주면 좋겠어요. 그것이 저를 향한 감사의 표시입니다."

승욱이 이야기

아홉 살 된 나의 아들은 시청각장애아이다. 태어나면서 전혀 보지도 듣지도 말하지도 못하는 천사 같은 아이, 이승욱. 한국에서 좋다는 병원은 다 다녀보았고, 제일 큰 병원 선생님의 오진으로 우리 아이는 밤낮을 전혀 모르는 아이가 되었다. 승욱이가 한 살 반 때 미국에 와서 수술을 했지만 시기를 놓쳐서 미국에 계속 머무르게 된 우리는 아이가 듣지도 못하고 말하지도 못한다는 것을 알게 되었다. 그런 승욱이를 보면서 나는 엄청난 일이 나에게 일어났다고 생각했다. 그런데 2년 전에 아버지께서 폐암을 진단 받고 5개월 만에 돌아가셨다. 작년 봄에 함께 응급실로 걸어 들어간 형부가 작별인사도 없이 세상을 떠나기 전까지 나는 이것이 마지막 슬픔일 줄 알았다. 하지만 이 모든 것은 현실이었다. 지금 우리는 각자의 자리에서 최선을 다해 살아가고 있다. 승욱이는 승욱이대로 나머지 가족들은 가족들대로.

현재 승욱이는 시각장애 초등학교 2학년이다. 와우이식을 통해 한국

말과 영어를 제법 알아듣지만 아직 말은 못하기 때문에 의사표시는 수화로 한다. 그렇다고 어려운 수화를 하는 것은 아니고 간단하고 짧은 의사소통만 가능하다. 어려서부터 노래를 좋아했던 승욱이는 노래만 불러주면 율동을 하고 박자도 맞춘다. 좋아하는 노래는 이제 선곡도 할 줄 안다. 선생님 두 분이 하루 종일 승욱이를 따라다니며 수업을 체크해주시는데 공립학교에서 이런 경우는 아주 이례적인 경우이다. 이것은 승욱이가 지금까지 좋은 선례를 남기며 왔기 때문에 가능한 일이라고 한다.

초등학교에 가면서 기숙사 생활을 시작한 승욱이는 이제 토요일과 일요일을 구분한다. 토요일 아침이면 엄마가 자기를 데리러 오는 줄 알고, 일요일 저녁에는 기숙사로 돌아갈 준비를 한다. 또 눈치가 얼마나 빠른지 집에서와 기숙사에서의 생활이 다르다. 집에서는 온갖 응석을 다 부리다가도 기숙사에만 가면 모범학생으로 돌변한다.

낙심이 될 때에

따뜻한 보금자리를 주셔서 감사합니다.
매일 먹을 일용할 양식을 주셔서 감사합니다.
은혜가 넘치는 교회에 다니게 해주셔서 감사합니다.
좋은 부모님 주셔서 감사합니다.
아직까지 공부할 수 있음에 감사합니다.
내 주위에 좋은 믿음의 동역자를 주셔서 감사합니다.
나를 알아주는 가족을 주셔서 감사합니다.
건강함으로 언제나 밝게 살 수 있음에 감사합니다.
이곳에 있음에 감사합니다.
내가 '나' 됨을 감사합니다.
귀한 자녀와 사랑하는 남편을 주셔서 감사합니다.
이렇게 감사할 수 있는 마음을 주셔서 감사합니다.
마지막으로 승욱이를 우리 가정에 보내주셔서 감사합니다.

선한 눈매를 가진 사람들

정선영(SBS 스페셜 장애인의 날 특집 "네 박자의 사랑" 방송 작가)

2008년 봄. 한 아이를 알게 되었습니다. 내가 가진 상식과 시선으로는 도저히 가 닿을 수 없는 아이의 세계에 막 한 발을 들여놓으며 내내 가진 생각은 한 가지. 그 아이가 나를 밀어내면 어떡하나. 거부하고 경계하면 어떡하나. 3중장애아라니. 사는 동안 한 번도 만나본 적 없는 3중장애아를 어떻게 대해야 하나. 혹여 내가 그 아이와 가족에게 실례를 범하거나 상처를 주지는 않을까, 조금은 막연한 기분과 염려를 안고 미국행 비행기에 올랐습니다.

하지만 그것은 기우에 불과했지요. 그 아이, 승욱이는 저를 만나자마자, 마치 십년지기를 만난 듯 덥석 와서 안겼으니까요. 밀어내기는커녕 전혀 모르는 나를 이렇게 힘차게 끌어안다니. 조금 당혹스럽기도 했습니다. 옆에 있던 민아 씨(촬영 기간 동안 저는 승욱 어머니를 '민아 씨'로, 민아 씨는 저를 '언니'로 불렀습니다)가 거들었습니다.

"어머, 재 좀 봐. 재가 처음 만난 사람한테 저런 적이 없는데……"

그것을 저는 무척 좋은 신호로 받아들였습니다. 아, 우리의 작업이 순조롭게 잘 되겠구나. 그리고는 잠시 이런 생각도 했습니다. 승욱이가 나의 선한 의지의 파장을 감각으로 알아차렸구나. 하지만 촬영기간 동안 승욱이를 계속 지켜보며 그것은 저의 착각이었음을 알게 되었습니다. 승욱이는 누구에게나 별다른 거부감 없이 덥석 잘 안기는 아이였습니다. 특별히 제 영혼이 맑아서라거나 선한 기운이 느껴져서가 아니었던 겁니다.

그리고 다시 생각했지요. 볼 수도 말할 수도 없고, 겨우 들을 수만 있는 저 아이가 왜 사람들에게 경계심이 없을까. 자신에게 다가오는 사람들이 해를 끼칠 수도 있다는 생각을 왜 전혀 하지 않는 걸까, 라고요.

승욱이가 사람들을 경계하지 않는 이유는 분명했습니다. 지금까지 만나온 사람들에게서 줄곧 많은 사랑을 받아왔기 때문입니다. 누구나 승욱이를 보면 안고 예뻐하고 칭찬을 해줍니다. 그렇게 사랑을 듬뿍 받은 아이의 가슴에 경계심의 싹이 자랄 틈이 없는 것이지요. 그런 면에서 봤을 때, 비록 승욱이가 3중장애를 갖고 있지만 어쩌면 한편으로는 행운아라는 생각도 잠시 해봤습니다. 누군가 사는 동안 온통 좋은 태도로만 자신을 대하는 사람들에 둘러싸여 살아간다는 것은 결코 흔한 일이 아니니까요.

정말 승욱이의 주변에는 온통 선한 마음을 가진 사람들로 가득합니다. 현재 승욱이가 다니고 있는 학교의 담임인 조. 허벅지가 제 허리만큼 굵은, 넉넉한 체구만큼이나 성품 또한 유쾌 상쾌 통쾌한 그녀가 승욱이를 안고 예뻐하는 모습에서 '진심' 이 느껴졌습니다. 두 사람 사이엔 단지 교사와 제자라는 관계에 갇히지 않은 사랑의 아우라가 있었습니다.

승욱이의 아홉 살 인생에 큰 영향을 끼친 사람 중에 빼놓을 수 없는 또 한 사람이 있었습니다. 승욱이를 5년 동안 돌본 트리샤 선생님. 승욱이가 아직 귀도 들리지 않아서 온통 어둠과 침묵과 공포 속에 살았을 때부터 다루기 힘든 그 아이를 사랑과 인내심으로 돌본 사람입니다. 2년 만에 민아 씨가 승욱이를 데리고 트리샤 선생님을 찾아간 현장엔 잔잔한 감동이 고여 흘렀습니다. 민아 씨가 당신을 '설리반' 이라고 한다는 제작진의 말에, 트리샤는 '과분한 찬사' 라며 손사래를 쳤습니다.

그 외에도 승욱이와 민아 씨의 주변에는 그들을 언제든 도와줄 태세가 되어 있는 사람들로 가득했습니다. 그들을 옆에서 지켜보며 저는 생각했습니다. 타인과 타인이 만나 자신의 진심을 준다는 것의 의미에 대해서 말이지요.

승욱이가 사랑받을 줄 아는 아이, 그리고 사랑할 줄 아는 아이로 자라는 데는 누구보다 가족의 힘이 정말 크다는 것을 발견했습니다. 좁은 승욱이네 집에는 할머니를 비롯해 엄마와 형 승혁, 이모와 사촌들이 북적북적 모여 살고 있습니다. 냉혹한 자본주의 질서가 지배하는 미국 땅에서 이민자로서 살아간다는 것은 아마 살얼음판을 걷는 것과 같을 것입니다. 그 살얼음판 위에서 넘어지지 않기 위해 가족은 서로를 단단히 붙들고 있었습니다. 물론 그 끈은 사랑이지요. 옆에서 지켜본 이 가족은 서로를 위해 많은 것을 양보하고 인내하면서도 더 많은 것을 주지 못해 안타까워하고 있었습니다. 작은 일에 고마워하고 미안해했습니다. 승욱이 때문에 숱한 밤잠을 설치고 힘겨워 했지만 누구도 그 아이를 원망하지 않았습니다. 아니 오히려 승욱이 때문에 웃게 된다고 말했습니다.

방송 일을 하며, 특히 휴먼 다큐멘터리를 하며 여러 가족들을 만나왔습니다만, 승욱이네 가족만큼 서로에 대한 애정이 단단한 가족은 쉽게 보지 못했습니다.

이제 그 여자, 민아 씨에 대해 이야기해야 할 것 같습니다. 그녀가 승욱이를 키우며 살아온 이야기의 무게와 고통의 질감은 이 책 본문을 통해 독자 여러분들이 충분히 느낄 수 있을 것입니다. 그녀가 쓴 글을 읽으며, 또 인터뷰를 보며 저 역시 많이 울었습니다(원래 제가 눈물이 많긴 합니다만). 그 중에서도 특히 다음의 말은 한참동안 제 가슴을 먹먹하게 했습니다.

"승욱이가 나중에 커서, 저를 밝은 엄마, 힘 센 엄마, 아홉 살 아들을 번쩍번쩍 안고 다니고 업어주고 어디든 같이 가주고 재미있는 세상을 끊임없이 보여주었던 엄마. 그런 엄마로 기억해줬으면 좋겠어요. 우리 엄마 때문에 더 많은 것을 보고 더 많은 것을 알게 되었다고, 엄마 때문이었다고 한마디만 해주면 너무 행복할 것 같아요."

카메라가 돌고 있지 않을 때, 민아 씨와 함께 차를 타고 가는 동안 그녀가 제게 이런 말을 하더군요.

"참 이상해요. 예전에 승욱이 때문에 아파했고 고통스러워했던 일들이 이젠 하나도 생각나지 않아요. 마치 오래 전 일처럼 담담하게 느껴져요."

왜 그럴까, 생각해 보았습니다. 그것은 어쩌면 그녀가 지금 사소한 일에도 크게 감사하기 때문일 것입니다. 승욱이가 제 손으로 양말을 신는 것에. 제 손으로 컵을 들고 물을 마시는 것에. 엄마를 알아보고 팔짝 뛰어 안기는 것에.

민아 씨를 3중장애아 승욱이 엄마가 아닌, 평범한 전업주부로 가정해서 생각해 보기도 했습니다. 만일 승욱이가 형 승혁이처럼 건강한 아이로 태어났다면, 민아 씨는 지금 뭘 하며 살아가고 있을까요. 한국의 여느 엄마들처럼 두 아이를 학원에 보내고, 느긋하게 차 한 잔 마신 후, 저녁에 돌아올 가족을 기다리며 된장찌개를 끓이고 있을까요. 혹은 문화센터의 주부 노래교실이나 아파트 부녀회 활동을 하러 다니고 있을까요.

민아 씨는 말합니다. 승욱이는 자신에게 특별한 선물 같은 아이라고. 승욱이로 인해 자신이 더 성장했고 자신이 얼마나 감사한 존재인지 알게 되었다고요.

그것은 저에게도 마찬가지입니다. 승욱이와, 승욱이로 인해 만나게 된 많은 사람들. 그들의 맑고 선량한 눈매 안에 깃들어 있던 감사의 바이러스가 저에게도 옮겨 온 것 같습니다. 마음이 배부릅니다. 당분간은 이 꽉 찬 마음이, 그 좋은 기억이 정글 같은 방송 현장을 살아가는 동안 제게 효능 좋은 피로 회복제가 되어줄 것 같습니다. 고맙습니다.

불행을 불행으로 받아들이지 않은 사람

고태형(남가주 선한목자 장로교회 담임목사)

김민아 씨를 만나면 3중장애 아이를 둔 엄마라는 생각이 안 듭니다. 얼마나 밝고 씩씩한지, 얼마나 유머와 재치가 넘치는지, 얼마나 기뻐하며 다니는지. 그런 그녀가 둘째 아들 승욱이의 장애를 만나며 겪었던 오랜 시간의 이야기를 모아 책으로 펴냈습니다. 아들의 눈 수술 실패 후에 하나님, 도대체 저를 기억이나 하십니까? 하며 몸부림치던 이야기, 보지도 듣지도 말하지도 못하는 승욱이에게 나무와 흙과 바람을 가르치던 외할아버지의 가슴 뭉클한 이야기. 어느 친척분이 승욱이 엄마에게 했다는 말로 내 말을 대신하고 싶습니다. "승욱 엄마에게 감사합니다. 불행을 불행으로 받아들이지 않아줘서, 이 모든 걸 하나님이 기억하실 겁니다."

내가 만난 가장 아름다운 사람

정숙희(미주한국일보 편집국 부국장)

'승욱이 엄마' 김민아씨는 기자 생활 25년 동안 내가 만난 가장 아름다운 사람입니다. 그녀는 사람에 대해 냉소적이고 비판적이던 언론인의 가슴에 '감동'이라는 따스한 불을 지폈습니다. 메말라서 버석버석 소리 나는 마음에 '사랑'을 심어주었고, 너무 많은 것을 당연하게 누리면서도 불평 투성이인 깍쟁이 아줌마에게 '감사'를 가르쳐주었습니다. 항상 밝고 씩씩하고 유머 넘치는 멘트로 주위 사람들에게 '웃음'을 선사하는 그녀는 장애인 엄마에 대한 칙칙한 고정관념을 바꿔주었고, 건성건성 허울뿐이던 크리스천들에게는 진정한 '신앙'과 '용기'를 보여주고 있습니다.

김민아씨를 볼 때마다 내 마음에서는 기쁨과 눈물이 함께 퐁퐁 솟아오른다. 너무 예뻐서, 너무 좋아서, 너무 대견해서, 너무 미안해서……

돈밖에 모르고 나밖에 모르는 이 시대의 모든 사람이 읽어야 하는 책. 당신이 얼마나 많은 것을 갖고 있는지, 그러면서도 얼마나 감사할 줄 모르는지 알게 될 것입니다.